# A MINHA
# VERSÃO
## DA HISTÓRIA

# WILL DAVIS

# A MINHA VERSÃO DA HISTÓRIA

Tradução de
Felipe Antunes de Oliveira

Rocco

Título original
MY SIDE OF THE STORY

*Copyright* © 2007 *by* Will Davis
Todos os direitos reservados.
O direito moral do autor foi assegurado.

Nenhuma parte desta obra pode ser reproduzida
ou transmitida por qualquer forma ou meio eletrônico ou mecânico,
inclusive fotocópia, gravação ou sistema de armazenagem
e recuperação de informação, sem a permissão escrita do editor.

Direitos para a língua portuguesa reservados
com exclusividade para o Brasil à
EDITORA ROCCO LTDA.
Av. Presidente Wilson, 231 – 8º andar
20030-021 – Rio de Janeiro, RJ
Tel.: (21) 3525-2000 – Fax: (21) 3525-2001
rocco@rocco.com.br
www.rocco.com.br

*Printed in Brazil*/Impresso no Brasil


preparação de originais
TAMARA SENDER



CIP-Brasil. Catalogação-na-fonte.
Sindicato Nacional dos Editores de Livros, RJ.

|  |  |
|---|---|
| D292m | Davis, Will, 1980-<br>    A minha versão da história/Will Davis; tradução de<br>Felipe Antunes de Oliveira. – Rio de Janeiro: Rocco, 2008. |
|  | Tradução de: My side of the story<br>ISBN 978-85-325-2365-5 |
|  | I. Ficção inglesa. I. Oliveira, Felipe Antunes de. II. Título. |
|  | CDD – 823 |
| 08-2328 | CDU – 821.111-3 |

Muitíssimo obrigado a mamãe, papai, Tamsin e Seraphina por todo o seu apoio. Sou excepcionalmente grato ao meu agente, Peter Buckman, já que este livro foi escrito com os seus incentivos, e a Anne-Marie Doulton. Muito obrigado a todo mundo que ofereceu conselhos úteis/delicados, especialmente a Dawn, Eunji, Murielle e Sarah. E um grande agradecimento ao meu editor, Michael Fishwick, e a Alexandra Pringle, Trâm-Anh Doan, Chiki Sarkar, Emily Sweet e a todo mundo da Bloomsbury.

# 1

VOU COMEÇAR COM UMA DAQUELAS ADVERTÊNCIAS, TIPO AS que aparecem no final dos filmes, quando vem um texto e diz que apesar de tudo ser baseado numa história real, as partes mais maneiras talvez não tenham acontecido de verdade. Aí você fica tipo, Para que fazer tudo isso, então? Não que muitas partes maneiras apareçam daqui para frente, eu não vou mentir para você. Na verdade, essa é a advertência. Ainda ia tirar um pouco de onda e falar sobre não querer dar uma de fodão, tentando fazer com que as pessoas me amassem por ser este narrador tão maravilhoso, mas percebi que isso seria desperdiçar o tempo de todo mundo. Se era isso o que você queria, e se você não vê mais razão para continuar lendo, eu só vou te dizer uma coisa: ETC – que significa Eu Tô Cagando.

Então eu vou, tipo, te dar um resumão de tudo e começar de uma vez. Isso é o que você precisa saber: Meu nome é Jarold, mas todo mundo me chama de Jaz, o que é muito mais maneiro, acho que você vai concordar. Eu sei que todo mundo odeia o próprio nome e tal, mas o meu é ruim mesmo, então sorte que dá para abreviá-lo de modo mais ou menos digno. Eu tenho (só) dezesseis anos, e tenho dois pais que incrivelmente continuam casados, além de uma irmã e uma avó, e nós todos vivemos na mesma casa, como num programa de TV. Estou começando a me preparar para fazer minhas provas finais na escola, nas quais eu e Al pretendemos ser reprovados, que é a nossa maneira de dizer Foda-se para os padrões da educação britânica.

Al, aliás, é a minha melhor amiga. Ela também tem dezesseis anos e é totalmente ligada em política, o que eu não sou nem um pouco. E sim, ela é mulher mesmo. O nome dela é Alice, o que não é nenhuma maravilha, mas é cem vezes melhor que Jarold. Estranhamente, como se existisse uma lógica maluca que diz que pessoas com nomes mais ou menos só conseguem abreviações toscas, o apelido dela é Al, por isso todo mundo pensa que ela é sapatão, o que ela acha ofensivo (por ser política e tal). Apesar disso, eu reconheço que é um apelido bem apropriado, porque se tem alguém no mundo que está destinado a ser sapatão é ela.

Bom, vou começar logo, senão você vai ficar atolado nessas merdas por mais dez páginas. Eu vou começar com uma discussão. Ainda tem um monte de discussões pela frente, mas acho que o início de tudo foi nessa.

Eu estou subindo para o meu quarto depois de fazer umas torradas porque estava literalmente morrendo de fome, e Mamãe veio com essa regra nova de Faça Sua Própria Comida nos dias da semana, pois ela diz que eu e Teresa (minha irmã, também conhecida como A Freira) temos idade suficiente para cozinhar nossos ovos (tipo, que merda será que isso quer dizer?). Então eu viro no corredor e encontro meus pais parados ali com os braços cruzados. Eles estão literalmente bloqueando o caminho, como se fossem Os Guardiões da Escada.

Eu digo tipo, Qual foi?

Jarold, seu pai e eu queremos ter uma conversinha com você um minuto, diz Mamãe, na sua voz de executiva-fodona. Ela é advogada, e você deve imaginar o quanto isso é maravilhoso para mim. Papai é *chef* de cozinha, o que torna essa regra de fazer sua própria comida duas vezes mais cruel. Ela diz que ele não deveria cozinhar para nós porque cozinha o dia inteiro; mas *ele* nunca se queixa, então esse é só mais um clássico exemplo dela dando ordens para todo mundo em busca da sua própria satisfação. E Mamãe é uma dessas pessoas que nunca estão satisfeitas. Tipo, jamais.

Eu penso em empurrá-los, mas eles parecem muito sérios, até mais do que o normal, além disso seus corpos estão muito juntos.

Tá bom, o que é?, eu digo, já que estou com pressa. Eu tinha que acabar a minha malhação nos próximos dez minutos, antes que *Bad Girls* começasse, e ainda faltavam mais sessenta séries. Você tem que esperar pelo menos trinta segundos entre cada série de dez (flexão de braço, de peito, abdominal etc.), mas é fácil passar da marca, e Al me mandou uma mensagem dizendo que a personagem má vai morrer.

Na sala de estar, diz Papai, como se suas palavras valessem alguma coisa por aqui. Ninguém se move, nem ele mesmo, então Mamãe berra, Agora!, como se desse uma ordem judicial, e todos a cumprimos e sentamos de frente uns para os outros naquelas poltronas estúpidas. Eu me sento ao lado do Bilbo, o nosso gato, que está sempre arranhando tudo e que Mamãe sempre ameaça esfolar vivo, mas que secretamente chama de Fofinho quando pensa que não tem ninguém por perto.

Eu espero eles falarem e vem aquela pausa longa, imbecil e enfurecedora. Os dois também estão mordendo seus lábios, coisa que parece meio mongolóide. E para me deixar ainda mais puto, eles se olham com aquele olhar especial, como se houvesse um código secreto de comunicação entre eles. Se eu não estivesse com pressa talvez achasse isso engraçado, mas como estou, eu digo, Vocês vão me *dizer* qual é o problema ou vão fazer mímicas para eu adivinhar?

O silêncio continua, então eu me movo como se fosse me levantar. Isso parece fazer Mamãe entrar em pânico e começar a falar.

Olha, Jarold, ela fala tensa, num tom tipo isso-é-importante, Nós sabemos o que você tem feito.

Eu digo tipo, Ah é?

Nós sabemos onde tem andado!, grita Papai, ainda agindo sob a ilusão de que alguém se importa com o que ele pensa. Você anda freqüentando boates gays e saindo com... homens!

Ele balbucia essa última palavra como se fosse um pecado mortal ou alguma coisa assim, e não a coisa mais lógica que se poderia esperar que alguém fizesse numa boate gay. Ele fica todo branco com o esforço de ser um pai, e parece até que vai desmaiar. Mamãe pega a mão dele e a aperta. Ele aperta de volta como se ambos fossem pilares de sustentação um do outro ou coisa do gênero, e então os dois olham para mim, de mãos dadas, como se pensassem que essa aparente harmonia conjugal pudesse magicamente me tornar hetero ou sei lá o quê.

Eu digo tipo, E daí?

Papai diz tipo, Você não vai dizer nada?

Essa é uma tática que ele aprendeu com a Mamãe, e se tem uma coisa que eu realmente odeio é quando as pessoas não conseguem nem pensar num estilo próprio. Eu só dou de ombros, porque ele não merece mais que isso.

Vamos com calma, diz Mamãe, ao ver Papai vacilando e assumindo o controle como uma sargento. Tá tudo bem se você pensa que é gay. Você é novo e vai superar isso. Mas tá tudo bem e eu quero que você saiba disso.

Ela me examina cuidadosamente. Eu digo tipo, Então agora eu sei. Valeu.

Mas não dá pra você ficar mentindo pra gente sobre onde tem andado e o que tem feito!, ela diz rapidamente, enfatizando a parte do *não*. Isso tudo é muito maluco, porque a) todo mundo mente para os seus pais, eles são feitos para isso, e b) eu não vou chegar e falar Tô indo nessa, aliás, essa noite vou para uma boate pegar um cara, *tudo bem?* Tipo, já saquei que essa é uma daquelas conversas cerimoniais que você tem com seus pais, então eu sou obrigado a encará-la de qualquer jeito, mas será que eles não podiam pelo menos ter pensado no que iam *dizer* para mim antes?

Então eu digo tipo, Tá bom, de agora em diante eu vou contar tudo pra vocês.

Não tente dar uma de espertinho. Você ainda não é adulto, diz Mamãe, como se estivesse me convidando para dar uma resposta.

Eu digo tipo, Mãe, você está se enrolando com as próprias palavras. Levanto.

Senta aí agora mesmo!, ela grita, dando a Bilbo uma surpresa desagradável. Quem você pensa que é, seu moleque?

O que foi?, eu digo, num último esforço para ser razoável.

Você vai sentar aí e ouvir alguma coisa que não venha da merda do seu CD *player* por um minuto!, ela continua.

Eu fico tipo, a definição de foda-se. Então Mamãe começa a gritar tresloucada que nem uma ambulância, dizendo um monte de coisas aleatórias como se as palavras ocorressem na mente dela naquele instante e escapassem pela boca. Ela grita tão rápido que é difícil encontrar muito sentido naquilo tudo, mas dá pra sacar o principal. Vou te contar, é bem assustador. É como se eu pudesse jogar no lixo aquilo que ela disse sobre tudo bem eu ser gay, na verdade está longe de ser tudo bem. Papai olha para ela cheio de medo enquanto tenta (inutilmente) livrar a mão das suas garras. Bilbo se cansa e vai embora. Sortudo, eu penso. Nem Papai nem eu sabemos o que fazer, então só assistimos à cena e esperamos, até que chega uma hora em que Mamãe começa a diminuir o ritmo, deixa sua cabeça cair entre as pernas e começa a chorar no carpete.

Talvez você devesse pedir desculpas, ele sugere, depois de ficarmos olhando para ela embasbacados por alguns minutos.

Fala sério!, eu digo. Você não tá vendo que essa mulher tem algum problema?

Isso faz com que ela comece de novo, mais ou menos como um despertador, só que dessa vez é muito pior e dura muito mais tempo. É impressionante, porque ela nem respira. Só para te dar uma idéia, não vou nem tentar reproduzir tudo: EU NÃO SEI POR QUE VOCÊ É VIADO E NÃO DISSE NADA PARA MIM COMO UMA PESSOA NORMAL PARA COMEÇAR EU JÁ DEVIA SABER DESDE QUE VOCÊ NASCEU É TUDO CULPA MINHA NA VERDADE É CULPA DELE (Papai) E DA MINHA MÃE QUE NUNCA ENTENDEU POR QUE EU CASEI COM UM BUNDÃO DESSES E EU TAMBÉM NÃO SEI JAMAIS DEVIA TER CASADO JAMAIS DEVIA TER TIDO FILHOS NEM NADA DISSO

VOCÊS ESTÃO ESTRAGANDO A MINHA VIDA POR QUE NÃO ME DEIXAM EM PAZ EU PREFERIA ESTAR MORTA! Sério mesmo, sem pausas para respirar. Tipo, com certeza ela tem talento para ser mergulhadora.

Bom, eu digo tipo, É isso aí.

Ela abre a boca para mais uma rajada, mas é demais e ela apenas me encara e treme enquanto Papai olha para os cantos da sala como sempre acaba fazendo, como se procurasse uma saída de emergência. Tipo, *Você pediu.*

Então depois de um pouco mais de silêncio desagradável e obrigatório ela olha para a porta como se estivesse me dispensando. Eu não preciso de outro aviso.

No corredor lá de cima eu passo pela Freira, que tinha aberto a porta do quarto dela para ouvir o destempero da Mamãe. Sentada na sua escrivaninha, ela me lança aquele olhar superior e de repente eu sei exatamente quem foi a informante deles. Como se pudesse ter sido outra pessoa.

Você realmente acabou com a família dessa vez, ela diz, mexendo a cabeça daquele modo exagerado.

Eu digo tipo, Por que você não vai pastar?

Pobre Jarold, ela murmura, *Tão* incompreendido.

Eu penso em ir lá e arrancar um pouco do cabelo dela, mas decido, Depois, e sigo até o meu quarto, que fica bem no topo da casa. Vovó abre a porta do seu quarto quando eu passo e trocamos olhares. Ela não sabe que eu sou gay nem nada disso, é claro, mas desde que o Vovô morreu e ela se mudou para cá nós meio que conspiramos juntos, já que quando Mamãe não está enchendo meu saco fica reclamando dela. Eu encolho meus ombros como quem diz, O que eu posso fazer?, e ela encolhe os ombros como quem responde, Nada. Então eu subo mais um lance de escada para começar minha malhação. Infelizmente, depois da "conversinha" que tiveram comigo, Mamãe e Papai ficam entocados na sala de estar, então não dá para assistir à TV e eu perco a cena da senhorita Atkins sendo asfixiada. Acabo malhando por mais duas horas em frente ao meu pôster do Orlando Bloom.

Tá bom, deixa eu explicar mais algumas coisas. Primeiro, na verdade eu me importo com essas merdas, acredite se quiser – eu não quero que você fique pensando que não. Eu só acho que você tem que encarar essas coisas com alguma maturidade, e Mamãe pode ser adulta, mas eu nunca diria que ela é madura. Mas para ser honesto eu imagino que ela tenha ficado meio chocada com a notícia. Provavelmente foi a Madre Teresa que levantou a bola. Dá para imaginar ela contando para eles durante o café-da-manhã hoje cedo, deve ter sido quando ela fez isso, porque eu tomei café na casa da Al. Ela deve ter esperado Mamãe segurar alguma coisa, para aumentar o drama com algo se quebrando. E Papai provavelmente passou o dia inteiro fumando no fundo da cozinha (todo mundo sabe que Mamãe ameaçou ir embora se ele não largasse o cigarro, e essa é uma das várias coisas que eu tenho para dedurá-lo, se um dia eu precisar).

A coisa mais importante de entender sobre a Mamãe é que ela tem problemas mentais. Nós estamos acostumados e por isso ficamos calados, mas é bastante óbvio que ela está além de uma simples neurótica hipersensível. Só que quando você é submetido a esse tipo de coisa toda semana, pára de dar importância muito rápido. Ela realmente é doente – eu tenho certeza. Às vezes eu acho que Vovó sabe o que ela tem, mas fica com a boca fechada. Talvez ela tenha sofrido alguma espécie de dano cerebral. Dentro do cérebro tem um monte de coisas estranhas, tipo, quem sabe ela tem um coágulo de sangue na parte que é responsável, sei lá, pela lógica, e por isso é pirada assim.

Já Papai é o campeão mundial da passividade, detentor do título por mais de dez anos, sem adversário à altura. É claro que ele se importa com o fato de eu ser viado, mas o que ele vai fazer, me tratar com eletrochoques? Me jogar fora? Isso tudo é uma grande piada, porque ele é o homem mais submisso que eu já conheci, e seria isso que eu diria se ele começasse a questionar a que lado da família eu puxei.

Então não é que eu não me importe, é só que eu não posso fazer nada. Da minha posição só posso esperar para ver, até porque é muito mais difícil para mim do que para eles, você tem que admitir. Quando eu disse que Mamãe e Papai incrivelmente continuam casados poderia ter dito que eles incrivelmente continuam vivos – um ainda não matou o outro. Sério mesmo, eles são uma versão surreal de meia-idade de Sid e Nancy, só que mais fraca e sem a heroína. A diferença é que Mamãe é Sid e Papai é Nancy. Não consigo entender como eles dormem no mesmo quarto, muito menos na mesma cama. Tipo, dizem que os seus pais devem ser um exemplo para você, mas o único exemplo que os meus pais me dão é do que não devo acabar me tornando, e é por isso que eu jurei à Al que nunca vou me casar. Eu costumava pensar que a minha posição era bem segura, mas cada vez mais gays estão fazendo isso hoje em dia, e embora Al diga que é contra por princípio (neoniilista), ela reconhece que é assim que as coisas tendem a ser no futuro. Mas eu continuo achando uma merda, e prefiro ser a noiva da morte.

Mamãe vem até o meu quarto no momento em que eu estava me deitando na cama para bater uma punheta. Ela tem tipo um sexto sentido que faz com que automaticamente apareça no segundo em que meus pensamentos se tornam impuros, e várias vezes já tive que sentar de repente porque ela chegou no meu quarto do nada. Você tem que ser muito bom para despistá-la, porque se não se livra dela rapidamente Mamãe continua falando sem parar, como vimos ela é uma dessas pessoas que simplesmente nunca desidratam.

Tudo bem, ela diz duramente, entrando no quarto.

Eu digo tipo, Eles não te ensinaram a bater na porta quando você era criança?, enquanto me jogo embaixo das cobertas para esconder minha ereção.

Ela me ignora e diz, Jarold, eu discuti o caso com o seu pai. Nós decidimos tentar ser compreensivos. Mas isso não quer dizer que não existam algumas regras básicas.

Ela se refere a todas as coisas como casos. Eu sou um caso, Teresa é um caso e Vovó é um caso. Acho que isso tem a ver com o fato de ela ser advogada.

Primeiro, nada de sair sem permissão.

Onde estamos, em Auschwitz?, eu digo.

Nada de mentiras.

Eu digo tipo, Ah, tá bom.

E nada mais de... atividades.

Eu digo tipo, Você tem alguma noção do que está falando?

Ela diz tipo, Você sabe muito bem o que eu quero dizer! Nada mais de fazer coisas com homens! Eu não sei no que você está se metendo e nem quero saber. Mas você não tem idade para isso e ponto final.

Nessa hora eu não consigo evitar de sorrir. Eu não sei o que acontece entre mim e o sorriso, mas várias vezes não consigo me segurar e sorrio quando alguém está tentando falar sério comigo. Geralmente é a Mamãe, então não importa muito, mas já aconteceu uma ou duas vezes com professores, o que me colocou em maus lençóis. Eu sinto o sorriso serpenteando na minha cara como um verme ou coisa assim. Vou ficando vermelho e Mamãe me lança o seu pior olhar, aquele que ela reserva para os membros do júri.

Ela diz tipo, Se você não começar a levar isso a sério, eu vou cortar sua mesada. Completamente.

Pelo modo como ela faz essa ameaça parece até que está dizendo que vai me castrar. Eu ganho 25 libras por mês, e isso para cobrir tudo – roupas, CDs, sapatos, cremes faciais, até cortes de cabelo. Mamãe e Papai pagam por fora os livros e uniformes, mas eu tenho que dar os recibos. Como muitas outras coisas, isso só serve de incentivo para burlar as regras. Não é tão difícil assim – eu simplesmente pego os recibos de outras pessoas. Mas seria muito mais fácil para todo mundo se eles simplesmente me dessem mais dinheiro. A Freira ganha cinco libras a mais por mês só porque nasceu com uma vagina.

Mas dinheiro é sempre dinheiro, então eu fico calado e viro minha cara para o lado para escondê-la dela o máximo possível. Mamãe olha para a parede, bem nos olhos do Orlando Bloom, e eu posso apostar que ela está se perguntando, Como deixei passar esse sinal?, porque eu também já me perguntei isso.

Eu sei que é duro para você, Jaz, ela diz. Eu penso na minha ereção e em como Mamãe está certa. Por que ela simplesmente não vai embora? Mas em vez disso é claro que continua falando sem parar, dizendo como me ama, como eu sou sempre tão fechado, como ela sabe que é complicado e às vezes não consegue entender o que está acontecendo comigo, como queria que eu me abrisse um pouco. Essa mulher é tipo uma insinuadora profissional. Eu faço o que posso para assentir e para transformar minhas risadas em tosses, mas aí ela acaba dizendo com uma voz sentimental, Eu só queria o meu pequeno Jarold de volta, e então eu perco a paciência. Eu digo tipo, Por favor, pára com isso, e ela diz que eu sou insensível, mas pelo menos capta a mensagem e vai embora. Então é claro que eu vejo que minha ereção também se foi e mando uma mensagem de texto para a Al dizendo FDEU! MEUS PS DESCOBRIRM Q SOU GAY! WWW.LAME-CITY.COM – DPS T CONTO+ J e apago a luz. Meia hora depois, quando eu já estou quase dormindo, recebo uma mensagem dizendo CONTA ++++(RPT!!!) C TA TRANK? Como sempre acontece, eu acabo tendo uma longa conversa de texto com ela, relatando todos os detalhes gloriosos, e só vou dormir lá pelas duas.

## 2

EU CULPO AL PELO QUE ACONTECEU NO DIA SEGUINTE. FOI culpa dela, por não ficar com a boca calada sobre as paradas. Nós estamos no ônibus e ela continua me perguntando as mesmas coisas que já tinha perguntado na noite anterior. Eu estou morrendo de sono e fico pensando em como ela consegue ficar ligada o tempo todo, deve ser tipo um gene que só os políticos natos têm. Então um garoto da nossa escola que está sentado na frente ouve o que ela está dizendo e se vira para dar uma olhada na gente.

Eu não sei se todas as escolas são iguais ou se algumas escolas são mais liberais que as outras e a nossa simplesmente tem por acaso uma porcentagem maior de pobres coitados, mas na St Matthew é como se os anos 80 nunca tivessem acontecido. Ninguém diz que é gay, mesmo que seja tipo a definição disso. Você sempre diz que está confuso. Se isso for a público você não apenas tem que enfrentar intermináveis sessões de aconselhamento, nas quais algum humanitário idiota tenta tipo te matar com sua empatia, mas também vira alvo do resto da população (particularmente da galera do esporte). É um puta dum clichê. E francamente, quem quer sarna para se coçar? Claro que as coisas não deveriam ser assim porque teoricamente nós todos somos democratas, seja lá o que isso signifique, mas a verdade é que são, então você tem que lidar com isso. Até agora eu sou o único garoto "confuso" do nosso ano (que eu saiba) e tô tranqüilão com isso, porque para mim todo mundo do meu ano que se dane.

Mas hoje, graças à língua solta de Al, Fabian nos ouviu. Fabian, O Tosco, é tipo um amálgama nazigótico punk – um desses merdas que têm fama de ser super-radical e perigoso. A maior parte dessa fama vem da vez que ele supostamente tentou atacar a professora Bolsh da aula de artes com um par de tesouras, e foi expulso da escola por isso. Depois vieram com um papo de que ele tem problemas de comportamento, o que deve ser uma outra maneira de dizer que está tudo bem se você atacar uma velhinha com um par de tesouras no final das contas, porque a escola acabou deixando ele voltar (apesar dele não ter mais permissão para assistir às aulas de artes). O mais estranho de tudo, na verdade, é que na primeira série, que está tipo a séculos de distância em termos de vida escolar, nós costumávamos andar juntos. Isso foi antes dele passar a ser contra a humanidade e eu começar a ignorá-lo. Hoje em dia ele não tem nenhum amigo, e normalmente fica pelos banheiros mostrando tatuagens de suásticas feitas com caneta esferográfica para impressionar os pequenos molestáveis do primeiro grau.

Quem é gay?, ele rosna para nós, parando a falação de Al no meio.

Claro que Al não se deixa interromper por isso. Ela não tem medo de Fabian. Ela diz tipo, Vai cuidar da sua vida, babaca.

Fabian nos olha e solta uma gargalhada como a da Bruxa Má do Oeste. Se liga, mané, ou eu vou arrancar fora os seus olhos e os do seu amigo viadinho também, ele diz.

Nesse ponto eu me sinto forçado a contribuir. Eu digo tipo, Por que você não tenta trepar com uma serra elétrica?

Fabian encara nós dois com aquele olhar mau de histórias em quadrinhos que ele provavelmente fica praticando na frente do espelho, e depois exibe seu piercing de língua.

Ele diz, É melhor você aprender a ter respeito, mocinha, antes que eu resolva te dar uma lição.

Al diz tipo, Não enche o saco, e felizmente ele resolve obedecer, porque se vira e nos deixa em paz. Ainda bem que é só o Fabian, então ninguém deve ouvir se ele começar a espalhar isso por aí. Mas por todo o resto do caminho eu fico com aquela sensação meio estranha que depois se revela perfeitamente justificada. Eu sou meio sensitivo assim.

Eu e Al nos separamos porque no primeiro tempo ela tem política e eu inglês. Estamos estudando (que surpresa) Shakespeare, mas não foi por isso que eu escolhi inglês. Eu pensei que leríamos mais livros maneiros como no ano anterior, tipo *O apanhador no campo de centeio*, que para mim é o melhor livro de todos os tempos. A maneira como o cara vai passando e todo mundo que ele encontra se revela uma fraude é tipo totalmente real, e o fato de que acaba louco naquele celeiro é tão triste porque ele é o único que consegue ver além de toda a merda que está em volta. E ele até fala como um garoto real, ou pelo menos como um garoto falava quando o livro foi escrito. Só tem uma parada que ele não entende – o pior das pessoas não é o quão falsas elas são, mas o quão babacas elas podem ser. E as piores pessoas não são os adultos, são outros garotos. É claro que tem uns caras legais aqui e ali, e você tem que desculpar alguns outros que são deformados, órfãos ou coisas assim, mas a grande maioria é babaca.

Seja como for, quando sento, descubro um Post-it onde está escrito JAROLD É VIADINHO colado na parte de trás da minha mochila, o que explica por que as pessoas ficaram rindo nas minhas costas enquanto eu passava. Tipo, que coisa mais retardada. Isso não teria importância nenhuma se não fosse pela enorme sombra do Boizão (apelidado assim por motivos óbvios) que cai sobre mim nesse exato momento. O verdadeiro nome do Boizão é Joseph, o que é bem irônico, considerando que ele é o tipo de garoto que deve ter crescido arrancando asas de borboletas e jogando gatos pela janela antes de subir de nível e começar a atormentar outros membros da espécie humana. Ele foi suspenso ano passado por bater em algum coitado que acidentalmente cometeu o erro de tentar revidar. Provavelmente ele foi surrado pelos seus próprios pais ou coisa assim e só precisa de um pouco de amor e compaixão, mas é difícil sentir compaixão por alguém que parece um boizão. Eu sinto compaixão por seus pais, isso sim. De pé atrás dele estão seus capangas, Nick e Nathaniel, conhecidos como Tico e Teco (também apelidados por motivos óbvios). O que esses idiotas estão fazendo nessa turma avançada de inglês é um mistério para todo mundo. O que me dá mais medo é que isso quer dizer que em algum momento eles devem ter passado em alguma prova – embora Al diga que a prova final do ensino básico está tão fácil agora que até crianças de doze anos conseguem passar.

Oh, o Boizão rosna para mim alto o suficiente para que todo mundo pare o que está fazendo e se vire para olhar. Que parada é essa de você ser viadinho?

É bem raro eles ficarem implicando comigo, porque geralmente a atenção deles se concentra toda no Sam Gibbons, o cara que tem tipo uma síndrome de crescimento acelerado, o que faz com que sua cabeça seja duas vezes maior do que a de qualquer um. Ele provavelmente precisa que ela seja tão grande por causa de seu cérebro enorme, mas até Sam sabe que não há muito o que você possa dizer quando alguém com o QI do Boizão (que naturalmente estou assumindo ser pequeno) e seus capangas decide cair em cima de você na frente de toda a turma.

Não é que eu me importe com o que os outros pensam de mim nem nada disso, mas você tem que pensar na sua auto-estima, que quando você é novo é frágil e fácil de ser destruída. Se todo mundo pensar que sou gay, terei que agüentar as brinca-deiras cronicamente toscas deles até o fim da minha vida escolar, e como eu disse antes, garotos podem ser totalmente babacas – se você nunca experimentou isso, pergunte ao Sam (se bem que se você não sabe do que eu estou falando deve ter caído dos céus ou alguma coisa assim). Na verdade só tem uma maneira de se proteger, pairar acima disso e não entrar em pânico.

Então eu digo tipo, Vai se foder.

Ele diz tipo, Talvez você não tenha me ouvido bem, eu per-guntei que parada é essa de você ser viadinho?

Eu digo tipo, Talvez você não tenha me ouvido, eu mandei você se foder!

Ooooooh, ele fala, com o típico som que bestas irracionais como ele precisam fazer para dar tempo a si mesmas de pensar em algo melhor. Atrás dele Tico e Teco emitem ruídos obscuros que poderiam lembrar risadas em algumas espécies mais evoluídas.

Olha só, parece que ele quer dar uma de esperto, observa o Tico (um comentário até bastante inteligente para ele).

O Boizão chega ainda mais perto, e eu sou brindado com boa rajada do seu hálito mortal, outro de seus poderes especiais, ao lado da força bruta e da feiúra crônica. Eu já vi muitas vezes as caras dos garotos da terceira série se contorcer enquanto eles cambaleiam sufocados quando estão presos em um dos seus mata-leões. Quando ele sorri, o que é raríssimo, dá para ver que seus dentes são todos amarelos, porque ele nunca os escova. Ele é tipo um fungo ambulante.

Você tá mandando eu me foder?, ele murmura. Eu estou louco para responder, mas acabo simplesmente ficando em silêncio e fingindo estar fascinado com o conteúdo da minha mochila. Você tem que saber a hora de parar. Se for longe demais está pedindo para arrumar confusão.

Jarold, Jarold, Jarold, diz Teco, fazendo uma vozinha afetada, incapaz de pensar em outra provocação (se bem que repetir a porcaria do meu nome várias vezes pode ser uma provocação bem mordaz).

O Boizão diz tipo, Seu viadinho de merda.

Ele dá um chute na mesa e praticamente faz a sala inteira reverberar. Depois disso, felizmente, volta para o canto dos vagabundos, no fundo da sala, junto com Tico e Teco, e eu fico pensando se essa foi uma daquelas experiências que vão me aterrorizar pelo resto da vida. Como já disse, não estou nem aí para o que qualquer pessoa desse buraco acha de mim, mas quando te sacaneiam incomoda, e continua incomodando não importa o que você diga para si mesmo. A melhor coisa a fazer é culpar outra pessoa, por isso decidi que tudo era culpa de Al, o que significa que vou dar um puta esporro nela no próximo tempo, enquanto o velho professor Fellows estiver explicando alguma coisa sobre cultivo orgânico de verduras (dar um esporro nessa situação = cochichar com raiva e intensidade). Vou dizer o quanto ela foi estúpida por ficar falando alto sobre as paradas no ônibus.

Al tenta vir com um papo moral para se defender. Ela fica o tempo todo dizendo tipo, Mas você não deveria sentir vergonha! Isso é parte de quem você é, portanto você precisa aceitar isso e ser você mesmo não importa o que os outros falem.

Eu digo tipo, Me poupe, por favor. Eu fico puto quando ela fala assim, porque na real ela não tem noção de como as coisas são. Ela acha que tem porque é asiática e mulher, e as mulheres foram oprimidas por séculos, assim como os asiáticos. Mas não é a mesma coisa, porque ninguém jamais teve que assumir que era mulher ou asiático na frente de todo mundo, ou já teve?

Al diz tipo, Mas você não pode esconder o que você é!

Eu digo tipo, Chega, controle-se.

Ela diz tipo, Mas você tem que ser forte! Você precisa fazer sua parte para melhorar as coisas para os garotos das próximas gerações. Você tem uma responsabilidade!

Eu digo tipo, Qual é o seu problema?

Por alguma razão ela decide ficar toda ofendida, e seus cochichos se tornam efusivos um pouco além da medida. O professor Fellows acaba ouvindo e pára a aula para sugerir que ela compartilhe com a classe o que estava dizendo, uma vez que era claramente mais interessante do que as coisas que ele estava falando. Lanço um olhar para ela que diz basicamente, Se você ousar fazer isso eu te mato.

Estou esperando, diz Fellows. Ele é um desses jovens professores velhos, sabe? Do tipo que não nasceu há tanto tempo para ignorar completamente que houve uma revolução sexual – embora seja bastante difícil imaginar que ele tenha participado dela.

É claro que Al fica calada.

Ah querida, diz Fellows com um sorrisinho, Quer dizer então que não era mais interessante que a minha aula no final das contas?

Al está evidentemente tentada, mas balança a cabeça.

Fellows solta um dos seus elaborados sons de reprovação, como se já suspeitasse. Mas depois recomeça, e então nós somos forçados a passar o resto da aula olhando para a Liberdade através da janela, presos do lado de dentro, sem nada exceto a voz do professor, que é tipo a coisa mais monótona do mundo. Quando acaba o tempo (e o sino finalmente toca e acorda todo mundo), ele nos pára na saída da sala.

Eu tenho notado que vocês dois não parecem estar levando seus estudos muito a sério ultimamente, ele diz, parado na frente da porta com os braços cruzados como um diretor de prisão.

Desculpe, nós dois respondemos em coro.

Mas se fingir de criancinha não funciona com o Fellows. Ele diz tipo, Talvez seja uma boa idéia se a partir de agora vocês não sentassem mais juntos.

Al diz tipo, Mas professor, isso é uma violação dos nossos direitos básicos.

Infelizmente o Fellows é imune aos argumentos espertos da Al, que a maioria dos professores parece achar muito convincentes. Eu imagino que para eles seja como descobrir que você tem tipo um aliado secreto do outro lado. Mas Fellows a olha como se dissesse, Quem se importa?

Eu estou falando sério. Nada de sentar juntos, ele acrescenta.

Na saída da escola, bem quando parecia que eu ia conseguir ir embora sem que tacassem merda em mim, uma voz sussurra, Viadinho!, bem no meu ouvido. Eu viro para ver quem é – e quem poderia ser senão Fabian, Lord Freakzoid em pessoa?

Você é um retardado, eu falo, e ele solta um sorriso louco como se isso fosse uma coisa maneira. Ele chega perto e toca no meu ombro. É quase afetuoso o modo como faz isso, mas não passa de uma maluquice completa.

Eu digo tipo, Será que dá para você ir embora antes que me passe uma infecção cerebral?

Você vai ver, ele diz, Você vai ver. Ele sorri de um jeito sombrio e solta uma de suas risadas de Bruxa do Oeste antes de seguir os outros para fora do prédio, para a Liberdade.

Eu fico tipo, a definição de Que se dane, mas lanço um olhar para Al de qualquer maneira para mostrar a ela que ainda a vejo como a culpada de tudo. Ela faz um de seus olhares tipo, Estou lavando minhas mãos para a humanidade, que até onde eu vejo sente o mesmo por ela. Al não tem nenhum amigo, só eu. Ela acha que isso tem a ver com o fato de ser asiática e de se recusar a se colocar como um objeto sexual, mas para ser honesto provavelmente é só porque ela é a Al mesmo.

Então no final das contas foi um dia de merda, e a cereja no topo do bolo vem quando volto para casa e vejo a cena da Freira dançando pela cozinha porque ganhou algum prêmio estúpido enquanto Papai e Mamãe celebram a sua vitória brindando com xícaras de chá. Vovó está sentada à mesa olhando para eles com aquela expressão facial de quem pensa, Por que eu continuo neste planeta?

Papai diz tipo, Adivinha, Jaz!, com aquela voz superfeliz que ele faz sempre que não está tentando se fingir de maluco.

Eu digo tipo, O quê?

A Freira diz tipo, Você não vai acreditar!

Eu digo tipo, Você encontrou uma casa nova.

Mamãe diz tipo, Jarold, não ouse começar uma discussão! Se arruinar isso eu juro que vou bater em você! Eu estou falando sério!

Vovó diz tipo, Deixa o garoto em paz, ele acabou de entrar.

Não comece com isso! Mamãe rosna como um lobo selvagem, Esse é o grande momento de Teresa e ninguém vai estragá-lo!

O grande momento de Teresa acabou se revelando algum prêmio pela ultra-importante habilidade de soletrar bem, e Mamãe colocou na cabeça que essa era uma daquelas maravilhosas ocasiões familiares que o tempo imortaliza ou algo assim, apesar de que Teresa participa e ganha esse tipo de competição praticamente semana sim, semana não, porque ela é uma dessas péla-sacos que pensa que isso é legal. Enquanto eu me esforço para tolerar a cena dela fazendo Mamãe e Papai todos felizes, de repente lembro que ainda não arranquei seu couro cabeludo fora por me dedurar, então decido acertar as contas hoje e subo as escadas para esperá-la no seu quarto. Eu me esgueiro para trás da porta e fico planejando meu ataque.

O quarto da Freira é um desses horríveis quartos de mulherzinha rosa e branco, cheio de coisinhas. Ela tem esse enorme panda de pelúcia que com um brilhantismo único resolveu chamar de Panda. Estranhamente ela mantém o quarto imaculadamente limpo, e ainda mais esdrúxulo é o fato dela ter um crucifixo de prata pregado na cabeceira da cama. O pior crime contra a humanidade, no entanto, são os dois pôsteres que ela tem de

Ronan Keating e do Westlife. Ela é só um ano mais nova que eu, mas como eu espero que você já tenha sacado, não poderíamos ser mais diferentes, nem que um de nós tivesse crescido numa incubadora. Fala sério, *Ronan Keating?*

Ela sobe uns dez minutos depois, toda feliz consigo mesma, apertando contra o peito o estúpido envelope que a congratula por não ser uma retardada em gramática. Assim que ela entra, eu bato a porta e a agarro pela garganta, apertando bem para minimizar o som dos seus gritos. Quando sento em cima dela e ela vê claramente minha mão cheia do seu cabelo, percebe que eu estou levando aquilo a sério, pára de gritar e diz, Tá bom, com aquela voz calma, como se soubesse que o jogo tinha acabado. O segredo de Teresa é que ela é assim. Por trás da síndrome de boa-moça funciona o cérebro de um computador. Ela é o tipo de gente que você imagina que não sentiria náuseas em executar alguém se achasse que poderia ganhar alguma coisa com isso.

Eu digo tipo, Você tá fodida.

Ela diz tipo, Jaz, seja razoável. Eu estava pensando em você.

A Freira nunca me chama de Jaz, por isso essa tentativa tola de tentar ser minha amiguinha só me enfurece mais. Eu arranco alguns fios de cabelo e ela se contorce.

Eu digo tipo, Ah é? Você tava pensando em mim?

Ela diz tipo, Por favor, Jaz. Eu só quero o melhor para você. O irmão de alguém da minha escola viu você naquele bar e eles começaram a me provocar por causa disso. Eu fiquei tão chocada e magoada. Você nem imagina! Você nunca deu nenhum sinal de que era assim!

Eu digo tipo, Assim como?

A Freira parece meio perturbada. Ela diz tipo, Será que você não percebe que só reagi dessa maneira porque não sabia o que fazer?

Por causa desse papinho eu arranco mais três fios, todos de uma vez. O corpo da Freira fica todo parado, como se estivesse morta, e ela fecha os olhos. Eu reconheço a tática e me preparo. Ela tenta de repente se libertar mexendo o corpo todo para o

25

lado, e eu quase deixo escapar a parte dele em que estou sentado. É uma manobra esperta, mas não esperta o suficiente. Eu afundo sobre meus tornozelos e seguro firme.

Jaz, por favor! Eu fiz isso porque me importo com você!, ela grita.

Não! Você fez o que fez porque é uma puta escrota!

É a pura verdade. A Freira pode ser tudo, mas não é estúpida. Eu observo com satisfação sua cara mudar como a da menininha de *O exorcista*. É uma coisa horrível para quem não conhece minha irmã vê-la ficando com raiva, porque parece que o demônio está assumindo o controle. Mas eu sei que é só a Teresa verdadeira se revelando.

Tá bom então!, ela rosna, Talvez eu tenha contado tudo porque não concordo com isso! Você é um doente e eu sinto desgosto por ser parente sua! Você deveria sentir vergonha!

Ela me encara e por um segundo eu me sinto tentado a arrancar seus olhos, mas acabo me contentando em apenas cuspir neles. Ela vira a cabeça de um lado para o outro, mas sua resistência é inútil porque eu simplesmente acompanho seus movimentos com o meu cuspe.

Você é nojento! Ela grita, e dá um soluço. Eu estupidamente me distraio com isso, e aproveitando o mole que dou, ela dá um jeito de soltar o mais pavoroso grito que a humanidade já ouviu antes que eu consiga sufocá-lo na sua garganta. Eu pulo de cima dela enquanto passos ressoam nas escadas. A Freira explode em lágrimas exatamente no momento em que a porta se abre e Papai e Mamãe se enrolam um com o outro tentando entrar no quarto ao mesmo tempo como um par de vigilantes comicamente ineptos.

Que merda é essa?, pergunta Mamãe, levando as mãos à boca (um dos seus cotovelos acerta o estômago de Papai com bastante força quando ela faz esse movimento). Papai faz aquela cara brava como se fosse exatamente isso que ele tivesse pensado.

Ele estava tentando me matar!, geme Teresa entre dois grandes soluços. Ele tem ciúme de mim!

Mamãe me lança o seu olhar de morte. Eu levanto as mãos, mas não há como escapar.

Eu digo tipo, Me dá logo um tiro e acaba com tudo de uma vez.

Ela diz tipo, Vai para o seu quarto nesse segundo.

No meu quarto eu faço algumas séries enquanto espero Mamãe chegar e desenrolar a parada. Depois de um tempinho me entedio e acabo simplesmente sentando à minha escrivaninha e esperando. No dia seguinte nós teríamos uma dessas sessões de aconselhamento profissional onde precisamos mostrar que pensamos no nosso futuro, então eu tento livrar minha mente desses suplícios limitantes e bolar algumas respostas. No exato momento em que me ocorre Terrorista Suicida, o carrasco chega, e eu fico surpreso quando vejo que coube ao Papai a santa missão de me dizer a decepção que eu sou. Pelo menos ele tem a decência de bater na porta antes de entrar, sentar na minha cama e me olhar profundamente, daquele jeito que te diz que sofreu uma enorme decepção e que talvez nunca a supere.

Nós estamos muito desapontados com você, Jaz, ele começa, como se eu ainda não tivesse entendido a mensagem.

Eu digo tipo, É mesmo?

Ele diz tipo, Nós simplesmente não conseguimos entender o que tem acontecido com você ultimamente. Não sabemos o que fazer. Por que você está se comportando dessa maneira?

Eu digo tipo, Provavelmente porque sou adolescente.

Papai parece um pouco confuso com isso. Às vezes é como se ele e Mamãe esquecessem que você é um ser humano capaz de pensar. Eu percebo o quanto ele está desconfortável e como continua nervoso. Mamãe deve ter mandado ele aqui dizendo que estava cansada de fazer papel de má, mas isso não funciona porque dá para ver que ele não passa de tipo um subtenente que só veio porque ela mandou. Às vezes eu fico com medo de que ele tenha secretamente pensamentos assassinos e um dia desses resolva tipo, matar nós todos, queimar a casa ou coisa assim. O cara simplesmente não tem amor-próprio, então é bem possível que fique uma pilha de nervos. Lembrar disso me dá uma idéia brilhante.

Eu digo tipo, Eu só queria que alguém me contasse francamente o que dois homens fazem quando estão na cama juntos.

Papai começa a mudar de cor imediatamente. Ele fica tipo, a definição de Socorro. Depois que passa por todas as cores do arco-íris, decido dar uma mão para ele sair do buraco e digo que estou cansado e que poderíamos continuar a conversa amanhã, e nesse ponto Papai praticamente corre para fora do meu quarto, o que me deixa pensando o quão ridículo é o fato de eu não ter a chave da minha porta.

Depois eu ouço Mamãe gritando pra cacete com ele. Ela costuma liberar a tensão dessa forma pelo menos uma vez por semana. É foda, porque tem gente tentando dormir na casa. Mas eu imagino que isso seja útil de alguma forma, pois me dá um pouco mais de munição para criticar minha Mãe Má na próxima vez que começar a brigar comigo por respirar da forma errada ou coisa do gênero. Você provavelmente está pensando que não é nenhuma surpresa minha vida ser toda fodida, porque eu também penso nisso quando fico ouvindo eles. Não que eu me importe nem nada, mas isso não pode ser bom para minha sensibilidade.

# 3

É CLARO QUE EU NÃO TERIA INCLUÍDO A PARTE SOBRE AQUELE mala do professor Fellows se não fosse pelo que aconteceu depois, porque isso é tipo, 100% importante. Agora vem o que eu gosto de chamar de Cena de Amor. Para mim, é de longe a melhor parte – depois tudo vai ladeira abaixo. Vamos lá:

Tipo, eu estou na boate. É claro que Mamãe e Papai me proibiram de sair, mas eles não podem literalmente me acorrentar no pé da cama, e eu tenho pernas e a chave da frente, então, olha só que surpresa, eu volto para a Starlight (a tal boate) três dias depois.

Estou aqui com a Al e faltam só umas duas doses pra gente ficar no ponto. Ela pode se esgueirar para fora de casa sempre que quer, porque seu quarto fica no primeiro andar, e está usando um vestido florido supercomprido – no qual nós dois tropeçamos o tempo todo – pois está convencida de que os anos 90 estão voltando com tudo. Eu não tenho nenhum dinheiro desde que Mamãe decidiu que estava sendo muito benevolente e resolveu me tirar tudo no dia depois da "Conversinha", então estou completamente às custas da Al, que não está muito feliz com isso, e fica dizendo que só veio aqui por minha causa (como se ela tivesse alguma coisa melhor para fazer). Já tava na hora de eu tentar conseguir uns drinques pra gente com os coroas que ficam pendurados no balcão, o que é chato pra caramba, porque você tem que conversar com eles e ao mesmo tempo ficar esperto com suas antiqüíssimas mãos bobas.

Al fica falando como deduções no imposto de renda devem deixar de existir no futuro, e bem no momento em que ela ia começar um papo realmente insuportável sobre fraudes de seguros tudo acontece. Eu vejo O Cara. Quer dizer, parece que um raio me acerta, tipo, várias vezes. Palpitações no coração, calafrios, borboletas, náusea, tudo. Ele é simplesmente espetacular, e totalmente o oposto do que eu costumo procurar. Tem essa pele escura, o queixo grande e olhos meio puxados, raivosos. Ele meio que flutua, sacou? Bem, se você já ficou caído por alguém deve entender, e se não, você tem uma coisa muito especial a perseguir, assumindo que isso alguma vez vai acontecer com você, porque se não acontecer está condenado a acabar como meus pais, e nesse caso eu tenho pena de você. Muita pena.

Então eu fico tipo, bobo de paixão; e enquanto isso, Al, coitadinha (como a neoconservadora saudosa dos anos 90 que é), não percebe nada. Ela começa a me acusar de não estar prestando atenção e diz que vai embora, e com isso ela quer dizer que realmente é hora de eu prostituir minha companhia por uma bebida.

Eu falo para ela, Então tá bom, o que a deixa um pouco perturbada.

Qual é o seu problema?, ela quer saber.

Eu digo tipo, Você tem limitações óticas sérias ou o quê?

Ela se vira e olha. Aí diz tipo, Quem? Ele? Sério mesmo?

Como eu já disse, o destino de Al é ser uma sapatão gorda. Tá escrito na aura dela e não há como escapar disso, então não sei por que ela simplesmente não aceita a realidade e segue em frente. Ela saca tanto de homens quanto o meu pai.

Seja como for, eu tenho que falar com esse cara, então me livro de Al e sigo em frente, só para quase ser decapitado quando ele se vira e faz um sinal para o sujeito que o acompanha (que, aliás, é da Bibliotecolândia e está Fora de Competição).

Desculpa, minha visão diz para mim, segurando meu braço enquanto eu cambaleio para trás. Eu recupero o equilíbrio e tento minimizar a situação.

Tranqüilo, eu digo, mas posso ouvir minha voz tremer, o que me deixa muito puto, vou te contar. Já até tive outras paixões antes, mas essa me atingiu em segundos com força suficiente para varrer todos os turistas da Trafalgar Square.

Ei, você não é novinho demais para estar nesse tipo de lugar?, ele diz com um sorriso.

Eu não sei se esse sorriso é um sorriso tipo posso-ser-conquistado/ vem-me-foder ou um sorriso tipo sou-um-inspetor-licenciado/ policial, então lanço um olhar frio para ele e dou um passo para o lado como se eu não quisesse ser contaminado. O bibliotecário que está com ele olha para mim de cima a baixo e gosta do que vê.

Deixa disso, ele diz numa voz inesperadamente profunda. Vamos pagar uma bebida para ele.

Eu gosto da idéia, é claro, então depois de alguns minutos estou bebendo um Bacardi com Coca-Cola (eu sei, eu sei) e conversando com esse cara. Ou ouvindo o que ele diz, sei lá. E é o bibliotecário, infelizmente, porque O Cara se revela do tipo caladão. Eu gosto disso, porque faz ele parecer mais sexy no meu livro, mas é meio chato porque eu tenho que continuar dando corda pro Sr. Poeta ao lado dele, que está me oferecendo tipo a edição *deluxe* da história da sua vida. Só Deus sabe o que aconteceu com Al, mas eu começo a rezar para ela aparecer e me resgatar.

No exato momento em que me preparava para tomar o último gole antes desse sujeito com voz de peixe me matar (o nome dele era Cod, Plaice ou coisa parecida), O Cara finalmente consegue articular alguma coisa, que é, Então, de onde você é?

Tá bom, não é uma pergunta que merece um prêmio, mas é um aparte, e veio dele, então eu não reclamo.

Londres, eu digo. Percebo que isso é bastante óbvio, então acrescento, Shepherd's Bush.

Quando eu era novo, ou mais novo se você preferir, Shepherd's Bush era um nome ruim para se dizer, e costumava produzir todo tipo de risadas abafadas. Então foi bem estranho contar para esse cara que eu morava lá e ver ele apenas sorrindo, o que eu imagino que seja tipo um sinal de classe, e isso é um pouco surpreendente, mas também é meio maneiro. O Cara simplesmente faz que sim com a cabeça.

E você?, eu digo.

Eu sou de Brighton, ele diz.

Isso sim é maneiro. Todo mundo que é alguém sabe que Brighton é o lugar para se morar atualmente. Estou planejando chegar lá com a Al algum dia no próximo verão, apesar de que as chances disso acontecer sem eu ter que fugir de casa são mil vezes menores agora que Mamãe tem uma informante.

Eu digo tipo, O que você tá fazendo aqui em Londres, então?, e ele explica que passa metade do tempo aqui e metade do tempo lá, já que tem um amigo que deixa ele ficar no seu apartamento enquanto está fora para fazer fotografias ou coisa assim.

Quantos anos você tem afinal?, ele diz. A pergunta que não quer calar. Deixa eu esclarecer isso logo para você nunca cair nesse erro: antes costumava ser meio inadequado fazer essa pergunta a uma velha senhora – bem, agora isso é uma coisa que você definitivamente não deve perguntar a nenhuma pessoa num bar, a menos que você seja o barman.

Quarenta, eu digo. E você?

Vinte e dois, ele diz, com um sorriso. Cod, o bibliotecário, está rindo como um maníaco, e eu acho que ele acha que tem uma chance, o que é tipo, longe da realidade. Como se eu fosse ficar com alguém que usa lentes estilo vidro-de-aquário e um *mullet* (o que nem mesmo é irônico). Mas esse cara, que ainda nem sei o nome, está me matando. Ele é totalmente lindo, e fica difícil de entender como não está cercado de homens por todos os lados numa boate desse tipo.

Você parece bem novo, ele diz, ainda insistindo nessa parada de idade. Sei lá, talvez pessoas espetaculares assim não devessem falar. Tipo, ninguém faz um outdoor falante, ou faz?

Eu digo tipo, O que é isso, a santa inquisição?

Desculpa, ele diz, finalmente parecendo se dar conta de que essa conversa sobre a minha idade é ofensiva. Eu olho nos seus grandes olhos castanhos e o perdôo. Na verdade eu praticamente me derreto inteiro. Aí ele chega e estraga tudo dizendo, Eu me lembro como é ser novo. É duro lidar com quem você é.

Isso é tão chato. Eu digo tipo, Você lembra mesmo?

Deixa ele, diz Cod, com pena. Eu dou uma rápida olhada em volta procurando a Al enquanto ele dá um fora no Cara por mim. Infelizmente eu estou sendo forçado a concluir que do jeito que as coisas vão não vai dar. Esse cara pode me deixar louco fisicamente, mas conversar com ele é como ir para a Antártica.

É bem óbvio que fiquei ofendido e estou me preparando para partir. O cara parece meio culpado e tenta dizer alguma coisa, mas eu fico tipo ETC. Faço que vou embora, porque aparentemente Al me desertou, mas então O Cara toca na minha mão. Fogos de artifício explodem dentro de mim. Olha, ele diz, Desculpa. Eu não queria encher seu saco. Sério mesmo.

Eu fico tipo, supersensível com sua pele encostando na minha. Sinto o sangue subindo para as minhas bochechas, então tento ir com calma. Eu digo tipo, Com licença, você está invadindo meu chacra.

Ele diz tipo, Sério mesmo eu estava falando só no bom sentido. Você deveria ficar feliz. Eu queria que as pessoas ainda acreditassem que eu tenho... dezessete! Ele dá uma risada e eu liberto minha mão.

Eu digo tipo, Acabei de me lembrar que tenho outra coisa melhor para fazer.

E estou quase indo, mas então ele me pára... e eu não sei bem como tudo acontece, ele tipo se inclina para pedir desculpa mais uma vez, e eu tipo me inclino porque sou magneticamente atraído por ele, e então nós começamos a nos beijar. Tipo. Eu não estou me queixando nem um pouco, apesar de ficar com alguém na frente de velhos conhecidos do bar não ser bem a minha. Cod fica meio puto, eu acho, porque ouço alguns resmungos por trás do Cara (cujo nome continuo sem saber), e também uns sons meio contrariados dos coroas.

Não dura muito. Com um *timing* péssimo, Al reaparece na minha vida como se fosse a fada da castidade e me arrasta dali, dizendo que temos que ir embora porque ela está com dor de cabeça. Ela sempre faz essas merdas quando alguma coisa está errada. Eu me viro para O Cara, mas ele está frito na mão do Cod (brincadeira, hahahaha). Eu decido então ir embora tipo no estilo Cinderela, mas na mesma hora me arrependo, porque não peguei o número de telefone dele nem nada.

Assim que estamos no frio absurdo do lado de fora, eu começo a reclamar com a Al, Que merda você pensa que está fazendo? A parada *tava* rolando.

Eu vi o professor Fellows, ela diz, com o lábio inferior tremendo como se fosse uma máquina.

Aquilo era ridículo, e num primeiro momento eu pensei que ela estivesse brincando comigo. Mas então notei que longe das luzes multicoloridas lá de dentro ela tinha tipo essa expressão mega-assustada e a sua pele meio amarela estava pálida, aí lembrei de como Al nunca conseguia mentir bem para mim.

O quê? Lá dentro? Eu digo, chocado.

Ela faz que sim com a cabeça, então uma risadinha brota dos seus lábios que tremem sem parar até ela começar a gargalhar histericamente, e eu também, apesar de estar completamente bolado, porque o Fellows faz mais o tipo rude e definitivamente não é um cara que você espera ver numa boate, muito menos numa boate gay. Então penso um segundo e paro de rir.

Ele te viu?

Al balança a cabeça entre os rompantes de riso. Ela parece tipo um cachorro que foi atropelado. Nós seguimos até o ponto do ônibus nos apertando desesperadamente um contra o outro para conseguir um pouquinho de calor corporal nesse frio fodido. É sinistro, porque apesar de ter acabado de encontrar esse cara fantástico, só consigo pensar no Fellows. E Al também, porque ela continua gargalhando até o ônibus parar no ponto dela, e eu noto os outros passageiros olhando para ela como se quisessem que alguém chegasse e a desligasse ou coisa assim.

A idéia do Fellows pegando um homem é que não entra na minha cabeça, se bem que, quando eu penso no assunto, a idéia dele pegando uma mulher também não é muito melhor. Algumas pessoas simplesmente não deviam se preocupar com esse assunto, além disso, ele é velho. A coisa mais estranha vai ser vê-lo no dia seguinte e ter que manter a cara impassível. Eu amaldiçôo em silêncio a minha decisão de fazer essa aula de geografia. Mas então percebo que isso no fundo não tem importância nenhuma, porque não vou estar nessa por mais muito tempo mesmo.

Mamãe está me esperando em casa, feliz como a morte. Assim que eu entro, ela cai em cima de mim como uma cobra, com as presas à mostra, pronta para me devorar inteiro – e olha que não é nem uma da manhã ainda. Eu não entendo, se você que está lendo isso tem tipo, mais que trinta anos, por favor me explique. Qual é o problema? Tipo, o que há de tão ruim com a idéia de se divertir que faz com que as pessoas praticamente engulam seus próprios cérebros em ataques insanos de raiva? Eu simplesmente não entendo. E pelo que observo, todo mundo parece parar de se divertir por volta dos vinte e poucos anos, então eu realmente gostaria de ter a oportunidade de me divertir ao máximo enquanto ainda sei o que *isso* significa.

Enfim, para resumir eu sou ameaçado com um tratamento psiquiátrico, coisa que Mamãe, sendo advogada, sabe perfeitamente o que é. Eu falo que se ela continuar em cima de mim, provavelmente vou precisar disso mesmo, o que obviamente deixa ela muito puta, e então, como era de se esperar, Mamãe entra naquele modo hipersônico (se lembra?), e eu corro para o refúgio do meu quarto, sentindo pena dos vizinhos.

Quando estou quase dormindo recebo uma mensagem da Al, que diz Ñ DA P/ ACREDITA Q FELLW = GAY! VC ACHA Q SABM NA ESCOLA?

Ia responder, mas a porta do meu quarto abre e Vovó entra em silêncio. Eu fico morto de medo. Ela está iluminada só pela luz da lua que vem da janela, veste apenas sua camisola e tem um sorriso meio demente que parece pregado na cara. O pior de tudo é que ela fica olhando fixamente para frente sem focar em nada. Parece um daqueles zumbis do filme *Madrugada dos mortos*.

Eu digo tipo, Vó? O que você tá fazendo?

Ela me olha e solta aquele som baixo e sinistro que vem da garganta, e por um segundo eu penso que ela pirou, provavelmente está segurando uma faca de cozinha e veio até aqui para me matar. Começo a fazer uma lista mental de todos os objetos razoavelmente sólidos que estão perto da minha mão e que eu posso jogar na cabeça dela caso precise. Mas então me ocorre que talvez ela só esteja muito doidona por causa do excesso de anfetaminas. Isso acontece de vez em quando, geralmente no Natal, quando ela esquece que remédios deveria tomar e acaba colocando para dentro um coquetel de drogas e *sherry*.

Eu me levanto e acendo a luz, e isso parece trazer sua consciência de volta, porque ela olha em volta piscando como se nunca tivesse visto meu quarto antes. Ela diz tipo, Por que você tem todos esses pôsteres desse rapaz no seu quarto?

Eu digo tipo, Agora não é hora disso.

Pego o braço dela e a levo de volta para o seu quarto. Fico pensando como é triste ela ser velha e meio senil. Eu sei que é uma coisa que acontece e tal, mas espero que nunca aconteça comigo. Acho que deveriam congelar as pessoas depois dos sessenta anos e esperar até encontrarem tipo uma fórmula para reverter isso.

Eu deito a Vovó na cama dela e quando estou saindo ela começa a fazer aquele som outra vez, mas resolvo deixar ela fazer o som que quiser, talvez seja só tipo, música contemporânea. Antes de apagar a luz, eu mando uma mensagem para Al dizendo MDEUS. VOVO TA NA PIOR.

Quando eu volto da escola no dia seguinte descubro que Vovó teve um AVC e está no hospital. Mamãe diz que ela tá bem, e que deve ter acontecido durante a noite. Eu mantenho minha boca fechada sobre o lance dela entrar no meu quarto e tal. Mamãe nos obriga a fazer uma faxina na casa, coisa que ela sempre faz quando está se sentindo culpada. Você não precisa nem ser psicólogo para ver que a casa representa tipo a consciência dela, e quanto mais limpa, menos culpada ela vai ficando. Depois que acabamos de limpar a cozinha, o chão está tão brilhante que dá até para lambê-lo se a comida cair, e Mamãe parece um pouco menos tensa e diz que nós todos vamos visitá-la no hospital no domingo, então por que eu e Teresa não fazemos um lindo cartão? A Freira corre para o quarto dela para fazer exatamente isso, mas eu digo tipo, Onde estamos, num programa infantil?, e Mamãe fala que às vezes se desespera comigo. Eu digo tipo, É assim que eu sou. Tá bom, então pode continuar com a sala, ela diz.

# 4

TODA ESSA HISTÓRIA ENTRE VOVÓ E MAMÃE É BEM ANTIGA E
para entender você precisa saber de algumas coisas que tipo,
ainda não sabe. Então eu vou voltar atrás um ano (o que é coisa
pra caramba na minha vida) até os fatos que aconteceram quando ela veio morar com a gente, depois que o Vovô morreu.

É uma dessas tardes maravilhosas e sem sentido, quando a
escola nos dá um montão de tempo livre para revisar os nossos
deveres. Eu e Al estamos no meu quarto, que agora é no sótão
porque eu tive que me mudar por causa da Vovó, o que me deixou meio bolado com ela logo de cara. Nós deveríamos estar
estudando, mas em vez disso estamos lendo uma revista de sacanagem que eu consegui roubar da lojinha da esquina enquanto
Al distraía o vendedor com suas opiniões sobre o salário mínimo.
Ela fica bastante impressionada com o conteúdo, mas eu não –
nessa época, eu era o único de nós que já tinha tido alguma
experiência, mesmo que fosse só uma pegação bêbada no
banheiro de uma boate que um desafiou o outro a entrar. O resto
das minhas experiências aconteceu durante o ano seguinte, que
foi quando começamos a perceber que havia uma vida lá fora
para ser vivida.

Batem na porta, e nós conseguimos esconder a revista
embaixo da saia de Al um segundo antes da Vovó entrar no quarto com dois copos de suco de laranja.

Vovó diz tipo, Quem é essa mocinha adorável?

Al fica toda vermelha, porque ela é péssima para receber elo-
gios, e eu digo tipo, Onde? Al me dá um tapinha no pulso (sim,
ela costumava ser desse tipo).

Eu digo tipo, O que você quer?

Vovó diz tipo, Olha só o que eu trouxe para vocês.

Eu olho. Al diz tipo, Muito obrigado, e Vovó abre um sorriso iluminado como se a sua vida inteira ganhasse sentido e então começa a fazer um monte de perguntas basicamente levantando a ficha dela como se pensasse que estava olhando para sua nova nora (sem ofensas, Al, mas mesmo que eu não fosse gay, *sem chance*). Eu fico tipo, emitindo vibrações de Nos Deixe Em Paz.

Depois de uns dez minutos de uma conversinha chata, ela finalmente parece ter captado a mensagem e diz, Tá bom, vou fazer uma faxininha na casa. Cuidado para não se cansarem demais. Ela me lança aquele olhar impressionantemente óbvio e graças a Deus vai embora.

Al diz tipo, Sua avó é tão fofa, que é o tipo de coisa que só quem perdeu os avós muito antes de conhecê-los pode dizer. Então logo o aspirador de pó começa a funcionar (nós costumávamos ter um desses que fazem tanto barulho que parece que você está tentando aspirar o mundo inteiro), e nós tentamos ignorá-lo e dar mais uma olhada na pornografia. Aí eu começo a ficar excitado, digo que preciso ir ao banheiro e saio correndo para bater uma rapidinho. Mas quando chego no andar de baixo rapidamente me arrependo de não ter resistido, porque dá para escutar por cima do barulho do aspirador um outro som, que é o ruidoso choro da Vovó.

Como nesse tempo eu ainda tinha uma consciência, me senti no dever de ir ver o que era, e a encontrei no quarto dos meus pais, sentada na cama, molhando tudo com suas lágrimas enquanto o aspirador ligado no máximo estava apoiado na parede.

Eu digo tipo, Você tá bem?, o que é a coisa mais burra que eu poderia perguntar, porque é óbvio que não.

Surpresa, Vovó dá um pulo da cama (ou pelo menos se levanta bem rápido, afinal se trata de uma mulher bem velha) e vai desligar o aspirador. Então ela começa a ajeitar a colcha da cama como se isso fosse sua vocação ou coisa assim.

Ela diz tipo, Queridinho, eu não ouvi você entrar!

Eu fico com vontade de dizer, Existe um bom motivo para isso, mas acabo falando tipo, O que foi?

Ela diz tipo, Ah, eu sou só uma velha boba, não é nada.

Aí ela cai no choro outra vez e começa a dizer, Eu sinto tanta falta dele! Por que eu continuo aqui? Por que ele me deixou?, e por aí vai. Foi nesse momento que comecei a sentir um pouquinho de simpatia por ela, porque até ali ela e o Vovô não passavam daquela visita chata que a gente tinha que fazer todo mês, quando eu e A Freira ficávamos paralisados no meio da sala como bonecos de tamanho real e éramos forçados a relatar o que andávamos fazendo na escola para ouvir coros de Ahs e Ohs.

Eu dou um abraço nela e ela praticamente aperta a vida para fora de mim por alguns minutos, então senta outra vez na cama e diz, Eu queria morrer. Eu não devia estar aqui, Jaz. Eu devia estar lá em cima com ele. Ou seja lá onde ele estiver.

A idéia de que ela pensa que Vovô possa estar em algum outro lugar que não seja lá em cima é um tanto desconcertante, mas eu tento sorrir e começar a falar todas essas merdas tipo, Tudo vai ficar bem, você ainda tem a gente e blablablá. Mas então ela começa com aquele papo de que a Mamãe a odeia e que nunca a perdoou, e que esse negócio de morar aqui nunca vai funcionar, então por que não arrumaram uma casinha para ela ou coisa assim? Eu fico tipo, completamente perdido. Por que Mamãe odiaria você?, pergunto.

Ela diz tipo, É complicado. Às vezes as relações entre pessoas mais velhas são muito, muito... complicadas.

Enquanto eu estou tentando arrumar uma maneira de processar essa informação, ela começa a chorar outra vez e no meio da chuva ela diz tipo, Desculpa, Jaz, eu não devia estar te incomodando com isso, você ainda é tão novo, tem toda a vida pela frente..., ou seja, o mesmo papinho que as pessoas mais velhas sempre repetem, como se você não soubesse o que é ter problemas.

Seja como for, eu fico tipo milênios acalmando ela. Eu falo que ela só precisa deixar o tempo passar. Vovó assente com a cabeça e diz que eu sei das coisas apesar da minha idade, o que é bem engraçado, porque na verdade eu não acho que isso seja uma boa idéia quando você é velho, mas simplesmente não sei mais o que sugerir. Quando eu finalmente volto pro meu quarto, Al diz tipo, E aí, foi bom? Eu tento explicar aonde eu tinha ido, mas ela diz tipo, Ah, tá bom, você acha que eu nasci ontem? Eu digo tipo, Sério mesmo!, e explico tudo, meio bolado. Al acaba fingindo que acredita em mim. Nós lemos um pouco mais daquela história sobre um cara que tem um pau gigante, e então ouvimos o barulho das chaves na porta lá de baixo (dá para ouvir tudo nessa casa, e parece que os sons se juntam no sótão), o que significa que Mamãe chegou. Dada a situação, Al decide ir embora, então nós escondemos a revista de sacanagem embaixo do tapete e ela foge.

Quando fico sozinho, eu finalmente bato uma boa punheta e limpo tudo com as circulares velhas da escola (coisa que considero ao mesmo tempo poética e econômica). Então sinto fome e vou atrás de alguma coisa para comer, mas bem no instante em que ia entrar na cozinha escuto Mamãe e Vovó conversando lá dentro, então me encosto na parede e fico ouvindo.

Vovó diz tipo, Eu só preciso saber que você me perdoou.

Mamãe diz tipo, Perdoar o quê? Não sei do que você está falando. É aquela história com o Papai?

Há uma longa pausa e então ela continua, Você tomou seus remédios hoje?

Vovó fica ofendida. Ela diz tipo, Não tente colocar a culpa nos remédios.

Mamãe diz tipo, O que você tem? Não dá para ver que eu tive um dia difícil? Olha para o seu estado! Essa é a última coisa que eu preciso quando chego em casa.

Vovó diz tipo, É isso aí, pode dizer para a velha aqui calar a boca e morrer rápido.

Mamãe diz tipo, Como você ousa falar uma coisa dessas? Você não tem esse direito! Você daria ouvidos a si mesma? Eu trouxe você aqui para viver com a gente quando podia simplesmente ter te jogado numa casa qualquer – o que mais você quer de mim?

Uma pausa interminável, com folhas voando ao vento. Então Vovó diz tipo, Eu só queria que você parasse de ficar ressentida comigo.

Outra pausa na qual posso ouvir dois sons: Vovó soluçando e Mamãe respirando. Então Mamãe diz, É um pouco tarde para isso, não acha?, aí escuto seus calcanhares martelando na minha direção e me escondo atrás da porta, porque se ela me pegasse ouvindo isso provavelmente me deserdaria na hora.

Eu entro na cozinha e vejo Vovó sentada à mesa com aquela cara pesada. Ela me olha e dá um sorriso tipo, totalmente desgostoso da vida.

Bem. Então é isso, ela diz.

Depois dessa cena de novela, Vovó passou a ignorar a Mamãe. E a situação só piora. Ela nunca diz nada, a não ser coisas como Tudo bem?, ou outras perguntas que possam ser respondidas com um grunhido. É um negócio horrível, a única maneira que encontro de descrever a situação é dizendo que Vovó começou a murchar, e antes que nos déssemos conta ela tinha se transformado em tipo uma peça a mais da mobília que às vezes se move por conta própria. Mesmo assim, de vez em quando Mamãe discute com ela, mas na maioria das vezes ela prefere reclamar da Vovó pelas costas, o que faz com que você sinta muita pena dela, porque é claro que ela escuta (mesmo sendo velha), já que dá para ouvir tudo nessa casa.

Então quando a Vovó sofre um AVC, Mamãe tem bons motivos para se sentir culpada. Tente converter essa culpa em uma faxina e você vai entender o trabalho que tivemos.

Aliás, aquele lance da revista de sacanagem tem uma continuação. Mamãe acabou achando três semanas depois, porque a parada continuou escondida debaixo do tapete, e ela deu com a revista enquanto recolhia a roupa para lavar. Felizmente estava numa fase sou-uma-mãe-compreensiva e, acredite se quiser, pegou a revista, olhou, disse hum-hum, tipo tomando conheci-mento, abriu a gaveta da minha escrivaninha e a colocou lá den-tro. Em algum momento do dia seguinte ela mudou de idéia, ou então a tal fase acabou, porque quando eu procurei a revista depois da escola ela simplesmente não estava mais lá. Outra teo-ria é de que Papai acabou tomando posse dela.

## 5

VAMOS DAR UMA CORRIDA COM A HISTÓRIA AGORA. EU VOU pular direto para a próxima vez que vejo O Cara, porque isso é mil vezes mais interessante do que as coisas que aconteceram logo depois do AVC da Vovó. É também quando eu encontro Fellows, O Fabuloso, em carne e osso, e tudo isso acontece na mesma boate. A única diferença é que dessa vez Al não está lá, porque seus pais descobriram que nós saímos aquela noite e, tipo, trancaram a janela dela. Incrivelmente Mamãe parou de encher o meu saco – é uma tática nova que ela está tentando usar (eu ouvi ela conver-sando sobre isso com um dos seus amigos juízes). A idéia central é que eu vou parar de ser "rebelde" se não tiver nada contra o que me rebelar. Ela não podia estar mais enganada.

Então estou na Starlight, sozinho, me sentindo um pouco deslocado, para dizer a verdade, porque ninguém quer conversar comigo a não ser os coroas; e além disso ninguém está dançando ainda, então não dá nem para fazer isso. Eu não ia vir, mas é uma noite de sábado e eu prefiro passá-la em qualquer lugar a ficar ouvindo Mamãe reclamar do Papai ou vendo TV com o Bilbo e A Freira. Mas a noite está se revelando uma merda e quando eu estava a ponto de começar a bater papo com minha própria depressão, Ele entra, também sozinho, e eu penso comigo mesmo, Tá bom, lá vamos nós.

Uma palavrinha sobre essa parada de sexo, já que levando em consideração o que vem pela frente você vai acabar sabendo mais cedo ou mais tarde mesmo. Até agora eu ainda não dei a bunda. Tipo, eu sei que os gays são famosos justamente por isso, mas simplesmente ainda não rolou com nenhum dos caras que eu peguei. Tá bom, eu admito que só foram três, e as primeiras duas vezes foram só pegações no escuro (a primeira vez que agarrei um cara foi bem complicado, na verdade – quer dizer, meus dedos ficaram pegajosos com a porra dele e eu não sabia o que fazer com eles). Mas, cara, eu estou pronto para aprender.

Então eu vou até ele e falo aquelas coisas tipo, E aí, como vai? Ele parece meio confuso por um segundo e eu fico morrendo de medo dele não se lembrar de mim, apesar de tudo ter acontecido há só uma semana. Mas ele se lembra. Seu rosto se ilumina de maneira adorável – ele tem essas bochechinhas fofas que parecem encher e esvaziar quando sorri. Aparentemente ele esqueceu todo aquele negócio de ter me ofendido, porque a primeira coisa que diz é Olha só, o cara novinho tá aqui outra vez!

Eu digo tipo, Tá bom, valeu.

Seja como for, ele me paga uma bebida, nós sentamos num cantinho e começamos a conversar, e ele se revela um cara bem maneiro. Descubro seu nome também – Jon. Eu sei, Jaz e Jon não soa bem. Na verdade, é tipo um pesadelo para a associação de poetas, mas o que eu posso fazer? Ele é professor de windsurf e dá aula para universitários ricos num lago. Isso é mais maneiro do que qualquer coisa que eu possa contar a ele, mas eu tenho uma carta na manga. Eu sou *trainee* de *chef* de cozinha num grande restaurante, o Breeze. É o que eu sempre digo, porque Papai trabalha lá, e eu posso ficar falando do lugar por horas se decidirem achar isso interessantíssimo. Ainda bem que esse cara não acha, o que é totalmente a seu favor, porque eu também não acho. A gente tem tipo, coisa melhor para fazer...

Logo estamos nos beijando outra vez, e eu exploro dentro da boca dele. Acho que do jeito que coloquei isso pareceu meio tosco, mas estou só tentando dizer que entramos nessa onda. Eu fico duro como pedra na parte de baixo e leve como uma pluma na parte de cima.

De repente, com o *timing* de um peido, Fellows aparece do nada. Tipo, eu fico quase acreditando que Deus existe, porque parece mesmo que tem alguém me olhando o tempo todo e escolhendo o momento exato para foder com tudo. Bem, dessa vez parece que ele escolheu uma bicha para fazer o trabalho. Fellows chega a ponto de nos separar com as mãos.

Jarold Jones!, ele diz com aquela voz dura. Meu Deus, o que você acha que está fazendo?

Eu digo tipo, Ah, que merda.

Jon diz tipo, Quem é você?

Fellows diz tipo, Jarold, vem comigo agora mesmo.

Eu digo tipo, Por favor...

Mas não há como argumentar com um professor puto da vida. Eu não sei o que ele tem a ver com isso, porque eu não estou tipo, matando aula para vir aqui nem nada. Mas de alguma maneira o que eu estou fazendo é errado, e sinto aquela coisa que você sente quando sabe que tá mandando mal e é meio obrigado a fazer o que te dizem. Então eu sigo o Fellows para fora da boate e deixo o Jon com aquela cara contrariada, provavelmente pensando que ele é ou meu pai ou meu namorado, duas alternativas sinistras.

Já do lado de fora Fellows diz tipo, Pode ir se explicando.

Tipo, explicar o quê? Mas ele me encara como um vulcão silencioso pronto para entrar em erupção. Eu saco que ele vai me dar um daqueles esporros que quase te deixam em coma, tipo aqueles que você leva quando realmente transgride as regras.

Então digo tipo, Faz um favor, acaba logo com isso.

O lábio de cima e as bochechas dele imediatamente se contraem. Ele fica todo duro e treme de uma maneira esquisita, que nem aquele personagem maluco de *Psicose*. Eu penso em fugir, mas de repente percebo que não estou com tanto medo dele assim. Na verdade, estou é intrigado com o que ele estava fazendo nesse tipo de lugar. Bem, pegando uns caras, é claro, mas porra, ele faz o tipo totalmente maduro, não faz?

Olha, ele diz, eu não quero criar problemas para você. Mas você é muito novo para isso. Muito novo, entendeu?

Eu digo tipo, Quem é você, um Anjo do Senhor?

Ele diz tipo, Não piore as coisas. Eu não quero ter que contar para os seus pais.

Isso me faz rir, talvez por causa dessa situação tão clichê, tão digna de novela, e de repente Fellows começa a rir também. Ele tem aquela risada forçada e fina, como se estivesse sem ar, que condiz perfeitamente com sua personalidade. Só que nós estamos rindo de coisas diferentes – eu estou rindo porque imagino a cara da Mamãe recebendo o telefonema dele, e Fellows está rindo porque está meio sem saber o que fazer.

Então eu digo tipo, O que você estava fazendo lá? Procurando os alunos da escola?

Ele fica completamente desarmado com essa, e pára totalmente de rir. Faz uma cara séria, e olha só o que ele diz em seguida; tipo, eu daria tudo no mundo para ter uma cópia assinada dessa declaração:

O estilo de vida que eu escolhi é uma opção perfeitamente válida.

Desculpa – eu já ouvi coisas engraçadas antes, mas vindo de um professor de geografia, essa é a melhor. Por um minuto ele me olha enquanto eu perco o ar e me contorço de tanto rir, então me levanta e me dá um tapa. Grande erro. Professores não podem dar tapas em alunos e eu não vou aceitar isso numa boa. As palavras Olha, desculpa mal saem dos seus lábios e Bam! – Fellows cai nocauteado. Meu punho dói por causa do impacto, o que com certeza significa que a porrada foi boa. Na verdade, por um horrível minuto eu penso que ele não está se movendo, fico com medo que ele tenha batido a cabeça um pouco forte demais e, num tenso segundo, eu me transformo num assassino. Não é tão ruim assim, eu penso, minha defesa já está garantida, afinal Mamãe é advogada e tal. Mas logo vejo que ele não está morto, porque começa a grunhir e a se arrastar pela calçada.

Eu fico em volta dele por um minuto que nem um idiota. Então me ligo que não temos muito mais o que conversar e saio fora.

Encontro Bilbo na porta da frente e entro com ele. Mamãe e Papai já estão na cama quando eu volto para casa, o que é uma ótima surpresa, então vou direto para o espelho do banheiro. O que importa é, ele começou, eu só reagi, e tenho uma grande marca vermelha na minha bochecha para provar isso. Só lamento o fato de ter sido arrancado outra vez dos braços do Príncipe Encantado. Assim vou acabar tendo que trepar com os sapos, ou talvez com o Bilbo.

Mando uma mensagem para Al: VI O KRA SEXY HJ! XAMA JON + QASI ROLOU! MS FELLWS FDEU TD!!! ELE TVA LA TB + ME VIU C/ O KRA! ELE ME BTEU AI EU BTI NELE + FUGI! J

O texto que ela manda de volta é tipo, a definição de Não Acredito, e eu tenho que admitir que essa história toda parece mesmo meio alucinada para uma noite só. Demoro séculos para dormir, mas quando finalmente pego no sono eu tenho um sonho erótico, o que já é alguma coisa, pelo menos até acordar no meio da madrugada com um cheiro estranho, que vem de Bilbo limpando o cu bem do lado da minha cara.

# 6

ACHO QUE JÁ ESTÁ NA HORA DE CONTAR A HISTÓRIA DO MEU segundo dia de merda, que aconteceu logo no começo daquela semana. Foi o dia seguinte ao AVC da Vovó. Começou comigo pensando que talvez pudesse conseguir uns dias de folga da escola por causa disso, e tentando parecer totalmente bolado com a parada, mas Mamãe logo se liga e fica dizendo cheia de raiva que eu também devia ter um AVC para ver se é bom. Nesse meio-tempo A Freira começa aquela vigília no quarto dela, e quando você passa às vezes ouve ela rezando, o que, como você pode imaginar, é muito pior do que qualquer coisa que eu possa fazer ou dizer, mas Mamãe resolve ignorar.

O dia começa mal por causa dos pais da Al. Sem se importar em pedir a minha permissão, que ela diz não precisar quando está na própria casa, Al foi em frente e contou tudo o que eles não deviam querer saber sobre mim. Aparentemente ela estava esperando que eles dessem alguns conselhos sobre como me convencer a me assumir mais ou coisa assim. O problema é que, para esse tipo de coisa, os pais da Al são tão flexíveis quanto uma pedra, o que ela já deveria saber, sendo filha única deles e tal.

Então eu bato na porta e em vez de ver a Al vejo a senhora Rutland, que é tipo, o oposto da filha – alta e magra, sempre vestida como se estivesse esperando uma visitinha da rainha. Ela parece completamente aterrorizada quando me vê, e levanta as duas mãos como se esperasse que eu fosse atacá-la ou coisa assim.

Eu não sei ainda que eles sabem, então falo meio de brincadeira, Tá tudo bem, não é contagioso.

A senhora Rutland solta o riso mais falso do mundo. Leia devagar as palavras ha ha ha e você vai ter uma idéia do som que ela emitiu. Eu olho em volta para ter certeza que não entrei sem querer na Malucolândia ou coisa assim, e a senhora Rutland diz, Você me assustou!, o que é tipo, completamente óbvio. Eu percebo que tá acontecendo alguma coisa, mas antes que possa sacar o que é o senhor Rutland aparece atrás dela na porta.

Quem é?, ele pergunta e aí me vê. Sua cara faz as mesmas caretas que a dela tinha feito – tipo, no estilo Jim Carrey.

Oi, senhor Rutland, como vão as coisas no trabalho? Eu pergunto isso porque Al me disse que ele estava envolvido com uma parada bem importante, tipo reposicionamento e tal, e o negócio já tava todo esquematizado. Ele dirige uma fábrica de móveis que produz sofás em diferentes tons de bege.

O senhor Rutland ignora completamente o que eu disse. Ah, oi, Jarold, ele diz. Vou levar a Al para escola hoje.

Eu digo tipo, Como assim?, porque eu e Al sempre vamos e voltamos de ônibus juntos. Posso falar com a Al, por favor?

O senhor Rutland diz tipo, Acho que ela está no banheiro agora. Com certeza você vai vê-la na escola. É melhor ir indo, né?

Eu digo (muito gentilmente, porque vai que alguém morreu), Tá tudo bem?

Ele deixa escapar uma cópia idêntica da risada da senhora Rutland. Claro, claro, ele diz. Mas não é melhor ir andando para não se atrasar para a escola?

Nesse exato momento Al aparece por trás deles com sua mochila. Ela olha de um para outro como se não acreditasse no que via, então passa por eles como se não estivessem ali.

Ela diz para mim tipo, Vamos nessa. Eu noto que ela se vira e lança um olhar ameaçador quando estamos partindo. A senhora Rutland diz por trás da gente, Não chegue tarde!

Eu digo tipo, Qual foi?

Al diz tipo, Eles são tão primitivos. Eu falei para eles que você era gay e eles ficaram desesperados. Agora querem que a gente pare de sair junto depois da escola.

Eu digo tipo, Você falou o que para eles? Tá de sacanagem comigo, né?

Al se faz de inocente. Ela diz tipo, Não, tô falando sério, por quê?

Eu digo tipo, Você tá frita, amiga.

Me preparo para um daqueles ataques explosivos de arrancar cabelos/cuspir, mas parece que Al realmente não tem noção da merda que fez. Eu tento explicar, mas ela diz tipo, Por que você se importa com o que eles pensam? Eles são tão ignorantes! Não sei como conseguem continuar sendo tão ignorantes na sociedade de hoje em dia... E aí ela começa um sermão sobre direitos humanos antes de eu ter a chance de reagir, e a minha raiva é totalmente esmagada pelo tsunami de chatice que se segue, porque quando a Al começa não tem nem como tentar falar outra coisa. Sua única escolha é ficar quieto e torcer para ela cansar logo. Ela continua falando durante todo o caminho que o ônibus faz até a escola. Quando finalmente conclui (logo antes de saltarmos), eu tento pela última vez fazer com que ela veja o meu lado.

Mas o que importa é que de agora em diante seus pais vão olhar para mim como um homossexual esquisito que está tentado corromper a filha deles.

Al diz tipo, Você ouviu *alguma coisa* do que eu acabei de dizer?

Eu digo tipo, Sim, só não prestei atenção. Ainda não consigo acreditar que você contou pra eles!

Al diz tipo, Você sabe que não tem a ver com toda essa história!

Eu digo tipo, Vai se foder, isso tem a ver comigo sim.

Al diz tipo, Vai se foder você, não tem coisa nenhuma! Essa história tem conseqüências muito mais amplas...

Nesse ponto eu perco a cabeça. Eu digo tipo, Ah vai tomar no cu!

Al diz tipo, Vai tomar no cu você!

Nós temos que nos levantar para saltar. Tem uma porrada de alunos da escola parados no caminho, então nos espremos entre eles e eu sussurro para Al, Sua puta de merda! Ela balança a cabeça e murmura, Que patético. Quando saltamos, ela imediatamente começa a fingir que eu não existo, então decido deixar aquela filha-da-puta na dela e abandono a Liberdade do mundo exterior querendo matar alguém (a saber: Al). É só quando já estou do lado de dentro que me ligo que brigamos sério. Percebo isso porque estou literalmente sem ar.

O mais estranho é que essa é a primeira vez que nós brigamos sério. Tipo, a primeira vez *na vida*. Já discutimos várias vezes, mas é só um implicando com o outro. Eu nem consigo lembrar a última vez que nos desentendemos. Eu comecei a andar com a Al na terceira série, quando ela ainda era só uma menina de treze anos acima do peso com o cabelo cortado tipo uma cuia. Hoje ela é uma menina de dezesseis anos acima do peso com o cabelo cortado tipo uma cuia (isso deveria ser irônico, mas talvez não seja) e o pior que a gente já teve até agora foi uma briguinha à-toa.

Eu passo o primeiro tempo sentindo que a vida está contra mim, e o sentimento só aumenta com Boizão me chamando de Viadinho assim que entro na sala. Quando o professor Pond ri na minha cara depois que eu pergunto a ele por que todo mundo sempre se casa no final das peças de Shakespeare, eu sinto uma vontade louca de começar a chorar, e só consigo esquecer dela mexendo o meu relógio pra lá e pra cá durante a aula tentando fazer o reflexo acertar o olho dele o tempo inteiro.

Depois da aula de inglês eu sou abordado pela Mary, uma garota que é totalmente caída por mim, apesar de que num momento de desespero acabei até admitindo a ela que era confuso (algumas pessoas simplesmente não entendem). Ela está sempre me chamando para fazer coisas, tipo sair junto depois da escola ou se encontrar na casa dela para umas sessões particulares de estudo à luz de velas. Mary fica entre mim e a Liberdade e abre aquele sorriso brilhante e perfeito – o pai dela é ortodontista, então ela começou cedo com todo esse negócio de aparelho e freio-de-burro pelo qual todos nós já passamos (exceto algumas pobres bocas que ainda continuam passando), quando ela estava tipo, na primeira série.

Ela diz tipo, Oi Jaz, tudo bom? – que coisa mais óbvia. Tipo, ela precisa de um pouco mais de respeito próprio.

Eu digo tipo, Oi / Que se dane, porque não estou com saco para ela agora.

Ela diz tipo, Você vai na minha festa, né?, como se eu tivesse jurado por Deus que ia, quando na verdade é a primeira vez que ouço falar no assunto.

Eu digo tipo, Que festa?

Aí descubro que ela está organizando essa festa (não sabia?) que vai ser daqui a duas semanas e eu sou tipo, o convidado de honra. Tenho que explicar que a Mary é uma dessas patricinhas louras de olhos azuis. Para completar o estereótipo, ela ainda tem aqueles peitões de líder de torcida, que pulam para fora do seu corpo magérrimo que nem os da Jessica Rabbit. Al tem um ciúme louco dela e a odeia até a morte, mas é claro que todos os garotos são totalmente obcecados por ela, o que faz com que seja tipo cem vezes mais complicado dispensá-la assim. Penso na Al e só de sacanagem com ela eu digo tipo, Sim, claro, por que não?, apesar de ter certeza que ir a uma festa organizada pela Mary na casa dela consiste basicamente em ver uma metade da escola ficando com a outra, como num *pukatorium*.

A cara de Mary se ilumina como uma árvore de Natal. Enquanto ela está toda feliz com meu inesperadamente fácil consentimento, eu rapidamente digo que tenho que ir e escapo antes que ela tenha tempo de soltar mais daquele lixo constrangedor simplesmente para continuar na minha presença.

Na tentativa de dar uma melhorada no meu dia, decido fumar um dos cigarros do Papai que trago sempre no bolso do coração para emergências. Eu sigo até o bicicletário, o refúgio tradicional. Atrás desse antigo galpão fica tipo a central dos fumantes, e eu não sei por que a escola simplesmente não instala uma câmera ou uma coisa dessas ali, a não ser que isso seja tipo um acordo secreto e não escrito entre os professores e os alunos que vem desde sempre, tipo desde a primeira escola da Terra.

Seja como for, eu acabo de acender e quem aparece? Fabian, O Tosco, é claro. Eu digo tipo, Ah que merda. Ele não me vê de cara porque estou entre duas daquelas paradas de prender bicicleta, então eu fico quieto e observo ele acender um cigarro e virar a mão de um lado para o outro a fim de admirar sua última obra-prima feita de caneta esferográfica. Só que mais cedo ou mais tarde eu acabo tendo que soltar o ar. Ele se vira rapidamente como se tivesse esperando a Gestapo ou coisa assim. Quando me vê dá um daqueles sorrisos do tipo vilão-de-história-em-quadrinhos e fala, Olha só, é o viadinho.

Eu decido não ficar discutindo com O Tosco. Eu digo tipo, Nossa, aconteceu alguma coisa com a sua cara?

Fabian fica muito puto. Toma cuidado, cara!!!, ele diz com uma voz agudinha, como se tivessem acabado de cortar o saco dele, É melhor você tomar cuidado com o que diz! Seu viadinho!

Eu digo tipo, Por quê? Senão você vai cortar uma veia?

Então, para o meu horror, Fabian tira do nada um canivete. É um daqueles que você aperta um botão e a lâmina sai. Fabian faz isso, segura o canivete contra a bochecha e passa a lâmina por sua barba imaginária, que nem uma homenagem a Clint Eastwood ou coisa assim. Ele me dá um sorriso meio nazista.

Eu digo tipo, Chega.

Ele diz tipo, Quer descobrir como você se sente quando cortam a sua cara?

Eu digo tipo, Não!

Ele diz tipo, Tem certeza?, como se eu realmente pudesse mudar de idéia. Então joga o cigarro no chão e pisa nele deliberadamente, como se dissesse, A qualquer momento posso fazer isso com você.

Essa é uma daquelas situações que simplesmente não dá para levar a sério. Por um lado eu fico estranhamente tranqüilo, porque imagino que ser esfaqueado não cairia tão mal assim nesse dia de merda, e você simplesmente tem que lidar com essas paradas numa boa. Mas também tem um lado de mim que não acha nenhuma maravilha a possibilidade de uma morte dolorosa, especialmente nas mãos de um maluco de merda com problemas de comportamento.

Então eu digo tipo, Calma aí, cara.

Fabian fica tipo, completamente ameaçador. Eu estou bem calmo, amigo. A questão é, você está?

Eu fico tipo, nem um pouco calmo. Tira esse canivete daqui!, mas ele simplesmente continua rindo e passando a lâmina em si mesmo. Ele está tipo, praticamente se masturbando. O pânico toma conta de mim porque isso está se transformando numa cena de *O massacre da serra elétrica*.

Eu digo tipo, Escuta, você é doente.

Fabian parece ficar lisonjeado com isso, porque seus olhos chegam a brilhar. Mas para meu alívio ele recolhe a lâmina e guarda o canivete no bolso.

Eu vou ficar te vigiando de agora em diante. Lembre disso, seu viadinho, ele diz. Não fala para ninguém, senão vou te furar.

Nesse momento eu sou tipo, literalmente salvo pelo sino, então agarro a minha mochila e saio correndo, meio esperando tomar uma punhalada nas costas quando me viro. Esse é evidentemente um caso sério de intimidação, e um maluco desses obviamente precisa ser trancado em algum lugar e lobotomizado ou alguma coisa do gênero – mas, para ser honesto, não há muito o que eu possa fazer. Não sei se é tipo um pacto entre os alunos ou se a simples idéia de tratar qualquer um dos professores da escola como alguém que pode te ajudar é, tipo, insuportável, mas eu não consigo contar a ninguém (além disso, o fato de que eu estava fumando com certeza acabaria vindo à tona se eles levassem essa história a sério). Acho que a melhor coisa a fazer é torcer para o Fabian decidir cortar a própria garganta com aquele canivete em vez de cortar a minha ou a de outra pessoa.

O segundo tempo é geografia, o que é ultra-estranho por dois motivos: Al e Fellows. Eu e a Al nos vimos um de cada lado do corredor e imediatamente nós dois começamos a fingir que a parede é a coisa mais interessante do mundo. Quando chegamos na porta, Al decide que precisa ficar olhando a própria saia, então a gente não entra ao mesmo tempo. Tipo, que coisa mais infantil.

Fellows está na frente do quadro e já escreveu toda a matéria que pretende dar hoje em verde-claro e rosa. Eu tinha quase esquecido daquele lance da Al ter visto ele na boate (isso tudo foi antes da briga, então eu ainda não tenho noção do que vai acontecer!), mas aí me lembro na hora. Antes, tentar imaginar esse cara de *tweed* dançando até o chão no Starlight era mais ou menos como imaginar Papai casado com a Vovó. Mas olhando para ele agora, tudo parece entregá-lo, da roupa de *tweed* à letrinha redonda. Quando ele cumprimenta dois péla-sacos sentados na primeira fila e começa a apontar o lápis fica tipo, assustador. Esse cara é a própria personificação da palavra viadagem.

Ele percebe que eu e Al estamos sentados cada um de um lado da sala e obviamente interpreta isso como se nós tivéssemos tomado consciência e resolvido fazer o que ele pediu. Ele vem até mim parecendo satisfeito, como se tivesse ganhado o dia por nossa causa ou coisa assim.

Eu fico tipo, a definição de ETC.

Mas o mais engraçado é que graças a Fellows essa coisa entre mim e a Al se resolve, porque no meio dessa sua aula sobre a indústria petroleira, que praticamente induz as pessoas à narcolepsia, o olhar de Al se cruza com o meu e é simplesmente como se a batalha tivesse terminado. Nós começamos a dar umas risadinhas abafadas, como dois maníacos. É que eu me lembro da cara de Al no momento em que ela disse que viu ele. Fellows não pára a aula, mas olha de um para outro cheio de suspeita, como se tentasse calcular a probabilidade de nós dois começarmos espontaneamente a tossir exatamente no mesmo instante. Primeiro ele decide ignorar, mas as risadas continuam vindo incontrolavelmente, e é contagioso, porque várias outras pessoas não conseguem resistir e também se juntam ao coro. Deve ser difícil pra caramba dar aula para uma turma em que metade dos alunos fica com as mãos na boca e treme como um monte de vibradores ligados, mas ele consegue por mais de dez minutos.

Infelizmente esse é o tipo de epidemia que simplesmente não acaba, e assim que eu deixo sair um som que pode ser identificado como uma gargalhada ele perde a paciência e resolve jogar a culpa em mim.

Sai da sala!, ele grita.

Eu digo tipo, Isso é discriminação, mas como já falei antes, não tem como discutir com um professor puto da vida, então acabo fazendo o que ele diz.

Odeio ter que ficar parado no corredor do lado de fora. É tipo a punição mais humilhante do mundo, porque todos os pequenos molestáveis do primeiro grau podem te ver através da janela quando estão indo para o lanche. Eu acabo ficando lá com meu dedo do meio permanentemente levantado por mais meia hora, entediado pra cacete. Mas fico aliviado que pelo menos a parada com a Al tenha se resolvido. Quando a aula acaba toda a fila de alunos passa por mim, e a maioria deles me lança olhares simpáticos. Eu fico esperando um esporro do Fellows, mas em vez disso ele simplesmente me dá tipo uma versão enfraquecida do olhar de morte da Mamãe. Quando cruzo com a Al ficamos rindo histericamente até a hora do almoço e acabamos concordando em discordar sobre aquele lance com os pais dela porque, de acordo com a Al, essa é a maneira mais madura de lidar com a situação. Nós combinamos de ir a Starlight no fim de semana (mas como você já sabe, ela não vai poder) e aí eu conto o que aconteceu com o Fabian. Ela diz tipo, Se afasta desse maluco de agora em diante, como se eu não tivesse pensado nisso.

Então o dia até não seria tão ruim no final das contas se não fosse por essa merda idiota que eu faço depois do tempo livre que a gente tem para estudar. Talvez tenha sido por causa do dia cansativo, talvez eu tenha regredido para uma versão mais nova de mim mesmo, ou talvez eu simplesmente tenha perdido um pouco a noção das coisas depois da minha experiência de quase-morte nas mãos de Fabian. Seja como for, foi uma parada bem simples. Estou andando para a Liberdade e aí acabo virando a minha cabeça para o lado errado, e vejo uma daquelas colagens inocentes que os pequenos molestáveis fizeram depois de uma visita a uma fazenda ou coisa parecida. É bem grande e ocupa metade da parede, então apesar de ser aquela mesma merda de sempre é até bastante impressionante, principalmente quando você compara com o tamanho dos caras que trabalharam nela. Duas vacas estão olhando bem na minha direção, e uma delas lembra muito o Boizão, a semelhança é tipo, incrível. Dentro do bolso meus dedos tocam na minha caneta e parece que recebo uma mensagem do destino ou coisa assim. Quando vejo a parada já está feita e tem uma seta apontando para o bicho na colagem e um círculo onde se lê Joseph, O Boizão, logo acima. Aí eu me viro e dou de cara com o próprio bem atrás de mim. Ele aponta para a colagem como se não acreditasse no que estava vendo. Parece que ele vai pegar fogo. Antes que consiga conectar em seu cérebro aquela imagem com o fato de eu estar parado ali com uma caneta na mão e ter uma reação propriamente violenta (o que, em se tratando do Boizão, pode demorar bastante tempo), eu começo a correr desesperadamente para salvar a minha vida.

# 7

LEVANDO TUDO ISSO EM CONSIDERAÇÃO, EU NÃO ESTOU EXATAmente ansioso pela manhã de segunda-feira. Mas o domingo vem primeiro, e eu vou te contar como foi para você poder ter uma idéia exata do que a nossa família é como um coletivo.

Tudo começa comigo tentando escapar sorrateiramente para encontrar a Al, mas Mamãe está patrulhando o primeiro andar e me pega antes que eu consiga sair, então eu acabo tendo que ir visitar a Vovó com ela, o Papai e A Freira. Eu não sou o único que não quer ir. Assim que eu e A Freira estamos em posição de sentido na cozinha, Mamãe aporta na sala, onde o Papai assiste pacificamente a alguma partida de futebol. Ela desliga a TV e nós a ouvimos dizer naquele tom me-contradiga-e-eu-vou-arrancar-seus-olhos-fora, Já está na hora da gente ir! Mamãe não se sensibiliza quando você está assistindo à TV – o único programa que ela vê é *Trinny e Susannah*. Mesmo assim isso parece bem mesquinho da parte dela, porque assistir futebol é um dos poucos prazeres que Papai parece ter na vida atualmente (além de fumar escondido). Ele uma vez me disse que o futebol é o último resquício da verdadeira masculinidade. Eu fiquei tipo, Ah, tá bom, você nunca *viu* Freddy Ljungberg naqueles anúncios de cueca?, mas ele só sorriu como se eu nunca fosse entender o que ele estava querendo dizer, o que provavelmente é verdade.

A viagem até lá é a pior parte. O rádio do carro do Papai não funciona, na verdade é um daqueles velhos cacarecos que nem têm CD. Mamãe vive enchendo o saco dele para trocá-lo ou coisa assim, só que Papai o adora como um terceiro testículo e essa deve ser a única coisa que ela não conseguiu forçá-lo a fazer. Mas eu gostaria que ele fizesse. A Freira fica murmurando alternadamente trechos de hinos e o último disco do Westlife, até que chega uma hora que eu não agüento mais. Eu digo tipo, Assim a gente vai acabar pegando câncer de ouvido por sua causa.

A Freira diz tipo, Eu posso murmurar o que eu quiser, e Papai diz tipo, Deixa ela em paz, tentando parecer que tem uma presença ou coisa assim. Alguns minutos depois, entretanto, ele acaba indo para o meu lado e pergunta se ela se importaria de fazer isso dentro da própria cabeça. Eu dou umas risadinhas e ela diz para eu ir catar coquinho. (Teresa não fala palavrão, ela acha isso um sacrilégio.)

Depois de um tempinho, desacostumado a ficar num espaço tão fechado com a família inteira, Papai faz tentativas cronicamente inúteis de começar uma conversa com a gente. Primeiro ele diz para a Mamãe, Você tem certeza que lembrou tudo para ela?, um comentário bem sagaz porque, dadas as circunstâncias, seria perfeitamente compreensível se ela não tivesse lembrado.

A resposta da Mamãe é tipo uma ratoeira se fechando. Você está tentando me deixar ainda mais nervosa, Lawrence?, ela diz, Porque se esse é o seu objetivo está fazendo um trabalho fantástico!

Papai espera alguns segundos e depois tenta outra vez comigo. Ele diz tipo, Como foi a escola essa semana, Jaz?

Eu fico tipo, a definição de Não me pergunte. Finalmente ele tenta com A Freira, a quem ele pergunta se ainda quer ser atriz, coisa que ela queria ser quando tipo, ainda mamava no peito. Mas A Freira está louca pela oportunidade de falar de si mesma. Ela diz tipo, Vou ser atriz ou enfermeira, e aí começa a contar que admira muito as enfermeiras e que o trabalho delas é muito importante e como deve ser maravilhoso cuidar das pessoas doentes e blablablá. Tipo, então vai ser enfermeira numa colônia de leprosos para ver o que é bom.

Eu acabo interrompendo uma vez para perguntar se ainda estava muito longe, e Mamãe diz rispidamente, Não está muito longe, tá bom?, como se eu ficasse repetindo isso a cada minuto. Eu digo tipo, Caralho, eu só estava perguntando. E Mamãe diz tipo, Porra, Jarold! Será que dá para você não usar esse palavreado quando nós estamos juntos em família?

A Freira olha para ela e diz tipo, E será que dá para *você* não usar esse palavreado *também* e ter um pouco de *respeito*, por favor?

Mamãe diz tipo, Agora não, Teresa!, como se a religiosidade fosse apenas um hábito desagradável, e não uma insanidade crônica que ela tem.

A Freira diz tipo, Então, mas como eu ia dizendo sobre ser enfermeira...

Eu digo tipo, Ah caralho, meu Deus do céu.

A Freira se fecha toda quando eu digo isso. Eu não sei em que ponto começa a ser tipo, patológico, mas se eu me importasse com ela ficaria seriamente preocupado. Alguém precisa se preocupar, porque Mamãe e Papai parecem ignorar completamente que a filha deles está se tornando uma maníaca religiosa, o que é muito pior do que ser gay. Você fica pensando que eles deveriam interná-la em algum lugar, ou fazer uma coisa dessas, sei lá. Mas não, tudo é comigo. De vez em quando, durante a tarde, Mamãe entra numa onda *Família sol-lá-si-dó* e diz coisas do tipo, Então você quer discutir, Jaz?, naquela voz assustadoramente feliz. É claro que eu sempre digo tipo, Não, eu preferiria pegar AIDS, o que eu só falo para impressionar, porque é óbvio que não é verdade, mas faz com que Mamãe fique quieta e trema toda como se tivesse tendo um acesso de raiva, e essa é a única maneira que eu tenho de fazer com que ela me deixe em paz. Enquanto isso, A Freira se distancia cada vez mais da realidade e ninguém nota, ou ninguém se importa. Eles bem mereciam que ela decidisse ir em frente e virasse uma verdadeira estigmata.

Seja como for, nós finalmente chegamos lá, em silêncio, é claro, que é a maneira como sempre acabamos viajando. Eu tenho certeza que a nossa família não é mais desestruturada que outras, e sei que deveria me sentir todo feliz por ainda ter uma, mas para ser honesto, se Mamãe e Papai me dissessem que eu sou adotado e que decidiram me trocar ou alguma coisa dessas, eu realmente não estaria nem aí.

Seguimos Mamãe até a recepção do hospital, onde descobrimos o setor em que a Vovó está. Então vem um século de corredores e elevadores onde pessoas de pijamas azuis parecem estar andando a esmo, provavelmente perdidas. O lugar como um todo é terrível, mas A Freira está amando tudo e fica rindo que nem uma idiota para todas as enfermeiras, que obviamente pensam que ela é retardada ou alguma coisa dessas, porque acenam e sorriem de volta para ela.

Encontramos Vovó dormindo num troço que parece mais uma carroça do que uma cama. Mas pelo menos ela fica do lado da janela, que felizmente está aberta, já que todo o lugar cheira a carne podre.

Aliás, sobre esse negócio de não querer vir e tal, não é que eu não queira que ela melhore, porque é claro que eu quero. Isso pode parecer arrogante, mas na verdade eu acho que me importo muito mais com ela do que qualquer um, porque reconheço que sou quem mais tem coisas em comum com ela. Não estou me referindo a estar velho ou todo enrugado nem nada disso. É que várias vezes parece que nós não somos bem-vindos na nossa própria casa. Tipo, eu só estou esperando ficar mais velho e ela só está esperando a hora dela. Eu sei que ela não gostaria de ficar presa num hospital, mas sei também que a última coisa que ela quer é me forçar a ficar preso com ela. E é claro que a primeira coisa que ela diz quando acorda é, Você não precisava trazer as crianças, Lois (sim, todos nós temos nomes ruins na nossa família).

Mamãe diz tipo, Eles quiseram vir, numa voz que é tão pouco convincente que chega a ser constrangedor.

Cada um dá um beijo na Vovó, e A Freira pega a mão dela e fica sentada segurando-a como se fosse tipo um pilar de apoio ou coisa assim. Se algum dia eu for parar num hospital e alguém fizer isso comigo vou apertar a mão tão forte que a circulação dela vai ser interrompida e a mão terá que ser amputada.

Seja como for, nós todos ficamos sentados ali em volta fazendo observações importantíssimas sobre como o tempo está ficando mais frio, e então a gente acaba caindo no silêncio, é claro. É uma cena tipo, totalmente embaraçosa, e Vovó fica olhando como se quisesse que eles chegassem e a colocassem para dormir outra vez. Finalmente, depois de fingir que estava ajeitando o cabelo da Vovó por alguns minutos, Mamãe fala, E então, Jaz, por que você não conta como foi a escola nos últimos dias?

Eu acho isso a maior sacanagem, afinal não tenho culpa se ela não consegue pensar em nada para dizer e não sei por que tenho que ser eu o escolhido para sofrer. Mas Vovó me lança um olhar tão esperançoso que decido tentar.

Eu tipo, bem... nós estamos estudando Shakespeare na aula de inglês e, er... petróleo na de geografia. E... bem, acho que é só isso.

Minhas idéias fogem. Mamãe me encara com aqueles olhos que podem te fritar. Eu me ouço continuando, Não sei por que todo mundo acaba se casando no final da *Noite de Reis*. Isso acontece em todas as comédias dele e eu acho que parece um grande tapa-buraco.

Eu sôo como um pária total, mas Vovó concorda com a cabeça entusiasmada, como se isso fosse a coisa mais inteligente que ela já tivesse ouvido. A Freira revira os olhos como se não entendesse como eu consegui sobreviver tanto tempo.

Quer dizer, por que isso deveria deixar tudo bem?, eu continuo, Parece que eles se divertiram pra caramba andando por aí, fazendo várias coisas erradas e cantando uns aos outros, e aí, de repente, pronto, alguém vem e diz, Chegou a hora, gente. A hora de ser feliz para sempre.

Eu olho em volta, mas ninguém parece ter noção do que eu estou falando, e na verdade nem estão ouvindo, a não ser a Vovó. É tipo, totalmente depressivo. Então eu olho para Mamãe e a próxima coisa que vejo são lágrimas escorrendo pelos seus olhos e caindo no cabelo da Vovó. Primeiro eu penso que ela deve ter ficado emocionada com o que eu estava dizendo, mas aí Vovó olha para cima para ver de onde a chuva está vindo e Mamãe diz numa voz chorosa como se tivesse acabado de respirar gás hélio, Eu realmente achei que ia perder você.

Vovó diz tipo, Não, Lois, não dessa vez, numa voz sábia, como o velho mestre do *Karatê Kid*.

Mamãe se vira e vai até a janela, e então fica pressionando a testa contra o vidro. É como se ela estivesse pensando que está presa aqui com a gente, quando na verdade é exatamente o contrário.

Ela diz tipo, Nós precisamos conversar.

Por um momento a situação fica tão embaraçosa que o ar parece mais pesado ou coisa assim. Então Papai, numa paranormal tomada de iniciativa, vem em nosso resgate. Ele me dá um tapinha no ombro e acena com a cabeça para a porta, indicando que a gente devia sair. Como A Freira é totalmente imune a sutilezas, ele tem que arrancar a mão dela da mão da Vovó e tipo, escoltá-la para fora.

Acabamos no corredor, onde ficamos nos desviando do fluxo constante de enfermeiras gordas empurrando carrinhos de chá e pacientes birutas andando em cadeiras de roda de um lado para o outro. Papai parece que está sentindo a vida ser sugada devagarzinho para fora dele, e eu quase fico tentado a oferecer a ele um dos seus cigarros. A Freira diz tipo, É tão bom ver Mamãe e Vovó superando isso juntas. Então ela diz que está com sede e Papai lhe dá 40 *pence* e fala para ela procurar uma daquelas máquinas de refrigerante.

61

Eu digo tipo, O que está acontecendo, afinal?

Papai solta um grande suspiro, como se estivesse segurando o mundo ou coisa assim. Ele diz tipo, É complicado. Sua mãe é uma dessas pessoas infelizes que nunca se deram muito bem com seus próprios pais, então foi um grande choque para ela quando seu avô morreu e a sua avó teve que ir morar com a gente.

Eu digo tipo, Por que vocês simplesmente não arrumaram uma casa para ela morar?, mas ele só balança a cabeça como seu eu fosse jovem demais para entender. Eu fico curioso pra cacete agora e tenho a sensação de que tudo é um grande jogo – se eu conseguir ligar todas as pistas vou ter uma idéia do que está acontecendo. Por outro lado, eu fico meio puto, porque tipo, ele podia simplesmente me contar tudo, não podia? A única maneira de reagir é dizer ETC, mas é meio triste, porque eu queria saber. É isso o que acontece quando te tratam como se você fosse só meia-pessoa. É como se meus pais pensassem que eu sou tipo uma experiência interessante que eles fizeram juntos e estão esperando para ver no que vai dar. Talvez seja o mesmo com todo mundo, sei lá, mas eu acho isso muito idiota.

Nós não entramos no quarto outra vez, então a viagem acabou sendo uma grande perda de tempo, porque o objetivo era ver a Vovó e só ficamos com ela por uns dez minutos. Quando Mamãe sai, ela ainda tem lágrimas nos olhos, e diz que Vovó caiu no sono. No caminho para o carro Papai a abraça e ela surpreendentemente não o empurra. Mamãe chega mesmo a se recostar um pouco nele. Eu olho para A Freira para ver se ela notou, mas ela está muito ocupada se concentrando em ser uma santa.

Por um segundo parece até que eles estão juntos como uma equipe, o tipo de equipe que duas pessoas casadas supostamente devem formar, em vez de serem dois arquiinimigos que estão algemados um ao outro pela vida inteira. Infelizmente, quando chegamos em casa, Mamãe está se sentindo mais como si mesma, porque ao sair do carro ela olha em volta e diz, Lawrence, seu carro anda completamente imundo ultimamente. Se você não quer trocá-lo, não podia pelo menos fazer uma boa limpeza nele?, e Papai diz tipo, Por que você não me deixa cuidar do meu próprio carro?, então Mamãe o encara e cada um segue para um lado da casa. O que mostra que idiotas sempre serão idiotas.

<h1 style="text-align:center">8</h1>

BOM, ESSE CAPÍTULO É TODO SOBRE O FELLOWS. VAMOS DAR mais uma corrida na história: é a semana depois da nossa visita à Vovó, e também uma semana depois da briga e da reconciliação com Al, e também uma semana depois de eu ter encontrado o Fellows, ele ter me dado um tapa e eu ter socado ele, e também uma semana depois de eu ter escrito Joseph, O Boizão, dentro de um círculo com uma seta apontando para uma das vacas na colagem do primeiro grau, quando vi a cara dele ali. Então, se você ainda não tiver captado a mensagem, estamos uma semana depois dessa parada toda.

Vamos com calma. Primeiro, eu passei a encontrar a Al no ponto de ônibus em vez de na casa dela, porque a idéia de mais uma sessão de esquisitices com os seus pais não me agrada muito. Ela diz que está trabalhando na educação deles, mas não está tendo muito sucesso agora que eles descobriram sobre as escapadas dela e decidiram que eu sou tipo um enviado do Satã ou coisa do gênero. Ainda bem que nossos pais não se conhecem, porque se eles se conhecessem eu aposto que a mãe dela ligaria para a minha e aí é que a merda ia chegar no ventilador.

A segunda coisa é que eu tenho jogado um jogo de gato e rato na escola com o Bundão (que é como eu rebatizei o Boizão junto com a Al depois de contar a ela o que aconteceu). É uma situação bem escrota, porque ele, Tico e Teco têm me deixado bilhetes criativos tipo VC TÁ MORTO e VIADINHOS VÃO PRO INFERNO. Mas ele não consegue me pegar na sala porque eu apareço imediatamente depois do sino tocar e vou embora no segundo que ele toca de novo, e fico prestando muita atenção, especialmente nas curvas do corredor. Enquanto isso, alguém arrancou aquele pedaço da colagem onde eu escrevi (imagino quem) e, como quase com certeza a pessoa que fez isso era uma besta enorme sem nenhuma coordenação, acabou arrancando junto quase metade da colagem. A escola supostamente está "investigando o caso", seja lá o que isso signifique. Numa assembléia segunda-feira de manhã, o diretor, um caretão ultragordo que tenta compensar isso tratando todo mundo como se fosse seu melhor amigo, perdeu a cabeça e chamou a atitude de "um abominável ato de vandalismo", sobre o que era "uma brilhante obra de arte coletiva". Quando ele disse essa última parte, um monte de gente no auditório engoliu a própria língua para não rir, e até alguns dos professores sentados atrás dele ficaram olhando para o chão num esforço desesperado para se controlar.

A terceira coisa é que estou evitando o Fabian como se fosse um vírus. Sempre que o vemos, eu e Al acabamos dando uma volta enorme para não ter que cruzar o seu caminho. Ele parece meio contrariado quando nota isso, o que me deixa pensando se acredita que eu deveria achar maneiro todo aquele *freak show* com o canivete, em vez de um sintoma de uma desordem mental violenta.

Mas a parada mais importante é o Fellows.

Ele chega na segunda-feira com aquele círculo azul-escuro na cara, dentro do qual seu olho esquerdo fica piscando como um alvo ou coisa do gênero. Isso provoca as piadinhas usuais dos babacas da primeira fila sobre ele resgatando damas em perigo ou freqüentando secretamente um Clube da Luta. Mas é claro que eu reconheço o meu trabalho. Ele não ligou para os meus pais, o que é um bom sinal, mas também não faz contato visual comigo, portanto quando eu sento lá na aula (no fundo, ao lado da Al), é como, tipo, redefinir a palavra vergonha. Para ser honesto, eu me sinto até um pouquinho culpado. O olho dele deve estar doendo pra caramba, cara. Mas ele mereceu. Você não pode bater nos alunos. E ponto final.

Pelo menos é isso que penso a princípio. Então eu converso com ele alguns dias depois. Essa é tipo, uma cena melodramática de reconciliação.

Estamos depois da aula, e eu cada vez me sinto mais culpado. Não sei se isso tem alguma coisa a ver com o fato de que o Bundão pode estar se escondendo atrás de cada curva esperando para acabar com a minha raça com o seu hálito mortal e agora eu tenho tipo essa necessidade subconsciente de deixar todas as coisas resolvidas, mas alguém *tem* que falar com o cara. Ultimamente ele parece um suicida de tão infeliz, e sua cara ainda parece ter sido atacada pelo maníaco do olho roxo. Eu não sabia que provocaria um estrago desses, mas mesmo assim ele não olha na minha cara. Em vez disso ele dá a aula toda naquela voz seca, que ultimamente soa toda irregular, como se a esperança tivesse sido sugada dela. Às vezes ele olha ao longe como se por trás da parede do fundo da sala tivesse alguma coisa maravilhosa que nunca conseguirá atingir. Ele parece bem deprimido, e o fato é que isso é tão terrível para mim quanto para ele.

Então todo mundo já foi, tirando eu e a Al, aí faço um sinal com a sobrancelha para ela sair, como se precisasse. Na verdade, ela é o outro motivo que está me levando a ir falar com ele, porque Al acha que precisamos reconstruir as pontes, e que se eu não fizer isso essa história vai voltar e me bloquear quando eu for mais velho. Tipo, eu tenho que ter bases sólidas.

Então vou até a mesa do professor, onde Fellows está revirando os seus papéis e fazendo uma péssima encenação de que está ocupado.

Eu digo tipo, Olha, me desculpa, tá bom?

Ele levanta o olhar, Eu acho que ele pensava que eu fosse falar alguma outra coisa, chantageá-lo ou sei lá, porque o alívio nos seus olhos é patético, mas até tocante de um modo estranho. Eu dou um sorrisinho e a cara dele se ilumina ainda mais, como se seu esqueleto tivesse ficado fluorescente por baixo da pele ou coisa assim.

Tá tudo bem, ele diz. Eu também não devia ter batido em você.

É, bem, fui eu que comecei. Mas não acho uma boa idéia ficar de conversinha sobre isso, então só dou de ombros como quem diz que isso não importa porra nenhuma.

Ele diz tipo, Eu estava tentando ajudar.

Eu digo tipo. Ah, tá.... valeu.

Ele diz tipo, Eu sei. Eu confundi tudo. Fiquei chocado só de te ver naquele lugar. Lá é para... homens mais velhos. Ele pára e me olha mais cuidadosamente, como se tentasse montar um quebra-cabeça. Jarold, os seus pais sabem?, ele diz numa voz suave, como se tivesse medo de acordar algum demônio adormecido ou algo assim.

Eu digo tipo, Sobre você?

Não. Sobre você. Sobre a sua... sexualidade? Ele fica vermelho como uma beterraba.

Mais ou menos, eu digo. Ele está me deixando com vontade de rir, mas eu sei pela última experiência que preciso controlar essa vontade a todo custo.

Mais ou menos?

É.

Ele parece tão sincero, e de repente eu sinto um desejo de contar sobre a noite em que meus pais descobriram. E aí, quando vejo, já comecei a falar. Conto a ele uma versão bem resumida.

Acho que eles esperam que essa fase passe, eu falo, me dando conta de que é a primeira vez que penso no assunto, e é verdade – eles estão esperando que passe, como um surto de sarampo ou catapora. Ou então eles acham que talvez se desenvolva em alguma coisa mais saudável, tipo a heterossexualidade.

Fellows leva o que eu digo bem a sério. Ele até se levanta meio indignado, e eu me lembro do comentário que fez sobre sua escolha ser válida, o comentário que acabou provocando toda essa briga.

Você quer que eu converse com eles?, ele diz gravemente. Eu poderia ligar e combinar um encontro. Isso ajudaria de alguma forma?

Eu digo tipo, Er... não. Eu sei lidar com eles. Além disso, eu sei que quando Mamãe entra no modo hipersônico dela no telefone pode realmente acabar com os seus tímpanos.

Gostaria que você pensasse em mim como um amigo, Fellows diz, Eu queria que você me contasse quando tivesse problemas.

Nesse ponto ele passa dos limites querendo ser bonzinho e a conversa começa a ficar um pouco constrangedora para mim, então digo tipo, Claro. Bom, até mais.

E foi assim. Só que na próxima vez que o vejo, Fellows não parece nem um pouco mais feliz. E nem na outra, apesar de já ser quinta-feira e o seu olho roxo estar quase invisível. Eu meio que me ligo que talvez tivesse sendo um pouco arrogante ao pensar que *eu* era o problema. Na verdade é óbvio qual é o real problema – o pobre coitado não podia estar *mais* sozinho. Noto que ele nunca conversa de verdade com os outros professores, o que eu também não gostaria de fazer, mas *porra*, foi ele que escolheu essa profissão, não foi? Ele fica comendo seus sanduíches sozinho na sala depois que nós todos vamos embora, e marcha para fora totalmente solitário quando a aula acaba.

Eu e a Al o observamos a semana toda. Quer dizer, ele é tipo, fascinante. A gente fica tentando imaginar quais professores sabem. É claro que Bolinha, o diretor, não pode saber – É impossível – eu digo, embora Al ache que ele sabe sim. Fellows é aberto com todo mundo, ela diz, como se ele fosse um cara superlegal e ela desejasse ser igual a ele um dia. É até bem engraçado, porque Al realmente começa a gostar do Fellows, e quase passa a segui-lo de um jeito meio desagradável. Ela ficou fixada nesse negócio dele ser infeliz, e tomou a decisão de cumprimentá-lo todo dia numa voz ridícula, toda animada. Ele responde ao cumprimento, mas parece totalmente perturbado, o que dá para entender muito bem, já que é mesmo uma coisa muito estranha. Eu falo para ela parar de falar com ele quando estou por perto. Na verdade, começo a pensar que ela deve estar apaixonada por ele. É tipo, totalmente impossível, mas eu não encontro outra maneira de explicar seu comportamento. Pode acreditar que a Al vai acabar se apaixonando por alguém com quem ela só vai ter uma chance se fizer um montão de cirurgias e se ele estiver totalmente bêbado.

É sexta de manhã, e nós estamos fumando um cigarro atrás do bicicletário. Al está tragando a ponta enquanto eu continuo vigiando a curva, atento a qualquer coisa que tenha uma forma vagamente parecida com a do Bundão.

Então eu digo tipo, Qual é o seu lance com o Fellows?

Al diz tipo, Não tem lance nenhum, eu só acho muito triste ele não ter ninguém. Deve ser mesmo bem difícil conseguir um homem se você se colocar no lugar dele.

Eu digo tipo, Problema dele, porque não pode ser mais difícil para ele encontrar um homem do que é para alguém como Bolinha, o diretor, conseguir uma mulher, e eu não vejo ela cheia de simpatia pelo Bolinha.

Mas Al diz tipo, Sério mesmo, eu sinto muita pena dele.

Eu digo tipo, Valeu, amiga.

Então ela começa, Você devia sentir também, porque agora a gente tem uma ligação especial com ele. É tipo, Volte para esse planeta, por favor.

Ela diz tipo, Ele provavelmente só precisa de um empurrãozinho na direção certa. A gente com certeza devia oferecer nosso apoio a ele, naquela voz doce que ela faz quando fica toda romântica.

Eu digo tipo, Isso me dá náuseas.

Mas a gente *devia*!

Eu ainda não sei de nada, mas sementes desse plano terrível começam a germinar na cabeça dela, e logo depois ela bola todo aquele esquema para nos meter na maior roubada. Isso vai acontecer na tarde desse dia. Mas antes disso aparece o Fabian, que devia estar escondido atrás de alguma moita vigiando a gente, porque no segundo em que Al vai comprar chiclete ele se materializa atrás de mim como um ninja assassino. Ele na verdade vem por trás de mim, coloca o canivete na minha garganta e diz, Como vai meu viadinho preferido hoje?

Primeiro eu fico tipo, totalmente bolado, mas aí começo a me sentir meio irritado. Talvez seja a nicotina correndo no meu sangue, mas o negócio é que eu sei que ele não está planejando cortar minha garganta de verdade. E ter o Bundão me perseguindo faz o Fabian parecer tão assustador quanto um roedor mutante, mesmo com esse canivete estúpido.

Então eu digo tipo, Vai se foder, seu maluco!

Fabian diz tipo, Palavras corajosas. Realmente corajosas, mas serão elas capazes de te salvar?, nesse estilo antigo de falar, como se tivesse impressionado com o fato de eu ainda ser capaz de usar minha boca ou coisa assim.

Eu digo tipo, Quem é você, o Mestre Yoda?

Ele diz tipo, Você tem uma boquinha esperta. Um dia desses alguém vai se divertir muito cortando ela toda.

Aí o maluco tira o canivete do meu pescoço e vai até a parede do galpão, onde começa a desenhar uma suástica. Enquanto ele está de costas eu penso em sair correndo, mas isso seria tipo admitir uma derrota ou coisa do gênero, e eu não posso ficar agindo assim, então decido manter o meu território. Olho fixamente para as costas dele, tentando ver se herdei o superpoder da Mamãe de fazer as coisas pegarem fogo só encarando elas com a força suficiente. Talvez tenha funcionado um pouco, porque Fabian se vira e me lança um olhar de história em quadrinho antes de voltar a trabalhar na sua suástica. Então ele começa a cantar uma música totalmente estúpida que diz tipo, Os pretos que se fodam, Os brancos que se fodam, As mulheres que se fodam, Os homens que se fodam, Os aleijados que se fodam, Os viadinhos que se fodam, e assim por diante.

Eu digo tipo, Cara, com certeza você devia se matar.

O maluco diz tipo, Você tem inveja porque eu faço o que eu quero. As pessoas que nem você fazem tudo o que mandam elas fazerem. Você é um escroto de merda. Você e essa puta escurinha com quem você anda são *tristes* pra caralho.

Esse é tipo, o pior insulto que poderia vir de alguém como Fabian, porque levando em consideração toda essa onda nazi-punk dele, é como se tivesse falando de si próprio, ou seja, ele é um merda total. Eu ia responder quando Al aparece e me impede da gastar mais saliva com ele. Ela olha para nós dois e me diz, Cara, vamos embora.

Quando a gente está passando por ele, Fabian de repente se vira e diz, E aí, vocês vão na festa na casa da Mary?, de um jeito supercasual, que mesmo assim continua soando meio maluco, como se ele simplesmente não fosse capaz de evitar.

Al dá tipo, uma resposta direta, O que você tem a ver com isso? Você nem foi convidado, o que é bem ridículo, porque ela também não foi convidada e só pode ir porque é tipo, totalmente ligada a mim. Na verdade, é só por causa dela que eu vou. Fabian olha para ela meio puto e se segue uma série de clicks, o que significa que ele está batendo o seu piercing de língua nos dentes. Ele parece que vai vomitar, então eu fico preparado para desviar do jato.

Seus merdas, ele diz de repente, numa voz completamente magoada, e aí some, com canivete e tudo.

Al diz tipo, O que aconteceu?

Eu só dou de ombros, porque não entendo nada. De repente me lembro de mim e do Fabian quando entramos na escola e ele costumava cuspir nos tubos de ensaio na aula de química. Todo mundo devia ter percebido que ele não era desta galáxia. Então ele vai e ataca a professora Bolsh com duas tesouras e, que surpresa, descobrem que tem problemas de comportamento. Agora permitem que ele fique andando livremente por aí com esse canivete, e ninguém sabe qual vai ser a próxima merda que ele vai fazer.

# 9

ENTÃO, VOVÓ TINHA SAÍDO DO HOSPITAL UM DIA ANTES, E MA-
mãe e Papai foram para algum encontro da associação local ou
coisa assim, que é o que Mamãe considera uma boa maneira de
passarem tempo juntos com qualidade. Como eles saíram, sou eu
o responsável pela casa hoje à noite, mas fico escondido no meu
quarto com a Al. Ela teve que mentir sobre onde estava indo para
poder vir me encontrar. Os pais dela têm certeza absoluta de que
eu vou fazê-la virar gay ou alguma coisa do gênero, portanto não
podemos mais nos ver. Eles são tipo, totalmente fascistas.

Nós estamos escondidos porque A Freira está aí com A
Ordem. Essas garotas são iguais a ela: humanitárias linha-dura.
Você talvez pense que as meninas de uma escola religiosa for-
mam uma galera bem selvagem e animada, porque elas supostamente deveriam querer se rebelar contra toda essa merda de religião que elas têm que enfrentar, mas o grupinho de Teresa é exatamente o contrário disso. Elas são tipo uma versão mil vezes
piorada da *Família sol-lá-si-dó*. Elas fazem tipo umas festas de
estudo, e ficam todas sentadas na sala vendo *A noviça rebelde* e testando umas as outras para ver quem sabe mais do filme. Só vendo
para acreditar. Al e eu achamos que elas devem fazer cerimônias
secretas também, dançando em volta da cruz peladas, se lambu-
zando com o sangue de Cristo e cantando salmos ou coisas do
gênero. Isso até seria maneiro, mas na verdade nunca peguei elas
fazendo nada parecido. Agora mesmo estão lá embaixo praticando seus votos de castidade ou coisa assim.

Seja como for, eu e a Al estamos meio de bobeira, tentando
nos purificar da maluquice que foi a última aventura com o

Fabian. Eu fico sentado na cama cortando fotos de revista para o meu altar a Orlando, e Al fica tentando trançar o cabelo com um pedaço de algodão, no estilo Christina Gorilla (apesar de eu ter explicado pacientemente que isso só é bonitinho se você tem cinco anos de idade). O rádio está ligado e é hora dos anúncios. De repente Al pára no meio daquela falação sem fim sobre como o coitado do Fellows só precisa de um pouco de alegria na vida ou coisa parecida e começa a pular de um lado para o outro e a gritar. Ela literalmente se joga em cima de mim.

Eu digo tipo, Amiga, isso é um surto hormonal ou o quê?

Ela diz tipo, Cala a boca e escuta!

Então eu escuto. É uma voz feminina completamente falsa que soa como se estivesse chapada de Prozac ou alguma coisa do gênero, dizendo Por que você não procura os nossos agentes especiais Encontro Marcado – eles estão procurando você!

Al diz tipo, Isso é um sinal!

Eu digo tipo, O quê?

Você não está vendo?, ela diz, como se estivéssemos perdidos num barquinho no meio do Atlântico por dias e agora a terra firme estivesse tipo, bem na nossa cara.

Eu digo tipo, Não.

É assim que vamos achar um homem pro Fellows!, ela diz.

Ela tá de sacanagem, né? Só pode estar. Al continua saltitando pelo quarto toda feliz como se tivesse inventado o vibrador ou alguma coisa assim, enquanto eu fico resmungando horrorizado, porque com esse tipo de coisa ela é que nem um político profissional. Quando Al tem um plano na cabeça, fazer ela esquecer da idéia é que nem fazer um cachorro esquecer do osso que está preso entre seus dentes. E eu estou falando desses cachorrinhos pequenos que nunca se cansam.

Você tá falando sério?, eu digo, embora infelizmente já saiba a resposta.

Ah, vamos lá! Vai ser bom para todo mundo, e o Fellows merece. Ele não tem culpa de estar sozinho. Provavelmente é tão tímido que não consegue nem conversar com ninguém.

Eu só digo ETC. O que é isso? *As patricinhas de Beverly Hills 2?*
Vamos lá!, ela insiste. Ele provavelmente não transa há anos!
Talvez nunca tenha transado na vida!

Eu digo tipo, Como você sabe disso? Ele pode estar trepando com alguém agora mesmo. Pelo que sabemos, ele pode até ter um porão cheio de corpos.

Mas Al não ouve nada do que eu digo. Ela está totalmente fixada na idéia de que é tipo nosso dever encontrar um par adequado para o Fellows. Eu sei o que você está pensando, porque eu fiquei pensando nisso também. Tipo, como a gente vai fazer isso? Bem, lá vem a Al com uma idéia (ela deveria estocar planos para os dias chuvosos, porque sempre sabe o que fazer, mesmo quando não tem tempo nenhum para pensar. Pode ser uma situação, tipo, eu não fiz meu dever de casa – o que vou dizer?, e ela responde sem piscar, Fala que seus pais têm te levado a uma dessas terapias para controlar a raiva).

Talvez ele não queira a nossa ajuda, eu sugiro, numa última tentativa de poupar a gente da confusão inevitável em que eu sei que vamos nos meter.

Ela diz tipo, Com certeza ele precisa.

Então começa a me contar seu elaborado esquema. Eu digo tipo, Pelo amor de Deus, me dê um papel pequeno, e Al diz tipo, Pode deixar. A próxima coisa que merece ser dita é que estamos nos esgueirando para fora da casa, na intenção de ir para a Starlight. (Eu sei, tipo, será que a gente não podia de vez em quando ir para outro lugar?) O plano é caçar um homem para o Fellows fingindo que somos agentes do Encontro Marcado – ou pelo menos que a Al é. Eu sou só o assistente dela. Infelizmente, antes que a gente pudesse chegar na porta da frente, aparece vindo da sala uma garota com queixos múltiplos, que eu reconheço imediatamente como sendo uma bruxa amiga da Freira que tem uma vassoura permanentemente presa no cu, sem mencionar uma pós-graduação em comilança. Ela praticamente se joga na frente da porta e fica ali com os braços abertos, como se a protegesse da gente.

Ela diz tipo, Aonde vocês pensam que vão?

Eu digo tipo, Não é da sua conta.

Na verdade, é da minha conta *sim*, ela diz, naquele tom superior que deixa claro que é representante de turma na escola, Porque você deveria ficar supervisionando a gente, além disso, você sabe muito bem que não pode sair!

Tipo, que merda é essa? Al a olha de cima a baixo e dá um passo para frente. Ela diz tipo, Sai da frente antes que eu chute a sua...

A gorda interrompe com um grito, Teresa! Seu irmão e a amiga indiana dele estão tentando ir a algum lugar!

Antes que eu possa piscar, A Ordem enche o hall da casa, como se ele fosse a central das atarracadas. Sério mesmo, nunca vi tantos trubufus comprimidos num espaço tão pequeno antes, e também nunca acreditei que houvesse tantas roupas escrotas no universo. Parece que elas estão *tentando* parecer feias. Deve ser uma dessas coisas que ficam martelando na cabeça delas na escola religiosa. Eu não tenho nada contra gente feia, aliás, até sinto uma grande simpatia por elas. Mas parece que nós fomos emboscados pela feiúra em pessoa aqui, porque elas se agrupam na frente da porta como um esquadrão ou coisa assim, com A Freira na frente, todas encarando a gente com aquelas caras fechadas como se fôssemos a definição do pecado ou coisa do gênero.

Eu digo tipo, Sai da frente, porra!

A Freira diz tipo, Você não pode sair! Mamãe proibiu e você sabe muito bem disso!

Existe tipo uma centena de maneiras de responder a isso. Se A Freira estivesse sozinha eu ia começar a arrancar seus cabelos/cuspir, mas não há como enfrentar A Ordem. Nós estamos falando de umas sete garotas machonas juntas. Então eu acabo dizendo de um jeito meio estúpido, E que merda você tem a ver com isso?

A Bruxa, aquela que começou tudo isso, diz, Você tem que fazer o que é certo! Nós sabemos de tudo sobre você! Sabemos que é gay. Você devia pedir perdão.

Então se segue um minuto de silêncio em que A Ordem fica simultaneamente mexendo a cabeça para cima e para baixo como se fosse um bando de patos. A Bruxa levanta um de seus queixos como se dissesse que deveríamos desistir, porque ela não sairia dali nem se o próprio Lúcifer estivesse com a gente.

Eu digo tipo, Você tem que aprender a se masturbar.

A Bruxa diz tipo, Como você ousa dizer isso?!

A Freira diz tipo, Não ouça o que ele diz, Joan!

Nós continuamos lá encarando elas por mais um minuto. A situação começa a ficar realmente cômica, porque nós estamos praticamente sendo mantidos em cárcere privado por um bando de malucas de Jesus. Aí eu me lembro que tem uma porta nos fundos, e estou a ponto de fazer um sinal para Al me seguir até a cozinha quando de repente me dou conta de que na verdade talvez isso não seja assim tão ruim, porque pelo menos não vou ter que participar do plano estúpido de Al para encontrar um namorado pro Fellows. Mas para ser honesto, há outra razão para eu querer sair, e ela não tem nada a ver com o Fellows. Estou falando do Cara, é claro, com quem tenho tido sonhos eróticos a semana inteira. Cada vez que saímos há essa pequena chance de esbarrar com ele outra vez, então para mim qualquer desculpa é boa o suficiente. Aí Al de repente toma a minha frente e fica lá encarando A Ordem como se estivesse se preparando para pegar todas elas de uma vez só. Ela diz tipo, Ao impedir a gente de ir embora vocês estão desrespeitando a lei, e se não saírem da frente eu vou chamar a polícia!

Todas prendem a respiração ao mesmo tempo. Ninguém esperava por isso. Dá para ver a cara da Freira lutando contra a idéia, porque desrespeitar a lei só é pior que a blasfêmia para essas garotas. Então ela meio que endurece.

Ela diz tipo, *Você* pode ir, mas Jarold está impedido.

Aí já é demais. Eu cutuco as costas de Al e digo, Porta dos fundos, agora!

Nós corremos pela cozinha perseguidos pela Ordem – o que é assustador pra caralho, vou te contar. Quando passamos pela mesa eu pego o encosto de uma das cadeiras e a jogo para trás, sem parar de correr, no estilo Indiana Jones. Ouço um barulho atrás de mim, aí uma das garotas solta um palavrão e é reprimida pela Freira. Al já está na porta, tentando freneticamente destrancá-la. Eu a alcanço no momento em que ela consegue e escapamos para a segurança do jardim dos fundos. Percebendo que tinha nos perdido, A Ordem pára na soleira da porta e fica nos olhando enquanto pulamos a cerca. As cabeças das meninas balançam em um movimento sincronizado de desaprovação. Quando já estamos do lado de fora, eu olho para Al e então nós dois viramos e mostramos o dedo para elas ao mesmo tempo.

Al está totalmente no espírito *vive la revolution*. Ela grita para A Ordem, Queimem no inferno, suas putas!

Elas parecem totalmente horrorizadas com isso, e vemos quando somem dentro da cozinha, provavelmente para rezar pelas nossas almas, ou então para um raio cair na nossa cabeça, sei lá. Começamos a rir, apesar de na verdade eu estar meio assustado por ter sido atacado pela minha própria irmã e suas amigas. Fico na esperança de que Al tenha esquecido o seu plano maluco e que agora a gente possa simplesmente se divertir um pouco, mas isso não acontece.

Bom, mãos à obra – ela diz, superséria.

Assim que entramos na boate eu começo a tremer de nervoso, porque Al tira o casaco. Por baixo ela está vestindo uma camisa rosa-claro, e coloca no cabelo uma tiara brilhante que roubou da gaveta de acessórios da Mamãe. Eu estou vestindo preto, aliás, para aumentar minha habilidade de sumir na multidão.

Vamos logo com isso, eu sussurro para a Al. O plano é o seguinte: ela circula pelas mesas e fala rapidamente com as pessoas, enquanto isso eu deveria dar uma geral no bar para ver se consigo encontrar alguém que parece desesperado o suficiente para querer o velho Fellows. E se acabar encontrando o Jon... bem, meus olhos têm que trabalhar um pouco para mim também. Isso se ele não tiver pensando agora que eu sou interno de algum hospício ou coisa assim.

Então Al vai em frente, apesar de estar claro que isso nunca funcionará. Quer dizer, ela vai chegar nas pessoas dizendo: Oi, sou uma agente da Encontro Marcado e estamos procurando pessoas especiais para participar do nosso programa – você ficaria interessado? Tipo, com certeza não vai dar certo.

É até uma pena, porque tenho que reconhecer que se tem alguém aqui que pode mesmo fazer o tipo do Fellows é esse cara alto e magro em pé à minha esquerda. Ele usa óculos, mas não tão fora de moda, e também não é nada mau, apesar de ser meio careca (isso só é bom se você for que nem o Bruce Willis. Se não, com certeza deve investir em alguma fórmula milagrosa). Quanto mais eu olho para ele mais consigo vê-lo jantando com o Fellows – tipo naqueles restaurantes ingleses chiques que os gays metidos a besta gostam de ir. Eu os vejo conversando sobre a indústria petroleira, o imposto de renda, o estado da Antártica ou alguma coisa do gênero, e também superanimados com a sobremesa... Não me pergunte por que eu fico pensando nessas coisas, mas é tipo viciante, e Al parece estar tendo sucesso nas mesas dos fundos, anotando todos os detalhes daquelas bichonas no seu caderninho brilhante.

Eu estou a ponto de fazer um sinal para a Al quando Jon aparece. Com um cara. Eu fico tipo, completamente passado, e afundo na sombra do *jukebox* querendo que o chão me engula. É claro que a primeira coisa que eles resolvem fazer é colocar uma música, apesar de todo mundo saber que a música que você escolheu só toca quando você já está indo embora.

Então eu fico agachado atrás do *jukebox*, observando suas sombras, e penso que se for descoberto vou me sentir tão envergonhado que posso até entrar em ebulição. Enquanto isso, Al é cercada por uma pequena multidão de homens animados que querem participar do seu estúpido programa de encontros. Aposto que você está pensando o mesmo que eu: tudo o que falta agora é encontrar o Fellows e a noite estará completa.

Entra o Fellows, vestido com uma escandalosa calça de couro (quer dizer, escandalosa nele). Ainda bem que ele não me vê, mas vê Al, que vai andando exatamente na direção dele com um homem do lado. Ele segue em linha reta, e se inclina sobre ela como um fantasma ameaçador ou coisa assim. É uma cena meio esquisita. Eu me estico um pouco para frente e consigo ouvi-los.

O que você está fazendo aqui?, ele quer saber.

Ela é uma agente do Encontro Marcado, diz inocentemente o cara que está do lado dela. Al sorri para o Fellows como um anjo, mas é claro que não cola.

É claro que ela não é!, ele fala, confundindo tudo. Alice Rutland, vem comigo agora mesmo! Ele pega o braço dela e começa a puxá-la como se fosse uma prisioneira de guerra. Ela olha rapidamente para trás, procurando por mim, então eu aceno de leve e aí...

Ei?, diz Jon, olhando para mim como se eu fosse um maluco.

Não adianta nada arrumar uma desculpa, então eu digo tipo, Sim, oi.

Eu saio de trás do *jukebox* e olho de cima a baixo o cara que está com ele. Fico com ciúmes apesar dele nem ser gatinho de verdade. Ele é só normal, não compete comigo. Jon fica olhando para mim esperando uma resposta, então eu digo, É aquele cara da outra noite – uma longa história.

Jon diz tipo, Ah tá. Os ex podem ser bem difíceis.

Por dentro eu grito de horror quando ele diz a palavra ex, mas não me entrego. Em vez disso eu falo, Esse deve ser o seu irmão, né?

Ah. Ele olha para o cara, parecendo de repente meio constrangido. Eu lanço um olhar realmente sarcástico para ele.

Ele é só um amigo, Jon diz, como se eu me importasse.

Claro. Não importa.

Mas eu meio que acredito nele, e não só porque quero acreditar. Eu sei que você deve achar isso meio bobo, já que a gente nem se conhece direito, muito menos temos exclusividade um sobre o outro nem nada, mas eu sinto essa conexão verdadeira entre nós. E para ser honesto, eu tô cagando se ele está aqui com esse cara, porque nunca me liguei nessa parada que todo mundo se liga de ficar o tempo todo com uma pessoa. Acho que ele também se sente assim, apesar de ser mais velho. Na verdade eu esqueci de contar aquela parte em que eu menti para ele na última vez que a gente se viu, quando disse que tinha vinte anos, e isso é importante. Se você deixa escapar que é menor, a maioria dos caras evapora antes que consiga terminar a frase.

Seja como for, eu não posso ficar, é claro, porque Al deve estar esperando por mim com um bilhete que diz prisão perpétua preso no bolso. Mas dessa fez eu me ligo e pego o seu número, que ele me dá num pequeno cartão com um par de pés de pato impresso.

Que bonitinho, eu digo, e vou embora.

Como imaginava, Al está esperando do lado de fora. E o Fellows também, pois obviamente sabia que eu estava lá dentro, e me pega assim que saio. Ele balança a cabeça para mim como se fosse um velho mestre com quem eu falhei.

Jarold, eu estou muito desapontado com você, ele diz.

Eu é que estou muito desapontado com você, digo, olhando para suas calças de couro. Ele contrai a mandíbula como um piloto de caça se preparando para um mergulho.

Não vou falar outra vez, ele diz. Vocês dois fiquem longe daqui até terem idade suficiente, ou vou ter que avisar as autoridades.

Eu digo tipo, Ah Cara, não faz isso, porque ser banido da única boate gay que te deixa entrar sem pedir identidade é a última coisa que eu preciso. Deixo minha cabeça cair e faço coro com a Al dizendo que sentimos muito e que nunca mais vamos tentar nos divertir nem nada disso. Eu não paro de pensar o quanto isso é escroto, porque só estamos aqui para fazer um favor para ele. Bem, pelo menos Al só está aqui para isso.

Tá bom, desapareçam daqui. Pensem no que vêm fazendo no caminho para casa.

Al está bem arrependida enquanto voltamos. Ela diz que ele acabou fazendo com que contasse que eu estava lá dentro. Mas eu não estou com raiva, porque quando coloco a mão no bolso sinto o contorno desse pequeno pedaço de papel que faz tudo ficar ótimo.

Tudo pára de ficar ótimo quando chego em casa. Eu passo pela sala e vejo A Freira sentada do lado da Vovó, que está dormindo no sofá, tomando conta dela de uma maneira completamente maluca, como se estivesse ali para impedir que a Vovó de repente morresse ou coisa assim. Assim que ela me vê diz tipo, Você está *muito* ferrado, daquele jeito superconvencido.

Eu digo tipo, Vai foder com um crucifixo.

A Freira imediatamente entra numa onda Regan.

Tomara que eles internem você em algum lugar!, ela dispara, mas eu já saí da sala.

Subo as escadas com todo o cuidado do mundo para o caso da Mamãe e do Papai terem colocado detectores de movimento ou alguma coisa assim, mas não há sinal deles, então eu abro a porta do meu quarto acreditando que consegui escapar numa boa. Eles armaram uma emboscada. Sério mesmo. Mamãe está sentada na minha cama, e assim que eu, todo indignado, exijo saber o que ela estava fazendo no meu quarto, a porta se fecha e vejo Papai de pé ali, entre mim e a Liberdade. Ele não parece nada satisfeito.

Eu digo tipo, Acabem logo com essa tortura.

Pare de tentar ser espertinho e escuta, diz Mamãe, no estilo executiva-fodona. Tem algumas coisas que a gente precisa discutir.

E estamos falando sério, acrescenta Papai, como se ele importasse alguma coisa.

Eu digo tipo, Quer dizer, tem algumas coisas que vocês querem *falar* para mim.

Mamãe decide ignorar isso e continua: Nós decidimos que você vai parar de sair. Completamente. Ela faz uma pausa como se esperasse que eu fosse começar a chorar ou coisa do gênero. Eu digo tipo, Ah tá, *e o que mais?*

E você vai fazer terapia.

Eu digo tipo, Ahn?

... e nós vamos com você, ela diz. É só por precaução, mas pensamos bem no assunto e decidimos que é melhor assim.

Ela aspira longamente, como se tivesse sido muito mais difícil para ela dizer isso do que para mim ouvir, e então continua, numa voz mais suave, O que você acha? Você faria isso por nós?

Eu digo tipo, É uma excelente idéia. Vocês dois deviam mesmo fazer terapia. Mas me deixem fora disso.

Mamãe balança a cabeça como se esperasse que eu dissesse exatamente isso. Ela diz tipo, Olha, Jarold, você tem que entender que isso tudo é difícil para mim e para o seu pai. Nós não estamos com raiva de você. Você é o que é, e nós dois podemos aceitar isso. Mas precisamos de tempo para nos adaptar. É seu dever nos ajudar a entender.

Meu dever? Com esses idiotas?

Papai diz tipo, Você não consegue falar com a gente de um jeito normal, então um terapeuta pode ajudar. Nós só queremos entender. A voz dele soa como se ele estivesse morrendo de sede ou coisa assim.

Então eles ficam esperando completamente ansiosos enquanto eu sento e penso, como se realmente pudesse escolher alguma coisa. Mas na verdade eu realmente não consigo ver que mal isso pode fazer. Quer dizer, não estou exatamente a fim de passar por um interrogatório, mas simplesmente não há como alguém me dizer que sou menos são que Mamãe e Papai, então o que importa?

Eu digo tipo, Tá bom, mas se eles quiserem internar vocês não ponham a culpa em mim depois.

A cara da Mamãe se enche de felicidade. Ela fica mesmo radiante, e Papai chega ao ponto de colocar a mão no meu ombro, o que é totalmente desnecessário. Eu tolero isso por alguns minutos, enquanto Mamãe começa a falar que nós todos vamos ficar bem e que somos uma família forte, mas então perco a paciência e digo tipo, Tá bom, será que dá para vocês saírem daqui agora?

Isso faz ela calar a boca imediatamente, mas eles acabam saindo. Ainda bem. Eu acho que é um desrespeito total à minha privacidade me pegar no meu próprio quarto, que é um local sagrado para um adolescente, todo mundo sabe disso. Quer dizer, eles provavelmente vão me deixar com medo pelo resto da vida, mas é claro que não conseguem ver nada além de si mesmos. Eu mando uma mensagem para Al dizendo MDEUS EU+PAIS VMOS P/ TERAPIA!!! Ela me manda outra de volta que diz QBOM.VCS PRECISAM MSM.

## 10

BOM, PARA MINHA SURPRESA A SESSÃO DE TERAPIA ESTAVA MARcada para o dia seguinte. Sim, Mamãe, é claro que ela não tinha sido planejada sem me levar em consideração. E eu sou o quê? Um retardado mental ou algo do tipo?

A coisa mais injusta dessa história toda é que A Freira não é obrigada a ir também, apesar de na verdade eu acabar ficando feliz com isso, porque parece que ela *quer* ir, e quando dizem que ela tipo, não está convidada, começa a chorar e fungar como se tivesse um problema no nariz.

Mas essa é uma questão de família, então eu também tenho que ir, ela diz.

Mamãe diz tipo, Isso é entre mim, seu pai e o Jaz. Você não tem o mesmo tipo de problema.

Papai diz tipo, Nós vamos cuidar da sua terapia ano que vem, tentando fazer uma piadinha, mas ele não consegue fazer a fala se dissipar e ela fica na atmosfera como uma nuvem de monóxido de carbono. Mamãe lança o seu olhar de morte para ele, e A Freira decide que A Vida Não É Justa e sobe para o quarto dela para rezar ou sei lá.

Então essa é tipo, uma dessas cenas de família importantes.

O nosso psicólogo se chama Dr. Higgs. Ele tem uns quarenta anos e é meio familiar. Tem uma expressão neutra congelada no rosto e quando sorri ou faz cara de reprovação parece que está fingindo, por isso me lembra um computador humano. Ele é meio soturno também, então é um pouco como ter Morticia Adams como terapeuta, mas Mamãe e Papai parecem realmente contentes quando o encontram, o corpo do Papai relaxa todo ao apertar sua mão. Quando Higgs me cumprimenta, eu decido apertar sua mão de maneira bem firme, para que saiba com quem está lidando. Ele me observa como se já estivesse me classificando, o que eu acho totalmente deprimente. Tipo, Esse É O Seu Tipo E Eu Devo Agir Assim Para Lidar Com Você.

Mamãe e Papai sentam num grande sofá branco e eu sento separado deles, numa poltrona. Higgs fica mostrando o lugar pra gente de uma maneira deliberadamente óbvia, mas Mamãe e Papai não parecem notar. O que exatamente essa organização dos móveis deve fazer por mim está além da minha compreensão, mas presumivelmente o computador humano sabe o que está fazendo.

Assim que estamos todos acomodados (demora séculos para Mamãe encontrar uma posição confortável), Higgs me pergunta como me sinto por estar aqui.

Eu digo tipo, Cara, vir para cá é exatamente o que eu queria fazer no meu domingo.

Higgs dá um sorriso do tipo eu-não-sei-se-isso-deveria-ser-engraçado e se vira para a Mamãe, que ele instintivamente parece saber ser a chefe por aqui.

Ele diz tipo, Então, conte para mim o que tem se passado com vocês.

Eu fico pensando, Ah, que merda, o que é perfeitamente justificado, já que Mamãe começa com aquele papo intergalático sobre Tudo. É tipo uma versão amenizada das besteiras que ela vive falando, mas continua para sempre, e no final até o cara que está sendo pago para ouvir parece meio bolado. Ele dá o seu sorriso de robô e diz, Por que a gente não começa do começo?, o que me faz rir, e então todo mundo olha para mim, aí eu digo tipo, Qual foi?

Higgs diz tipo, Você pode nos contar por que riu?

Eu digo tipo, Por causa da sua cara, o que é verdade, mas quando eu digo parece totalmente rude, e Mamãe grita, Jarold!, como se estivesse a ponto de me bater ou coisa assim.

Mas Higgs continua calmo e diz para não nos preocuparmos, porque essa é uma reação perfeitamente normal. Continuo tentando descobrir onde eu vi esse cara antes. Ele fica a maior parte do tempo falando com Mamãe e Papai, mas sempre que se vira para mim eu dou uma boa olhada no seu rosto e faço um esforço para lembrar. Por alguma razão minha mente está totalmente em branco. Talvez seja simplesmente porque ele parece com como a sua consciência seria se tomasse forma humana, tipo num capítulo de *X-Men* ou coisa assim.

Seja como for, no começo a sessão é esse total desperdício de tempo, porque depois do discurso da Mamãe, Higgs só pergunta aquelas questões realmente idiotas que não parecem nos levar a lugar nenhum, por exemplo, Qual é o passatempo preferido de vocês?, e Quais foram as melhores férias que vocês já tiveram? Tipo, quem se importa com isso? Chega uma hora em que até Mamãe fica impaciente, provavelmente porque quer começar a falar de si mesma outra vez. Ela diz tipo, Isso é realmente importante? Não deveríamos falar do que sentimos um pelo outro?, como se soubesse fazer o trabalho desse cara muito melhor que ele. É assim que ela é quando resolve dar uma de advogada. Mas Higgs a coloca de volta no lugar dela dizendo calmamente que a terapia não é como uma pílula que você toma e tudo fica bom outra vez – é preciso ter dedicação e trabalhar duro.

Eu digo tipo, Talvez a gente devesse simplesmente seguir adiante.

Todo mundo me ignora, o que me deixa meio puto, mas alguns minutos depois Higgs pergunta para mim, Quer dizer que você não está desconfortável por estar aqui, Jarold?, então acho que ele acabou ouvindo sim.

Eu digo tipo, Tanto faz.

Higgs diz tipo, Você sente algum ressentimento por seus pais terem te trazido aqui?

Eu olho para Mamãe e Papai, que baixam as cabeças e olham para as próprias coxas. É até meio engraçado. Então percebo que eu sinto mais pena que ressentimento. Estar aqui é mais um ato de caridade que qualquer outra coisa, porque honestamente acho que está tarde demais para isso. Uma coisa é estar fodido de leve, outra coisa é estar muito fodido, e nós estamos nesse ponto.

Eu digo tipo, Não, na verdade não.

Higgs não parece muito impressionado com a minha resposta, mas ele consegue ver que eu não estou mordendo a isca, então muda o foco de sua atenção para o Papai. Ele surpreende todo mundo quando pergunta o que *Papai* está sentindo. Aí vem aquela pausa enorme com folhas voando ao vento. Me ocorre que nunca pensei muito no Papai como um ser humano separado da Mamãe. Quer dizer, tirando aquela coisa dele ser um idiota e tal. Eu olho para ele agora e isso não parece justo, então me sinto meio culpado, um pouco como me senti em relação ao Fellows depois da briga.

Papai diz tipo, Bem, não sei...

Higgs espera. Papai olha para as próprias coxas até que elas ficam quentes demais para ele continuar olhando, e então olha para a parede do fundo, onde tem um quadro com um monte de linhas diagonais pretas e brancas. É tipo um criptograma, e assim que o notei fiquei totalmente absorvido por ele também.

Mamãe chama a nossa atenção de volta dizendo, Responda!

Papai dá uma gaguejada e finalmente diz, Eu só queria que a gente fosse feliz.

Quando vejo tá todo mundo olhando para mim outra vez. Eu percebo que comecei a rir – tipo rir pra caramba. É óbvio que é uma coisa totalmente inapropriada, mas é tipo uma reação histérica ou coisa do gênero. E então as risadas se transformam em choro. Não me pergunte por quê, chorar é uma coisa que não faz o meu estilo. É a coisa mais antiirônica que você pode fazer. Sei lá – talvez seja uma dessas reações que a gente tem meio por reflexo diante desse melodrama todo, que nem quando você vê *Titanic* e acaba chorando apesar de ser mais do que justo aquele casalzinho idiota morrer afogado. Ou quem sabe é uma reação retardada por ter visto o Fellows de calça de couro. Seja como for, Mamãe pula do sofá e corre até mim (para a alegria de Higgs, é claro) e aperta os peitos na minha cara até eu parar de chorar e começar a sufocar.

Eu digo tipo, Sai daqui, porra!

Mamãe ignora isso, e talvez nem tenha ouvido, porque minha voz fica tipo abafada no peito dela. Evidentemente Higgs acha tudo extremamente significativo, e através do buraco da camisa da Mamãe eu vejo ele nos olhando e pegando rapidamente seu caderno como se observasse uma manifestação nunca-antes-vista de comportamento mutante. Ele anota alguma coisa enquanto eu tento me livrar do ataque da Mamãe.

Eu digo tipo, Não leve isso em consideração. É só besteira.

Mas por que você está chorando?, pergunta Higgs. Você poderia nos contar?

A voz dele soa toda metida a besta e confiante, o que me deixa meio puto, então eu digo tipo, Foi um cisco, tá bom, numa voz completamente sarcástica. Mamãe solta um suspiro e vai sentar outra vez do lado do Papai, que assistiu a toda essa cena com aqueles olhos esbugalhados e cheios de medo que parecem pertencer ao Bambi e não a um homem adulto.

Higgs continua achando tudo isso importantíssimo. Sei lá. Talvez seja mesmo. Talvez eles me afetem mais do que eu pensava.

Para resumir toda essa longa sessão de terapia, parece que Higgs acaba ficando do meu lado. Ele diz tipo, Jarold é novo e é bom que ele tenha uma noção definida de quem ele é. Vocês (Mamãe e Papai, que parecem completamente chocados nesse ponto) precisam ajudá-lo e apoiá-lo quando as inevitáveis dificuldades começarem a surgir.

Eu não sei quais são as inevitáveis dificuldades que ele estava falando, mas Mamãe e Papai ficam em silêncio no caminho de volta para casa, enquanto eu fico rindo por dentro como um lunático, apesar de não dizer nada por fora, porque acho que eles já têm merda demais para limpar. Quando chegamos na nossa rua, Mamãe está até chorando um pouco, e Papai coloca o braço em volta dela. Por um instante parece que eles talvez tragam mesmo um pouco de felicidade um para o outro de vez em quando, que nem naquela vez que a gente foi ver a Vovó no hospital. Acho que deve existir uma razão para eles terem casado, afinal. Mas então fico pensando nisso e me ligo que não é possível que eles só fiquem felizes quando estão atolados na merda.

Nessa noite Mamãe até me beija na testa, o que normalmente me faria dizer, Qual foi? Tá pensando que eu sou o cavalo de *Beleza Negra*?, mas dessa vez eu deixo passar. Papai também vem dizer boa-noite. Ele meio que acena embaralhando seus braços do outro lado do quarto, o que é o mais perto de um abraço que chegamos nos últimos cinco anos. Não sei se isso quer dizer que a terapia já está funcionando ou se atingimos um nível mais alto de loucura. Recebo uma mensagem da Al perguntando CMO FOI? Mando outra para ela dizendo MT ESCROTO. Ñ PERGUNTE.

# 11

ENTÃO ESSE É O MEU TERCEIRO DIA DE MERDA NA ESCOLA. EU sei, parece que eu só tenho dias de merda. Bem, *é isso aí*. Mas esse é pior porque é segunda-feira, então quero que você tente enfatizar isso um pouquinho.

O Bundão, o Tico e o Teco acabaram me pegando numa curva, do lado de fora da cantina. Foi uma estupidez total minha, mas já faz uma semana desde aquele incidente de escrever-na-colagem e a escola parou a inquisição idiota para descobrir quem tinha feito aquilo, por isso eu acho que imaginei que ele talvez tivesse esquecido essa história também, principalmente sendo burro daquele jeito e tal. Mas isso não aconteceu. Eu deixei totalmente minha guarda cair e me separei de Al depois do almoço porque ela tinha aula de matemática e eu tinha um des-ses tempos de estudo. Tinha que escrever um ensaio sobre a *Noite de Reis* que eu estava morrendo de vontade de começar, então fiquei um tempinho de bobeira dando uma olhada na pintura do muro (que é um verdadeiro quadro, a escola já desistiu de tentar limpá-lo há anos). Estou pensando em alguns retoques e ouço uma voz dizendo, Bem, bem, bem, como se fosse um daqueles vilões, e quando me viro vejo que ela pertence ao Tico. O Bundão e o Teco estão atrás dele e parecem tipo, a definição de ameaçadores.

Bundão diz tipo, Você até que tem coragem, mocinha.

Não tem como escapar, mas eu meio que tento só por via das dúvidas e na hora o Tico e o Teco vão um para o meu lado esquerdo e outro para o direito como cães pastores me guardan-do. Bundão avança e eu olho para os lados procurando ajuda. Não muito longe tem alguns garotos sentados no muro meio de bobeira. Mas eles só assistem ao que está acontecendo como se fosse um documentário do Discovery Channel, então posso desistir de contar com alguma ajuda deles.

Tico fica falando, Você tá fodido, moleque, como se eu pen-sasse que eles talvez só fossem me perguntar algumas coisas sobre um trabalho da escola ou coisa assim.

Eu digo tipo, Olha, foi só uma brincadeira, tá legal?

Foi mesmo? Você estava tentando dar uma de engraçadinho, é?, diz Teco, Mas eu acho que o nosso amigo Joe não achou muito engraçado – você achou, Joe?

As duas narinas do Bundão se abrem e aqueles enormes buracos negros aparecem no meio da sua cara, quase pedindo que uma argola seja colocada entre eles ou coisa assim.

Bem, diz Teco, Nós também sabemos ser engraçados.

Isso não me parece muito provável. Eu digo tipo, Ai meu Deus, que merda, e Tico e Teco soltam aqueles grunhidos peculiares que é o modo como costumam expressar contentamento. Tipo, as conversas deles devem ser fascinantes. Então o Bundão me empurra na parede e solta uma rajada do seu hálito mortal. Acho que você tem que sentir pena desse cara, afinal ele é afligido por esse mal, o que significa que nunca vai conseguir beijar ninguém, muito menos passar seus genes adiante.

Seja como for, eu já estou quase morto, mas percebo que ele está só esperando uma inspiração para decidir o que fazer comigo. Tico e Teco têm algumas sugestões, Tico diz tipo, Tira a calça dele!, e Teco tipo, Enche ele logo de porrada.

Então eu fico meio que me preparando para ir para o além quando a salvação aparece sob a forma do Fellows, que está patrulhando por aí à procura dos matadores de aula. Ele literalmente chega no segundo em que o primeiro soco ia me acertar, e diz tipo, O que está acontecendo aqui?, naquela voz única que até os professores mais bunda-moles conseguem evocar quando precisam. Bundão, Tico e Teco ficam olhando uns para os outros como se fossem trocar de cara ou coisa assim. Os moleques que estão de bobeira observando a cena saem fora rapidinho.

Bundão diz tipo, A gente só tava se divertindo, professor.

Ele baixa o punho que já estava chegando terrivelmente perto e parecia muito com o Martelo de Thor ou alguma coisa do gênero.

Fellows diz tipo, Jarold?

Eu só balanço minha cabeça, porque tentar parar as coisas nesse ponto é totalmente desnecessário. Ele pegou os caras no flagra. Não esperava que fizesse muita coisa além de mandar eles sumirem ou coisa assim, então fico surpreso quando ele começa aquele sermão que impressionaria até a Mamãe. Talvez o Fellows só precisasse de uma desculpa, mas cara, ele acabou completamente com o Bundão. Ele diz tipo, Vou ligar para sua mãe e contar para o diretor, e também vou ficar te vigiando de agora em diante. Se você colocar um pezinho que seja fora da linha vou cair em cima de você como a merda de um Yorkshire!

É sempre esquisito quando professores falam palavrão, porque isso supostamente é contra a religião deles ou coisa assim, tirando aqueles que ficam tentando ser maneiros, tipo o Dr. Head, que dá aula de ciências e é bem novo (comparativamente, claro). Ele diz o tempo todo caralho e merda, como se isso fosse criar mais intimidade com os alunos (e dá certo – todo mundo só chama ele de Dr. Dickhead). Mas quando Fellows diz um palavrão parece até a ira de Deus ou coisa do gênero. Até o Bundão, que está destinado a ser expulso da escola, fica tremendo.

Ele diz, Desculpa, professor, num fio de voz, como se tivesse sido castrado.

Fellows diz tipo, Não é para mim que você tem que pedir desculpas.

Bundão olha para mim todo bolado. Eu estou bolado também. Da próxima vez não haverá saída, eu vejo isso nos seus olhos, que estão tipo, flamejando de ódio.

Ele diz tipo, Desculpa, numa voz que é o exato oposto da sinceridade.

Fellows diz tipo, Agora sai daqui.

Assim que Bundão, Tico e Teco somem, eu descubro que toda aquela integridade raivosa foi por minha causa. Fellow dá um tapinha nos meus ombros de um jeito paternal ultra-amigável, o que é completamente esquisito e, além disso, totalmente artificial.

Ele diz tipo, Se ficarem te perseguindo, não deixa eles te pegarem. Você tem todo o direito de ser o que é, Jarold Jones. Lembre-se disso. Todo o direito do mundo. Nunca deixe falarem o contrário nem fazerem você se sentir envergonhado. Você está bem?

Tipo, eu não estou nem um pouco bem, mas não por causa do Bundão. Eu fico quase com vontade de pedir para *ele* voltar e acabar o trabalho, porque ouvir esse papinho é que nem ser forçado a beber leite com suco de laranja. É até suficiente para fazer você sentir falta dos bons tempos do fascismo. Meus sentidos meio que se apagaram como uma reação automática, então eu só dou de ombros. Mas o Fellows ainda não tinha acabado de me cobrir de clichês.

Ele diz tipo, Eu estou falando sério. Jarold, eu quero que você sinta que pode contar comigo se tiver algum problema, tá bom?

Eu digo tipo, Tá bom.

Fellows diz tipo, E eu quero conversar com você sobre a última vez que o vi. Naquela boate.

Toda a minha esperança de que essa tortura pudesse acabar de uma vez desaparece. Eu fico tipo, no nível mais alto de Ah, Cara.

É o seguinte, eu entendo como é essa coisa, ele diz, Descobrir que você sente atração por outros caras e não saber bem o que isso significa. Se dar conta disso. E então ficar acordado todas as noites, deitado na cama, querendo que você não fosse diferente dos outros. Já passei por tudo isso. Já fui jovem também, você sabe.

Ele fala isso como se fosse meio uma piada, e não uma coisa que *é mesmo* difícil de acreditar. É estranho, porque sempre é difícil imaginar que as pessoas mais velhas que você conhece já foram novas. Tipo, tentar imaginá-las como adolescentes, perguntando um monte de coisas estúpidas, cometendo erros bobos, ficando superinteressadas em sexo e fazendo piadas sobre isso. Já tentei imaginar Mamãe e Papai jovens, mas é que nem imaginar que você tem um terceiro braço ou coisa assim. Quer dizer, é fácil imaginá-los confusos, porque eles são assim, mas não consigo imaginá-los como pessoas de dezesseis anos confusas.

É uma vida solitária, diz Fellows, como se isso fosse uma brilhante pérola de sabedoria, Mas as coisas não são mais como antigamente. Os tempos mudaram. Eu me lembro que era muito mais difícil. Você tem muita sorte por estar crescendo agora. Trinta anos atrás, seria muito pior. Antes de Stonewall e dos protestos, as pessoas como eu e você dificilmente tinham uma chance.

Pertencer a um grupo de "pessoas como eu e você" quase me faz sufocar no meu próprio vômito. Fellows claramente confunde isso com um sinal de que estou arrebatado por cada palavra sua. Eu agüento o máximo que posso, mas finalmente digo tipo, Será que posso ir embora agora?

Fellows perde o seu sorriso simpático. Ele me olha um minuto e faz cara de quem não está impressionado com o que vê, então diz, Pode ir, como se tivesse sido idéia dele.

Al acha tudo isso muito amável. Nós estamos no corredor procurando alternativas no horário que nos dêem uma desculpa para não fazer aula de educação física às terças e quintas. A gente costumava ir no grupo de debates, mas eles se ligaram que a gente na verdade nunca debatia nada, então nós dois fomos expulsos. Você é obrigado a fazer educação física, mas esse é só mais um exemplo de como as regras são estúpidas, porque as pessoas que não gostam de esportes, como nós, acabam ficando ali em volta do campo ou do lado da quadra de tênis desperdiçando o tempo vendo as bolinhas voarem pra lá e pra cá. Tipo, para que isso? Felizmente sempre tem alternativas, como o grupo de debate. Agora parece que a melhor opção vai ser fazer handebol com o professor Reginald, que deve ter uns mil anos de idade e é tipo um móvel que está por aqui tipo desde o início da civilização. A maior parte do tempo ele não consegue se lembrar nem de quem ele é, muito menos quem deveria estar na sua aula.

Bem, eu estou contando a Al tudo sobre como o Fellows me salvou do Bundão mais cedo, e ela fica falando que isso mostra que pessoa decente que ele é, em vez de revirar os olhos ou ter qualquer outra reação mais ou menos normal. E quando eu falo sobre aquela parte que ele disse que "É uma vida solitária", esperando que ela pelo menos tenha a decência de fazer uma cara de impaciência, Al fica toda sonhadora, como se isso fosse a coisa mais bonita que já tinha ouvido. Eu desisto de tentar fazer ela ver a luz.

Eu digo tipo, Amiga, você tá caída mesmo por esse cara.

Al diz tipo, Do que você está falando? Ela pode ficar bem estúpida quando não está falando de política.

Eu digo tipo, Você com certeza tá a fim de pegar o Fellows.

Al diz tipo, Ah, vai se foder, Jaz! Ela sempre se recusa a admitir quando está apaixonada. Não é à toa que nunca tenha chegado nem perto de pegar ninguém, porque ela não consegue nem admitir isso para ela mesma. Provavelmente seria mais fácil se ela virasse mesmo sapatão.

Nesse momento Mary aparece com o seu bando. Ela está sempre com essas garotas que parecem tipo, totalmente clones umas das outras, Kathy, Louise e Athena. Todas têm cabelos pintados de louro e usam sombras ultrafortes nos olhos, elas devem penar para manter as pálpebras abertas. O estilo delas é tipo patricinhas roqueiras misturadas com líderes de torcida ou coisa do gênero, mas no final todas parecem iguais. Sério mesmo, é só pelo som das vozes que você consegue distinguir uma da outra. Athena tem um sotaque grego forte pra caramba, enquanto a voz de Kathy soa fraquinha. Louise está em algum lugar entre as duas.

Mary diz tipo, Oi, Jaz.

Eu digo tipo, Oi.

Al diz oi, mas ninguém nem olha para ela, o que a deixa muito puta, dá para ver. Ela sempre cumprimenta Mary e seu bando, apesar de no fundo desprezá-las totalmente. Provavelmente Al também sempre teve esse desejo secreto de que elas lhe dessem bola, o que é completamente normal, eu acho, apesar de ser ao mesmo tempo totalmente escroto.

Mary diz tipo, Você vai mesmo no sábado, né?

Eu digo tipo, Sim, claro.

Leva umas cervejas!, grita Athena com seu acento pesado, que parece um pouco com um relincho. Kathy dá uma risada supersônica e Mary dobra um pouco os lábios e faz um beicinho que supostamente deveria ser sexy. Eu fico com vontade de dizer a ela, Você está perdendo seu tempo, querida, mas garotas como a Mary nunca sacam nada. Ela deve achar que quando o cara brocha está só meio tímido ou coisa assim.

Al diz tipo, É isso aí! A gente realmente tá muito a fim de chegar na festa. Parece que vai ser foda.

Isso finalmente provoca uma reação por parte da Mary e das clones, que respondem com olhares totalmente vazios, como se uma meleca falante tivesse de repente aparecido no meio da conversa. Al meio que ri e tenta dizer alguma outra coisa, mas acaba soltando uma mistura de palavras que não faz sentido nenhum. É bem triste de se ver.

Louise diz tipo, Que *língua* ela está falando?, e Kathy dá mais uma de suas risadas quebra-vidro.

Então a Mary olha para mim e diz tipo, A gente se vê lá, e aí carrega seus peitões embora como se fosse fazer uma mágica com eles ou coisa assim. Todas elas se viram juntas e vão rebolando pelo corredor.

Quando elas finalmente se vão, eu viro para Al e digo tipo, Por favor, alguém chame a dedetização. Mas ela diz tipo, Ah cala a boca!, como se eu estivesse perdendo a linha totalmente ou coisa do gênero. Al está um saco ultimamente. Deve ser por causa dos pais dela, que estão tentando ganhar um diploma de pentelhação. Mas não sei por que ela tem que descontar tudo em mim. Talvez seja o seu amor não correspondido pelo Fellows, apesar da idéia deles juntos ser totalmente tosca.


# 12


BEM, SE VOCÊ TIVER PELO MENOS UM POUQUINHO DO MEU LADO, vai estar se perguntando sobre o Jon. O que aconteceu com ele?, você deve estar gritando, tremendo de ansiedade. Tá bom, eu vou contar.

Eu dei uma ligada para ele do meu quarto na noite anterior, enquanto Mamãe e Papai estavam plantados lá embaixo, se recuperando do choque de ouvir sobre os próprios problemas. É um celular, e toca algumas vezes até que:

Oi, diz Jon.

Fico até com vergonha de admitir, mas dou uma de idiota total nesse ponto. Tentando ser engraçado, eu faço aquela brincadeira de escola e digo Laranja!, aí se segue uma longa pausa. Fico com vontade de bater o telefone e passar o resto da vida como um monge, mas respiro fundo e falo, Sou eu, Jaz.

Acho que ouço ele rir baixinho. Parece tipo uma série de vibrações esquisitas no telefone, como se tivesse um *poltergeist* interferindo na linha ou coisa assim.

Jon diz tipo, Oi, que música é essa no fundo?

É uma dessas *boy bands* completamente toscas que A Freira está ouvindo no volume máximo. Parece até que ela sabe que estou fazendo uma coisa importante com uma espécie de sexto sentido de irmã ou coisa assim. Eu vou até a porta e a fecho com um chute.

Eu digo tipo, Esquece isso, tá?

Mais sensações de riso. Ele diz tipo, E aí, tudo bem?

Eu digo tipo, Tudo ótimo, e como vai com as aulas de mergulho?

Windsurf.

Eu sei. Dá no mesmo.

Ele diz tipo, Sabe de uma coisa, você não morre tão cedo.

Eu digo tipo, Você quer sair comigo ou algo assim?

E ele quer, então vamos. Marcamos de nos encontrar na noite de quarta-feira, numa boate que eu nunca fui e que parece ser completamente underground. Tentei arrastar a Al comigo, mas ela está trancada em casa ultimamente. (Logo depois do meu telefonema naquela noite Mamãe chegou a ligar para o senhor e

95

a senhora Rutland para uma saudável discussão sobre a influência que temos um sobre o outro, sem suspeitar que ela tava fodendo com a vida da menina – os pais dela tiveram tipo uma série de aneurismas quando descobriram que ela tem ido a uma boate gay.) É claro que a Al é perfeitamente capaz de quebrar uma janela, mas ela está determinada a ir naquela festinha tosca da Mary, por isso está tentando não pisar na bola esta semana. Então quando acaba a aula, eu estou sozinho. Acho que agora é hora de enfrentar – ou dá ou desce.

Eu consigo entrar na boate por um triz – estou atrás de um punk com um moicano azul que arma o maior barraco por ter que pagar para entrar (a entrada é tipo três pratas, até eu posso bancar), mas isso acaba sendo bom porque a garota nem olha para mim e o segurança me empurra para dentro. Então, que maravilha, eu entro.

O lugar é uma redefinição da palavra buraco: tipo, de um jeito meio artificial. O heavy metal vem das caixas de som que estão nos dois lados do salão, e as pessoas ficam pulando para cima e para baixo (é tão compacto que não tem muito espaço, então eu acho que só dá para dançar para cima). Basicamente é um poço cheio de garotos e garotas esquisitas com cabelos negros compridos e um montão de prata se jogando para lá e para cá, um pouco como os zumbis daquele filme clássico do Michael Jackson. Eu fico tipo, Essa não é nem um pouco a minha onda. E não tenho idéia de como encontrar o Jon por aqui. Dou uma olhada para a minha calça Levi's e minha camiseta e penso, Que merda, porque estou que nem o caipira de *Barrados no baile*. Decido tomar alguma coisa e luto para chegar no bar, o que é mais ou menos como enfrentar uma guerra ou coisa assim. A gótica que está atendendo nem ouve o que eu peço, e acaba me servindo uma coisa verde esquisita, que tem gosto de anis e não é tão ruim assim. Na verdade, depois que você entra na onda, o lugar até que é tranqüilo, de um jeito meio alternativo. Estão tocando agora uma música do Guns N'Roses que eu me lembro vagamente de ter ouvido quando tinha tipo, dez anos, mas isso também é tranqüilo. E pelo menos eu nunca vou dar com o Fellows por aqui, o que definitivamente é um ponto positivo.

Depois de alguns minutos, o skinhead à minha direita tenta puxar uma conversa, gritando por cima da música. Demoro um tempo para sacar o que ele está dizendo. Ele fala tipo, Adorei o seu visual – é único!

Eu digo tipo, Valeu aí. Acho que ele estava tentando ser irônico. Ele usa roupas de couro rasgadas e tem um pingente de caveira que fica balançando perto da sua virilha de um modo meio sinistro. Ele abre um sorriso meio afetado para mim, e eu fico pensando, Puta merda cara, me deixa em paz, porque ele não faz nem um pouco o meu tipo. Felizmente nesse momento Jon aparece. Ele está usando uma roupa de malha que pareceria completamente gay em qualquer outra pessoa, mas nele está linda. Rapidamente começo a me sentir melhor em relação a todas essas paradas.

Eu digo tipo, Oi, esse é o seu tipo de lugar?

Ele sorri e dá de ombros, e então diz no meu ouvido, Eu me adapto muito fácil!, e aí me lança um olhar sexy, caso eu esteja com alguma dúvida sobre o que ele está falando. Eu fico tipo, beleza, cara.

Ele pede uma coisa para beber – água, se você conseguir acreditar – e fica mexendo no bolso de trás da calça. O skinhead vê aí uma oportunidade de tentar de novo, e começa a falar no meu ouvido alguma coisa sobre querer me mostrar sua tatuagem, será que dava para eu ir ao banheiro com ele para dar uma olhadinha?

Eu fico tipo, fazendo cara de Me Ajuda Jon, que finalmente pára de mexer nos bolsos, coloca os dedos na boca e vem me resgatar. Ele simplesmente se inclina para frente, empurra o cara e me dá um beijo, e quando vejo sua língua está na minha boca, e tem alguma coisa nela. Sem nem pensar no que é eu engulo. Aí sim me ligo. Eu fico tipo, muito bolado, e empurro ele.

Jon diz tipo, Qual foi? Essa bala é boa.

Provavelmente isso vai te fazer rir, mas até ali, não sei como, meu corpo ainda podia ser considerado uma feliz zona livre de bala. Já tinha mandado uma carreira de coca no banheiro com um cara da Starlight (um dos coroas com mão-boba), e maconha é sempre bom para os dias chuvosos, mas isso é totalmente novo para mim, eu não tenho certeza se estou preparado. Mas eu não cuspi. Eu engoli. Brincadeira. Hahaha.

Eu digo tipo, Ah tá, valeu.

Ele meio que entende a minha resposta e parece um pouco culpado. Você não gosta de bala?, ele diz. Eu só dou de ombros, porque de que adianta criar problema agora?

Seja como for, a gente grita mais um pouco por cima da música, e logo estamos nos beijando outra vez, e eu fico pensando que com certeza vai ser essa noite, aí começo a sentir aquele formigamento na parte de trás da minha coluna. Começa lá embaixo e vai subindo, até que chega no meu pescoço e de repente estou dançando que nem um louco com o Jon, não consigo me controlar. Mas é ótimo. Vou te contar, parece que estou voando no meio das estrelas ou coisa assim. Tem um monte de faíscas de felicidade por todo o meu corpo, e parece que atingi um novo nível em que tudo é completamente maravilhoso. Nada pode me parar.

Nós vamos embora para a casa do Jon. Vou estar muito ferrado na mão da Mamãe e do Papai no dia seguinte, mas quem se importa? Já são tipo umas três da manhã e eu ainda me sinto bem, mas agora meio que me acostumei e talvez a onda já esteja começando a baixar.

Pegamos um táxi, porque a idéia de esperar o ônibus é totalmente brochante. Eu finjo estar muito louco para fazer qualquer coisa quando chega a hora de pagar, já que usei o último dinheiro que tinha no tal drinque de anis, mas assim que Jon resolve a situação eu volto a funcionar. Ele está ficando naquele apartamento em Kensington, que é completamente metido a besta. Jon lembra que é a casa de um amigo seu que está viajando para o exterior. Eu digo tipo, Será que ele é da família real?

Vamos para a cozinha, que é tão grande que dá até para você sair correndo e contar alguns segundos antes de chegar na parede. Jon resolve fazer um pouco de chá pra gente e eu fico ali olhando a sua bunda linda quando ele vai pegar as xícaras.

Qual é o seu problema com esse lance de idade?, eu me ouço perguntando de repente. Não sei por que fiz isso – deve ser uma vontade autodestrutiva de foder com tudo ou coisa do gênero.

Ele diz tipo, Ah, é só uma coisa minha. Quando era pequeno meu pai estava toda hora com garotos mais novos, e eu sempre jurei para mim mesmo que não me tornaria como ele.

Isso cala a minha boca pelos próximos minutos, enquanto o chá está sendo feito. Ele bebe e começa a contar detalhadamente sobre seus pais. Parece que eles eram uma merda também. Jon tinha um pai viado e maluco que vivia oferecendo drogas pra ele, e sua mãe era uma Barbie obcecada por cirurgia plástica que agora parece Jocelyn, A Noiva de Wildenstein. Quando ele acaba eu estou quase a ponto de ficar feliz com os meus pais. Eu disse quase.

Nós vamos para o quarto e Uau! Parece uma daquelas suítes de cobertura dos anúncios de perfume onde tudo é impossivelmente perfeito. As paredes parecem cobertas de prata e em volta da porta e das janelas há colunas, tipo aquelas dos templos. Lençóis de seda vermelha forram a cama, que tem tipo, um quilômetro de largura, e no teto tem um espelho para você poder ver a si mesmo na hora H.

Jon diz tipo, E aí, o que achou?

Eu digo tipo, É tranqüilo.

Ele acha isso engraçado e me dá uma agarradinha de leve, que depois se transforma numa esfregação generalizada. Eu retribuo e caímos na cama, nos beijando. Mas aí a coisa mais estranha do mundo acontece. Um monte de paradas aparece do nada na minha cabeça. Tipo, paradas. Não encontro outra maneira de descrever. Várias sensações, boas e más, tipo uma sessão de nostalgia. Sensações a respeito de todas essas pessoas aleatórias nas quais não consigo parar de pensar. Tipo Fabian, como nós éramos amigos e como é triste isso da gente não se dar mais porque ele agora é um maluco nazista de merda. Tipo Mary, como ela dá mole para mim e como isso é triste porque ela poderia ter qualquer garoto da escola, mas quer ficar comigo e isso nunca vai acontecer. Ou Teresa (acredite se quiser) e como talvez por trás de todo aquele negócio de religião e daquela mesquinharia infantil ela na verdade seja só uma adolescente confusa, e isso é triste também. Eu chego até a pensar no Fellows e no quanto ele é triste, porque no fundo só quer fazer o bem, apesar de não saber a diferença entre a sua boca e o seu cu.

Então nós ficamos nos beijando e fazendo tudo aquilo na cama, só que eu não sinto nada. Isso deveria ser maravilhoso. Eu fiquei de pau duro por esse cara desde a primeira vez que o vi. Ele continua pegando no meu pau, mas simplesmente não está rolando como deveria. Também não é que eu esteja nervoso, nunca tive problema com isso. É só que eu estou muito chapado e com essa sensação esquisita, por isso não consigo me concentrar. A verdade é que essa cama é tão boa e tão grande que eu só quero fechar meus olhos e rolar de um lado para o outro.

Jon diz tipo, Ah que merda, você é um desses caras.

Eu digo tipo, Que caras?

Jon diz tipo, Que não conseguem ficar de pau duro quando tomam bala.

Eu digo tipo, Ah. Acho que faz sentido, e de certo modo é até engraçado, porque foi ele quem me deu a bala na sua língua. Mas ele é insistente e continua tentando me agarrar. Eu tento outra vez, mas de repente sexo é a última coisa que passa pela minha cabeça. Eu fico pensando no que Mamãe e Papai vão achar se acordarem e de alguma maneira descobrirem que não estou no meu quarto. Eles ou vão me deserdar ou vão trancar todas as saídas, o que é muito estúpido porque no final das contas vai acontecer o que sempre acontece, que é Mamãe tendo um ataque mortal e Papai ficando parado atrás dela tentando parecer que importa alguma coisa. É a droga que me deixa assim todo preocupado, eu sei, mas é muito estranho e eu simplesmente não consigo parar de pensar nisso. Sinto uma coisa muito forte que diz que eu preciso ir para casa, para a minha cama. Então, e isso é o mais esquisito de tudo, eu descubro que estou sentindo falta da Mamãe.

Jon fica muito bolado quando digo que tenho que ir. Ele tenta me convencer a ficar, mas eu estou tipo, totalmente focado nessa nova missão. Deve ser a bala, só pode ser, porque parece maravilhoso ter essa jornada planejada pela frente. Ir para casa.

Ele me acompanha pela rua até o ponto de ônibus, dizendo que não entende bem isso, mas que conhece gente que não consegue dormir na cama dos outros, e que ele não se importa, a não ser que as pessoas que dividem casa comigo fiquem incomodadas com a gente entrando assim de madrugada. Ele continua falando sem parar, e isso também deve ser efeito da bala, porque eu não sabia que ele podia abrir a matraca assim. Tipo, quase sai fumacinha da mandíbula dele por causa do excesso de uso.

Quando estamos no ponto eu me ligo que não posso levar ele para casa por causa da Mamãe e do Papai. Sem pensar, eu sigo adiante e digo isso a ele, e aí seu queixo cai e sua cara cresce literalmente mais de dez centímetros. Opa. Esqueci que não podia falar isso.

Quantos anos você *tem*?, ele quer saber.

Eu fico totalmente descoberto, mas acabo dizendo que tenho dezessete para amenizar a sua dor um pouco. Ele parece em estado de choque ou coisa assim – meio que dobra os joelhos e fica em posição fetal, balançando para frente e para trás e dizendo Merda!, Merda! numa vozinha infantil, como se tivesse acabado de descobrir que a morte existe ou coisa do gênero.

Fica calmo, eu falo para ele.

Não me diga para ficar calmo!, ele diz, parecendo que vai explodir. Por um momento eu penso que a gente vai acabar caindo na porrada. Jon é bem grande e tem bastante massa corporal, eu não teria muita chance contra ele (mas só por precaução, preparo meus dedos para dar aquele golpe fura-olho que a Uma Thurman faz em *Kill Bill 2*).

Eu digo tipo, Olha aqui, qual é o problema?

Jon diz tipo, Você é só a merda de uma criança!

Eu digo tipo, Controle-se.

Mas ele realmente acha isso a coisa mais importante do mundo, porque não há mais como conversar com o cara. De repente Jon se levanta num pulo, anda de lá para cá e dá um soco no ponto de ônibus, que deve ter doído, apesar dele não dizer nada. Em vez disso, ele diz tipo, Não acredito que dei ecstasy para um garoto de dezessete anos. Não acredito que quase comi um garoto de dezessete anos.

Eu digo tipo, Você é viciado em estatística ou alguma coisa assim?

Ele só balança a cabeça, e eu fico pensando que tudo isso é um saco e eu só preciso voltar para casa e abraçar a Mamãe e o Papai e tal. Aí tudo vai ficar bem. Eu gostaria de sentir isso em relação a eles normalmente.

Seja como for, nesse ponto o ônibus noturno aparece, eu deixo Jon transtornado no ponto e sumo na noite. Depois eu fico me sentindo muito mal com isso, porque penso que meio que matei a nossa relação antes mesmo que ela começasse. Acho que mandei muito mal, mas foi ele quem me deu a bala, mesmo que não tivesse a intenção. De qualquer maneira eu fico totalmente mexido com essa experiência eufórica, e agora consigo entender por que falam tanto disso. Bom, cara.

De volta em casa, assim que passo pela porta, caio em cima de um monte de paradas. Eu não estou conseguindo funcionar direito, e logo Mamãe e Papai ouvem o barulho e ficam em volta de mim. Acho que é bem evidente que não estou no meu melhor e mais normal estado.

Mamãe diz tipo, Meu Deus!

Papai diz tipo, Jarold, você entende o que eu estou dizendo? Eu balbucio para ele, Sim, Papai, mas acabo dizendo alguma coisa mais para "sopa".

Mamãe diz tipo, Temos que levá-lo para o hospital agora mesmo. E se o sangue dele começar a ferver e o seu cérebro aquecer demais!, o que é exatamente o tipo de coisa que eu não preciso ouvir. Mas não me importo. Fico tão feliz por estar em casa e por vê-los. Eu estou viajando totalmente.

Papai continua bem sensato, enquanto Mamãe vai para o canto da sala e fica tendo um ataque. Ele me segura e examina os meus olhos como um médico, e aí eu coloco meus braços em torno dele e peço desculpas. Mamãe se aproxima e eu dou a ela o mesmo tratamento, e ela fica toda sentimental também, até que começamos a nos abraçar e chorar, e é a vez de Papai ir para o canto da sala, completamente bolado com a situação.

Mamãe praticamente me leva nos braços até a sala de estar, diz que a vida é uma coisa maravilhosa e que ela não se importa com quem eu seja nem nada disso, contanto que eu continue sendo seu filhinho.

Eu digo tipo, Claro, eu sempre vou ser o seu filhinho, o que é totalmente a bala falando, porque eu nunca diria uma coisa tão tosca se não tivesse completamente doido.

E essa é a última coisa que eu me lembro. Devo ter dormido nos braços da Mamãe. Quando eu acordo ela está sentada na minha cama, inclinada sobre mim como Florence Nightingale, perguntando como eu me sinto naquela voz carinhosa, então dá para saber de cara que ela se lembra do que eu disse. Demora um minuto para o resto da história vir de novo, e aí eu dou um gemido por dentro, porque sei que posso me despedir da diversão de agora em diante. Mamãe obviamente acha que eu aprendi Uma Grande Lição com o incidente, o que está tipo, longe de ser verdade.

A Freira vem me ver logo depois com um prato de biscoitinhos e uma xícara de chá. Ela age como se eu fosse um total inválido, mas pelo menos não tenta rezar em cima de mim nem nada disso, porque não posso me preocupar com ela agora. Mais tarde, quando já estou me sentindo perfeitamente bem, apesar de fingir que não para ver até onde eu consigo levar aquilo, Vovó aparece meio mancando para me ver.

Ela diz tipo, Sua mãe disse que você estava com gripe.

Eu digo tipo, É, mas tá tudo bem, já estou me sentindo bem melhor.

Vovó dá um sorriso e faz que sim com a cabeça. Ela se senta ali por alguns minutos, ainda sorrindo e parecendo meio amalucada, e de repente me dou conta de que ela não tem sido a mesma desde o AVC, e talvez nunca volte ao normal. Esse pensamento me parece tão horrível que lágrimas surgem nos meus olhos. Como já disse, eu não choro, então deve ser uma seqüela da bala. Vovó olha para mim e fala, O que foi, Jaz?

Eu digo tipo, Não sei, Vovó.

Ela faz que sim com a cabeça como se essa fosse exatamente a resposta que ela esperava e começa a olhar os cantos do quarto.

Por que você tem todos esses pôsteres desse jovem?, ela pergunta, pela centésima vez.


# 13


TIPO, SÓ PORQUE EU POSSO, VOU AVANÇAR COM A HISTÓRIA ATÉ essa cena completamente aleatória em que eu e a Al estamos parados no frio escuro e congelante da plataforma da estação Brighton.

Al diz tipo, Eu não consigo acreditar nessa merda.

Ela está falando da nossa comida, que eu deveria ter tomado conta, mas que esqueci no trem, que agora já foi, e que nós ficamos olhando se distanciar pelos trilhos com uma ou duas tremidas.

Eu não queria fazer isso, eu esqueci!, fico me queixando, como se isso de alguma maneira significasse que não tive culpa.

Al grita estridentemente, Como você pôde esquecer? Era nossa comida!!!

Eu digo tipo, A gente compra uns hambúrgueres por aí.

Al diz tipo, Nós deveríamos economizar dinheiro! Nossa idéia era fazer macarrão no albergue. Não podemos pagar pelos hambúrgueres!

Ela enche meu saco por mais um tempo até que eu finalmente perco a paciência e falo, Merdas acontecem, amiga!

Não quando eu sou a responsável pelas coisas!, grita Al.

A próxima merda acontece quando Al se toca que tinha esquecido de reservar o albergue, que agora está fechado até o fim da noite (são quase duas). Nós começamos a arrancar as paradas de dentro na nossa mochila, tentando achar o guia, que tem o endereço de outros albergues. Mas São Escrotinho está nos vigiando, então não conseguimos encontrá-lo em lugar nenhum.

Você é muito idiota!, eu grito para ela, Vem com um papinho de merda pra cima de mim por causa da merda da comida e aí esquece a merda do livro!

Al tapa as orelhas com as mãos e começa a soluçar. Eu continuo mais um pouco, falando merda sem parar, e vou ficando meio emocional com essa história toda, aí Al começa de repente a gritar de volta, Vai se foder, Jarold! Você só pensa em si mesmo! Só estou *aqui* por sua causa! Porque você queria fugir pra ficar pagando boquete pro resto da sua vida sem dar a mínima pra nada nem pra ninguém a não ser você mesmo!

Eu fico pensando tipo, De onde ela tirou isso?, e simplesmente saio andando até o final da plataforma, que é um lugar totalmente estúpido para andar, porque para onde eu posso ir depois?

Lembro que tenho os cigarros e acendo um, mesmo que isso signifique tirar as mãos do bolso e expô-las ao congelamento. Tento pensar na melhor maneira de agir, mas a única coisa que vem na minha mente é me jogar na frente do próximo trem, o que deve ser tipo uma maneira bem sangrenta de morrer.

Depois de dez minutos cada um em um canto da plataforma, os dois bolados, Al finalmente anda em minha direção. Nós nos olhamos cuidadosamente, tipo dois daqueles lutadores de luta livre da televisão avaliando o estado um do outro.

Ela diz tipo, Olha, foi mal, tá bom.

Eu digo tipo, Tá, foi mal também.

A gente se senta no banco, apoiando as cabeças nos ombros um do outro e tremendo de frio tipo, em harmonia.

A estação está fechando!, diz um cara de uniforme. Todo mundo para fora da plataforma!

Al diz tipo, Vamos morrer, né, Jaz?, e bem no momento em que eu ia concordar que a gente estava realmente fodido minha mão toca naquele pequeno pedaço de papel no bolso do meu casaco. Eu tiro e olho para ele, é um cartão de visitas com um par de pés de pato impressos do lado de um endereço. Al vê e imediatamente entende. Às vezes ela é bem esperta, e se não se tornar política talvez vire tipo aquelas pessoas que ficam negociando os reféns com os seqüestradores.

Ela diz tipo, É isso. Liga para ele e acaba logo com isso.

Eu digo tipo, Ah, que merda.

Por causa dos nossos telefonemas um para o outro, temos agora quase só crédito suficiente para uma mensagem de texto (nós dois compramos chips novos para o caso de nossos pais decidirem tipo, rastrear a gente, mas meio que esquecemos de outras coisas importantes), então vamos procurar um telefone público. Parece que alguém chutou o da estação até ele ficar em pedaços, e além disso o cara de uniforme nos olha como se quisesse nos prender ou alguma coisa do gênero, então saímos.

É que nem aqueles filmes de comédia que bem no momento em que você pensa que as coisas não podem piorar, elas pioram. Alguém deve ter o hobby de passar por todos os telefones da cidade enfiando chiclete no lugar de colocar moedas, provavelmente esperando que adolescentes morrendo de fome e de frio como eu e Al sofram e acabem sendo vendidos como escravos ou coisa assim.

Nós andamos por aí reclamando por um tempinho, o que provavelmente era uma boa idéia porque nos esquentava um pouco – não muito, afinal parecia que a gente tinha voltado para a era do gelo ou coisa assim –, mas logo nos descobrimos andando por uma rua totalmente deserta, sem ver nenhuma cabine de telefone.

Depois de uns cinco minutos andando eu olho para trás e tomo o maior susto da minha vida, porque tem uma figura de sobretudo andando rapidamente atrás da gente. Parece que a Morte está nos seguindo ou coisa assim. Eu digo tipo, Ah, que merda, enquanto Al dá uma olhada para trás e deixa escapar um som agudo.

Nós apertamos o passo, o que não é fácil, considerando que a circulação praticamente parou nas nossas pernas, e viramos na esquina esperando despistá-la. Então pegamos de frente o vento mais sinistro da história. Sério mesmo, ele meio que cega a gente, e você precisa literalmente correr se quiser chegar a algum lugar. Mas quando me viro outra vez, eu tomo o segundo maior susto da minha vida. Descubro que a figura de sobretudo está a tipo dez passos da gente. Sua cara está escondida por um capuz enorme, é a coisa mais assustadora do mundo, tipo *Pânico* ou algum filme de terror desses. Agora não parece mais ter nenhum sentido tentar evitá-la, então nós ficamos paradinhos na esperança de que ela passe pela gente. Mas ela não faz isso.

Numa voz superprofunda, tipo a do Sauron, a figura fala, Boa-noite.

Os braços de Al apertam os meus como um daqueles prendedores de metal.

Eu digo tipo, Oi, numa vozinha mínima e toda tremida que quase não dá para ouvir.

Vocês estão perdidos? Precisam de algum lugar para passar a noite?, diz a voz. Sabe, tem espaço lá em casa.

Eu digo tipo, Tá tudo tranqüilo, valeu. A gente tá bem, literalmente tremendo como uma locomotiva.

Ah, vamos lá, diz a voz, por que vocês não me deixam ajudá-los? Lá é bem quente e confortável.

Ele dá um passo na nossa direção. Eu digo só uma palavra na orelha da Al: Corra. Nós nos jogamos contra o vento e lutamos por nossas vidas. Sério mesmo, a gente meio que nada contra a correnteza ali. E é assustador, porque nenhum de nós consegue olhar para trás e ver se ele está correndo atrás da gente, então não paramos até chegar no fim da rua, que é tipo a origem do vento, parece até que você está no topo de uma montanha. Mas quando eu ouso dar uma olhada, a figura foi embora – beleza.

Nós dobramos a esquina antes que as nossas caras sejam arrancadas do corpo pelo vento, e nos descobrimos em mais uma rua deserta. Tipo, cadê todo mundo?

Temos que voltar para a estação, Al diz.

Eu digo tipo, Tá bom, apesar de não saber bem por quê, a não ser que ela ache que do lado de fora da estação tem os melhores bancos para dormir.

Ela diz tipo, Ei, tô reconhecendo essa rua, numa voz que é mais esperançosa que realista. Eu tenho quase certeza que sei como voltar e não é pelo caminho que ela está tomando, mas a minha boca está congelada demais para discutir, então eu deixo ela seguir em frente. A próxima coisa que a gente vê é um carro de polícia que se materializou do nada e está vindo pela rua direto na nossa direção. Al fica superquerendo que a gente faça sinais e se entregue a eles, mas eu digo a ela que não vim até aqui só para ser embrulhado e mandado de volta para casa com um laço de presente na testa para Mamãe rasgar em pedaços.

Eu digo tipo, Se você quiser fazer isso, vá em frente. Eu prefiro congelar.

Al acena por um segundo, mas depois anda comigo por uma viela pela qual eu imagino que os policiais não vão conseguir nos seguir. Ela deveria nos levar de volta para a rua principal, onde começamos. Mas quando chegamos do outro lado estamos numa rua completamente diferente e em vez de voltar eu continuo andando, até que logo percebo que estou totalmente perdido. Al diz tipo, A gente tá andando em círculos! Você fez a gente se perder! Como se ela soubesse muito bem onde a gente estava antes.

Essa ruazinha em que nós estamos agora é totalmente sombria e sinistra, os prédios ao longo dela são todos ferrados e estão caindo aos pedaços. Al tem a idéia brilhante de tentar dar uma olhada no seu mapa, mas fica se enrolando com ele por séculos, já que nenhum de nós dois consegue segurá-lo, pois perdemos toda a sensibilidade nas mãos. Enquanto ela tenta, eu de repente vejo um movimento lá longe e tomo o terceiro maior susto da minha vida. É A Figura outra vez, e agora parece que está correndo direto na nossa direção. Tipo *rápido*.

Eu digo tipo, a definição de Ah, que merda.

Al olha para cima e o vê. Ela diz tipo, Meu Deus, ele quer roubar nossos rins!

Nós disparamos como malucos, e continuamos correndo até o fim do mundo. Não entendo onde estão todas as pessoas, porque pensei que Brighton era tipo a central das festas. Mas a cidade está mais morta que um cemitério, e é totalmente sinistra. A gente finalmente pára para respirar e nos recompor e Al cai no choro.

Ela diz tipo, Eu quero ir para casa!, como uma bebezinha.

Eu esperava mais dela. Mas para ser honesto, também estou começando a me sentir assim. Parece que a gente tem duas escolhas: ou congelar até a morte ou ser assassinado e ter nossos órgãos roubados pelo Jack, o Estripador, que provavelmente está atrás de nós agora mesmo. Eu também sinto essa vontade de começar a chorar, e não sou do tipo que chora. *Nunca*.

Então, quando a gente estava a ponto de deitar no chão e tipo, morrer de desesperança, o carro de polícia magicamente se rematerializa. Até eu estou feliz em vê-lo agora. Ele pára bem do nosso lado e o vidro da janela baixa. Então surge um policial vesgo de meia-idade, que parece seriamente que não devia dirigir. Ele olha de mim para a Al e diz, Vocês estão bem, garotos?

Eu digo tipo, Sim, numa vozinha mínima que talvez nem dê para ouvir.

A parceira dele, que claramente é uma dessas policiais duronas escrotas que fazem tudo de acordo com as normas, olha pra gente como se fôssemos um monte de merda. O que vocês estão fazendo na rua tão tarde?, ela pergunta, como se pensasse que estamos nos prostituindo ou coisa assim.

Eu tento pensar rápido, o que não é fácil, porque meu cérebro virou uma bola de gelo dentro da minha cabeça.

Estamos tentando chegar na casa do meu tio, eu falo num tom meio choroso, Mas não me lembro do caminho.

Felizmente o policial é do tipo não-tão-inteligente, o que talvez tenha alguma coisa a ver com seus olhos vesgos. Ou isso ou ele é só uma dessas pessoas destinadas a serem passadas para trás por toda a vida, porque eu leio o endereço no cartão com os olhos marejados, como se não acreditasse no que estava acontecendo comigo, e exatamente como eu esperava ele fala, Ah! Subam no carro que nós levamos vocês lá. É logo ali.

A gente corre para dentro do carro. Eu dou uma cutucada na Al para ela se ligar que estou prestando atenção nela, caso esteja pensando em acabar com a minha história. Enquanto ficamos sentados lá descongelando, O Vesgo começa a contar como a noite está devagar e como está difícil ficar acordado. A Escrota do lado dele não diz nada a princípio, mas dá para ver o reflexo do seu rosto na janela. Ela parece ser uma daquelas pessoas que pensam que diversão é uma coisa que só acontece com os outros. Depois de ouvir seu parceiro por alguns minutos, ela o interrompe brutalmente enquanto ele falava sobre o lanche que tinha trazido essa noite, se vira para nós e pergunta, Qual é o *nome* de vocês?, como se duvidasse que tivéssemos algum.

Eu respondo tipo, super-rápido, Richard e Judy (que merda).

Ela diz tipo, Isso é um programa de TV.

Eu digo tipo, É mesmo, eu sei, a gente se dá muito mal na escola por causa disso.

Ainda bem que Al soa como uma mistura de um cavalo e um cachorro morrendo quando ri, porque caso contrário estaríamos totalmente descobertos. Alarmada, A Escrota vira para ela e pergunta, Você está bem? Al faz que sim e tenta virar a cabeça 180 graus para esconder seu sorriso. A Escrota parece totalmente desconfiada agora. Eu vejo ela pensando em outras coisas para perguntar e sei que com minhas células cerebrais congeladas não vai ter jeito de continuar com isso.

Chegamos, diz O Vesgo com sua voz estridente, parando na frente de um lugar meio chique. Tem umas janelas modernas de correr e uma pequena varanda, que é tipo um jardim também. Eu fico pensando que deve ser algum engano, mas dou uma olhada no número da porta e é aí mesmo.

Eu digo tipo, Muito obrigado, e tento sair o mais rápido possível. É melhor a gente ir andando porque ele deve estar muito preocupado.

A Escrota parece completamente cética nesse ponto, afinal todas as luzes estão apagadas. Eu finjo que não ouço o que ela diz e empurro a Al para fora do carro. Subimos as escadas até a porta e ficamos ali discutindo. Mesmo depois de toda essa situação, não sei se vou conseguir aparecer do nada na casa desse cara no meio da noite.

Eles estão esperando, Al cochicha no meu ouvido.

Eu digo tipo, Merda.

Me estico e toco a campainha – continuo pressionando por tipo, vinte segundos. Vem um monte de sons de dentro da casa, e as luzes são acesas. A porta se abre um pouquinho e aparece uma cara sonolenta que lembra vagamente a do Jon. Ele vê a imagem de nós com mochilas e um carro de polícia atrás. A cara dele meio que se alonga toda.

Eu digo tipo, Surpresa.

# 14

ENTÃO, APOSTO QUE VOCÊ ACHA QUE SABE ONDE TUDO ISSO VAI dar, e se acontecer de estar certo, lembre-se só de uma coisa, ETC. Mas caso você esteja confuso, não se preocupe, tudo vai se juntar. De alguma forma. Talvez.

Seja como for, este capítulo é dedicado À Freira, também conhecida como minha irmã, Madre Teresa. Nós temos toda essa parada de irmão entre a gente, como você provavelmente já esperava, e parece meio injusto que eu não tenha falado muito dela até agora, porque ela está sempre por perto – que pena. Mas também tem uma coisa que eu acabei fazendo e que você precisa entender.

Sendo só um ano mais velho, não me lembro da primeira vez que me dei conta da existência dela ou coisa assim, porque parece que ela sempre esteve aí. E como ela é só um ano mais nova, não é realmente tratada de modo muito diferente de mim, a não ser porque é mulher, o que de algum modo a qualifica para ganhar mais mesada e simpatia (se bem que tipo, eu não estou nem aí para simpatia).

Mas a gente também não se odiou sempre. Quando nós éramos pequenos, costumávamos nos dar bem. Brincávamos juntos – e várias vezes até tomávamos *banho* juntos, acredite se quiser. Eu me lembro de inventar aquele jogo supermaneiro no qual eu deitava no carpete da sala de estar com minhas pernas levantadas no ar e os pés juntos como uma plataforma ou coisa assim. Ela sentava ali, eu dobrava meus joelhos e a lançava no ar. Sempre tentava fazer com que ela se esborrachasse na parede do fundo da sala como um daqueles personagens de desenho animado, mas nunca conseguia jogá-la longe o suficiente, e uma vez ela caiu em cima dos tornozelos em vez de cair de pé e começou a chorar. Mamãe acabou com a brincadeira na hora, como ela sempre faz com todas as coisas no segundo em que suspeita que elas estão se tornando remotamente divertidas.

Os banhos são uma parte superconstrangedora da nossa história juntos, e A Freira adora lembrar disso quando a família toda está junta, como se a gente devesse achar isso totalmente bonitinho e rir dessa história ou coisa assim. Talvez tenha sido mesmo bonitinho na época, mas depois de ver o que Teresa se tornou a idéia é 100% tosca e esquisita. Mas de certa forma é até uma história triste, e é claro que a razão de ser triste tem tudo a ver com a Mamãe. Lembro do nosso último banho juntos, que foi quando tínhamos tipo sete e oito anos. Papai deixou a gente usar um pouco daquela espuma de banho da Mamãe e a gente estava construindo coisas, fazendo barbas em nós mesmos e tal. Então a Mamãe volta do trabalho depois de ter lido um artigo numa revista sobre desvios de comportamento na adolescência. Papai está lá embaixo assistindo à TV, Mamãe pergunta onde estamos e quando ele diz que estamos fazendo o que sempre fazemos terça-feira à noite, ela tem tipo um ataque múltiplo. Na verdade, eu ainda guardo na memória a linda cena dela marchando para dentro do banheiro e me arrancando da banheira pelo pescoço, como se eu e Teresa estivéssemos cometendo um incesto ou coisa do gênero. Essa foi tipo, uma grande ruptura na nossa infância, e provavelmente a gente é tão diferente e se odeia um ao outro por culpa total da Mamãe.

Mas acho que a gente parou mesmo de se dar bem quando ficou claro que Teresa era uma dessas malucas que gostam de estudar, o que fez Mamãe e Papai a matricularem nessa escola religiosa toda certinha que fica aqui perto da casa, onde ela é considerada tipo a aluna número 1 ou coisa assim. A única vez que estive lá, quando fui junto com Mamãe ver ela atuar em uma dessas peças mongolóides, ficou claro para mim que todos os professores e freiras tinham tipo uma adoração por ela. Eles vinham correndo até a gente para nos dar os parabéns por sermos parentes dela e tal, e quando ela apareceu no final para agradecer ao público a Irmã sentada do nosso lado chegou a chorar de alegria. Provavelmente ela está sendo molestada ou coisa assim, e isso explica por que ficou tão perturbada e religiosa. Não precisa saber ler mentes para se ligar que as freiras lá são basicamente um bando de lésbicas que ficam negando totalmente a si mesmas. Além disso, você já conheceu A Ordem, então já sabe como são as amiguinhas dela.

Seja como for, quando começamos a ir para escolas diferentes, meio que paramos de nos dar bem também. Do nada ela começou a voltar para casa com aquelas fitas coloridas por ter o maior vocabulário da turma, ou ser capaz de fazer tranças no cabelo com os olhos vendados e uma mão amarrada nas costas e coisa do gênero. Enquanto isso, eu começava a descobrir que a escola se resume basicamente a um monte de babacas, alguns dando aula e o resto sentado ao seu lado na sala. Então a gente acabou desenvolvendo visões diferentes e fomos nos distanciando cada vez mais até ficarmos tipo, em extremos opostos do espectro. Mas a gente ainda tinha alguns momentos de civilidade, até mais ou menos o ano passado, eu acho. Tipo, uma vez ou outra a gente podia rir da mesma piada, ou então quando Papai dizia alguma coisa estúpida ou Mamãe tinha um ataque por causa de uma sujeirinha no carpete a gente podia meio que se unir sentindo pena deles. Mas então ela passou a se recusar a me chamar de Jaz, eu passei a chamá-la de Freira, e aí o Diabo começou a se apossar dela – agora acho até que se Mamãe e Papai acabarem se separando algum dia, a gente com certeza não deve ir morar com a mesma pessoa. Provavelmente nós dois preferiríamos ficar com o Papai, mas eu acabaria ficando com a Mamãe se fosse preciso.

Uns três anos atrás, A Freira ganhou um coelhinho de estimação como prêmio por ter tirado 10 nas provas. Ofereceram a mesma coisa para mim, mas eu não tinha nenhum interesse e, além disso, na época queria um PlayStation, que Mamãe se recusou a me dar porque ela diz que estimula comportamentos violentos, como se eu fosse um robô esperando para ser programado. Na verdade, Teresa queria um cavalo, como qualquer outra adolescente (parece até que existe um gene ou uma coisa assim responsável por isso), mas acabou tendo que aceitar um coelho. Ela passou séculos tentando decidir como chamá-lo. No final o bicho acabou ganhando o nome de Coelhinho, o que prova que se você é inteligente isso não garante que seja criativo também.

Quando ela ganhou o Coelhinho foi a maior sensação. Papai me fez descer até a cozinha para dar boas-vindas ao novo membro da família. Eles deram o bicho de presente para ela dentro de uma caixa embrulhada com um papel prateado brilhante, o pobrezinho deve ter se sentido dentro de um caixão ou coisa assim. Eu acho isso cruel. Não sou vegetariano nem nada, mas acho que botar um pobre animal numa caixinha sem abertura é cruel pra caramba, porque deve ser que nem ser enterrado vivo. Al é totalmente pró-direitos dos animais, e às vezes ela vem com aquele papinho de coitadas das raposas ou das martas que são mortas e transformadas em casacos, você gostaria que fizessem isso com você? Eu acho que se você vir uma marta viva vai perder a simpatia por ela rapidinho, porque é um animal horrível, que fica tentando atacar seus olhos com aquelas garras o tempo todo. Por mim, podem fazer até pano de prato com elas. Mas eu não seria tão cruel a ponto de colocá-las em caixinhas embrulhadas com papel de presente.

O coelho meio que abriu o caminho para fora da caixa com o nariz, todo bolado, como se não confiasse em ninguém. Teresa deu uma olhada nele e começou a saltar para cima e para baixo, como se ela própria fosse um coelho, gritando de alegria. Essa deve ser a primeira coisa que o pobre bichinho viu, então não é de se surpreender que tenha voltado na hora para dentro da caixa.

Teresa disse tipo, É a coisa mais fofinha que eu já vi! Então começou a cutucar a caixa, tentando fazer o coelho sair outra vez.

Mamãe e Papai ficaram com aqueles sorrisos ridículos na cara, que nem O Curinga. Eles sempre sorriem desse jeito artificial quando a família está reunida e supostamente estamos no meio de uma dessas cenas que as revistas e coisas desse tipo dizem que deveriam ser imortais. Eles com certeza se sentem assim. Mas é uma grande besteira, porque é tudo falso, e como eu já disse, o único momento em que Mamãe e Papai realmente parecem felizes por estarem juntos é quando alguma merda acontece e eles têm um ao outro para se apoiar.

Seja como for, o coelho finalmente foi despejado de dentro da caixa, A Freira ficou totalmente maluca, nós todos jogamos um joguinho com ele e foi tudo. Um novo membro da família estava recrutado. É até meio engraçado, porque Papai passou a odiar ardentemente aquele coelho. Era inverno e A Freira deveria mantê-lo no seu quarto, mas o lugar começou a feder porque ele sujava o carpete todo. Descobrimos que o Coelhinho podia produzir dejetos em escala industrial. Aí Mamãe acabou dizendo que ela podia trazer o bicho para baixo e deixá-lo andar pelo chão da cozinha, contanto que limpasse tudo depois.

Papai não conseguia agüentar. Isso foi antes dele se tornar *chef* de cozinha no Breeze, e o seu trabalho era ser assistente de uma escritora, testando as receitas dela. A Freira praticamente transportou sua vida inteira para a cozinha, e sempre que ele cozinhava tinha que brincar de pique-pega com o coelho. Passou a ser normal ouvir ele gritando Droga!, ou então coisa pior, se estivesse carregando alguma parada. Isso durou semanas, e Papai passou a ter ódio do coelho, como se fosse um castigo na sua vida. Ele estava sempre tentando convencer Teresa a trocá-lo por uma tartaruga bem quietinha e legal ou qualquer outra coisa, mas é claro que ela nem escutava, porque tinha entrado numa de que ele era seu bebê ou coisa assim, e até a merda que o bicho fazia ela achava fofinha.

Enfim, Papai estava sempre caindo, se queimando ou coisa do gênero, enquanto o coelho nunca tinha se machucado uma só vez, até o trágico dia em que Papai deixou cair uma tina inteira de caramelo em cima dele, o que praticamente cozinhou aquela coisinha viva ali mesmo, no chão. Foi tosco, porque o pêlo dele ficou todo coberto por umas paradas marrons meio duras, além disso ele ficou meio deformado, sangrando em vários lugares. Para piorar, o bicho continuou vivo até chegar no veterinário, que viu na hora que não havia muita esperança para ele e o sacrificou. É uma maneira bem horrível de morrer. A Freira ficou traumatizada com o incidente, e Papai ficou culpado pra caramba. Por todo o ano seguinte ele foi superlegal com ela e passou a cozinhar um monte de coisinhas boas para todo mundo. A Freira acabou ficando acostumada com esse tratamento, e sempre que queria alguma coisa que não podia ter ela começava a chorar sem parar por causa do Coelhinho. Ele provavelmente ia até comprar a porra de um cavalo para ela se Mamãe não tivesse segurado a sua onda. Foi assim que acabamos ficando com o Bilbo. Para calar a boca dela, basicamente.

Mas, e essa é a parte que importa, logo depois que o Coelhinho foi caramelizado, Teresa ficou tão transtornada que chorou no seu quarto por uma semana inteira, se recusando a olhar a cara do Papai ou conversar com qualquer pessoa. Enquanto isso, o corpo do coelho se decompunha dentro de um saco preto, no degrau da porta dos fundos. O veterinário se ofereceu para dar um jeito nele, mas Teresa ficou em pânico com a idéia de que ele talvez não tivesse um enterro cristão adequado, então quando a sua semana de luto acabou levamos o bicho para o jardim dos fundos e fizemos toda aquela cerimônia. Ainda fazia muito frio, estava tudo meio congelado e Papai ficou com as costas todas ferradas cavando um buraco para jogá-lo, o que deve ter feito ele odiar o Coelhinho ainda mais. Ele também teve que gastar uma grana para comprar uma arvorezinha que simbolizava o seu espírito ou coisa assim, por idéia da Freira. Ela acabou cuidando bem daquela arvorezinha, na verdade. Às vezes, quando não estava conversando com Deus ou Jesus, sei lá, ela ficava parada na frente dela. Acho que Mamãe e Papai nunca souberam, mas ela sussurrava umas paradas para a árvore, como se o Coelhinho realmente fosse aquilo agora. Eu sei porque ouvi ela falando uma vez, enquanto eu fumava escondido atrás da velha barraca do jardim. Foi muito esquisito, mas talvez você ache isso tocante, se tiver coração mole por meninas que perdem seus bichinhos de estimação fofinhos. Até onde eu sei, ela continuava indo lá sussurrar seus segredos até o dia em que eu chutei a árvore até derrubá-la.

É isso aí. Foi isso mesmo que eu fiz. Não sei bem por quê. Quer dizer, eu acho que tava tipo superbolado com as coisas que aconteceram naquele dia. Também tava com muita raiva dela, e a minha visão foi, tipo, completamente parcial. Imagino que isso não seja uma boa desculpa para você, e tenho que admitir que não foi assim uma coisa muito legal que eu fiz, mas eu só estou tentando dizer que não fiz isso porque sou mau ou coisa assim. Eu só estava andando pra lá e pra cá numa linha reta (nosso jardim é bem pequeno, então não dá para fazer nada muito diferente disso), olhando para aquela árvore e me sentindo muito puto com O Mundo. Fiquei pensando na Freira — como ela tinha me dedurado dizendo que eu estava saindo, como estava sendo escrota e o quanto eu a odiava. Ela simplesmente se tornou tipo, o foco de tudo o que dava errado, *sempre*. Aí eu me liguei na árvore e só pensei Foda-se essa merda, e quando vi já tinha dado um daqueles chutes rodados nela, coisa que eu pratico no meu quarto às vezes e que sei fazer bastante bem. Aí chutei, chutei e chutei a árvore até não agüentar mais. Depois que o meu ataque passou, eu olhei para baixo e vi que ela agora não passava de um toco caído e que eu estava fodido. Mas o pior de tudo foi que nem me importei com isso. Foi como se tivesse perdido totalmente o controle.

# 15

VOLTANDO UM POUQUINHO NO TEMPO, MAMÃE VEIO COM ESSA onda de toque de recolher, quer dizer, eu posso sair nos finais de semana, mas tenho que voltar antes da meia-noite. Ela também quer tipo um plano detalhado do que eu vou fazer e diz que vai me ligar no meio da noite para ter certeza de onde estou, o que é a maior merda de todas. Seja como for, ela já sabe de tudo sobre a festa da Mary, porque de alguma maneira se tornou tipo uma lenda na escola e todo mundo (aparentemente) quer ir, portanto até os pais e professores sabem dela.

Al demora séculos para se arrumar. Quando ela finalmente desce as escadas depois de me deixar numa situação 100% constrangedora com sua mãe (que passou o tempo todo falando sem parar sobre a escola e tomando muitíssimo cuidado para não ficar a menos de um metro de distância de mim), vejo que está vestindo uma minissaia, um top vermelho superdecotado e fez apliques louros no cabelo. Ela está até de *saltos altos*. É basicamente o tipo de produção que a Mary e o seu bando usam por aí.

Oi gente, diz Al na sua voz grave e gutural.

Eu digo tipo, De onde você tirou isso?

Ela diz tipo, Só fiquei com vontade de usar uma coisa diferente, num tom meio casual, como se tivesse passado por uma drástica fase de mudança e emergido como uma linda rainha.

Querida, você tem certeza de que vai usar esse top?, diz a senhora Rutland, nervosa.

Al só dá um tchauzinho para ela e a gente vai para a festa. Durante todo o caminho ela fica se balançando pra lá e pra cá como se fosse dar um salto mortal para frente. Eu tenho certeza de que vai ser um saco, mas Al está toda animada, porque é do tipo de gente que nunca é convidada para essas paradas. No último minuto eu digo, Você tem certeza que quer ir?, mas ela insiste até o fim e me diz que nunca vai me perdoar se eu não levá-la para tipo, essa oportunidade única de ficar se sentindo insegura para o resto da vida.

A casa da Mary fica em Kensington e é toda bacana. No segundo em que pisamos na ruazinha ouvimos os barulhos e risadas típicos e o meu coração afunda com a perspectiva de entrar lá, mas já viemos até aqui, então continuamos andando. No portão tem uns caras mais velhos que eu nunca vi antes tomando cerveja e fumando um baseado ao mesmo tempo em que dão uma de porteiros ou sei lá o quê. Vê-los me dá um pouquinho de esperança de que lá dentro haja algumas pessoas vagamente interessantes, então eu me animo um tanto. Somos amigos da Mary, eu falo, e eles sorriem, fazem que sim com a cabeça e sinalizam pra gente entrar.

Assim que chegamos na porta, a Mary já está em cima de mim. Deve ter ficado olhando pela janela como a heroína de um romance vitoriano ou coisa assim. Ela aparece do nada com aquele sorriso totalmente ofuscante mesmo sob pouca luz, e aí se joga nos meus braços. Seus peitões meio que querem voar para fora do top preto brilhante que está usando. Imediatamente ela começa a me arrastar na direção da música.

Estou tão feliz que você veio!, ela diz, de um modo totalmente desnecessário. Tá todo mundo aqui! A festa tá bombando!

Eu digo tipo, Ah, que legal.

Por detrás da gente Al diz tipo, Oi Mary, numa vozinha fraca.

Mary olha por cima dos seus ombros como se tivesse acabado de notar a mula que me trouxe aqui e diz, Oi, naquele tom de eu-não-te-desprezo-mais-por-falta-de-tempo, aí se vira imediatamente para mim outra vez. Eu consigo sentir as vibrações de fúria que Al está emanando. Ainda bem, eu penso, porque isso significa que podemos ir embora logo.

Na sala de estar as luzes estão todas baixas e das caixas de som vem uma porcaria eletrônica qualquer. Mary não mentiu quando disse que o lugar estava cheio, mas é claro que o que ela entende por Todo Mundo é todo mundo da escola, o que é uma grande decepção, porque com certeza todas as pessoas da St. Matthews pertencem a algum estilo de merda. Parece uma daquelas exibições de bichos esquisitos, porque todos aqui são tipo subespécies de estudantes escolares: os heróis do futebol, os tenistas orgulhosos, os nerds tecnológicos, as samaritanas escrotinhas e os mauricinhos toscos. Tem até alguns daqueles caras perdidos, que de alguma maneira conseguiram se infiltrar na festa sem ninguém ver e agora ficam ali parados como uma colônia de bactérias mutantes naqueles vidros de laboratório. Então parece que tem representantes de cada grupo demográfico, e olhar em volta é tão deprimente que eu simplesmente tenho vontade de sentar no chão e chorar. Me sinto no meio de uma enorme sopa humana feita com esses tipos de gente que todo mundo já conhece, sem novidade nenhuma. É a coisa mais chata do mundo. Quer dizer, será que não dava para alguém arrumar um pouquinho de originalidade? Sei lá, talvez isso soe meio forçado para você, e talvez você esteja pensando tipo, O que faz esse cara tão fodão, afinal? Mas eu nunca disse que era especial nem nada disso, então se estiver pensando isso lembre-se só de uma coisa, ETC. E desculpa se parece que estou sendo muito negativo, mas francamente eu sinto que se *isso* é Tudo, então é melhor alguém me dar algum remédio ou uma coisa assim. E *rápido*. Porque eu realmente Não Estou Vendo.

Mary desfila comigo pela multidão como se eu fosse um troféu que ela acabou de ganhar. Um monte de gente, incluindo Kathy e Athena, se vira para nós e diz Oi! com aquelas vozes superanimadas, como se de repente fôssemos os melhores amigos ou coisa assim. Enquanto isso, Al se arrasta atrás da gente tipo uma empregada. Nós acabamos no canto da sala onde as pessoas mais populares resolveram se juntar como se ali fosse a área VIP ou coisa assim. Se você não consegue imaginar isso, pense numa cena de *Carrie, a estranha*. Metade dos garotos está vestida com camisas enormes do Che Guevara, eles ficam enchendo o saco uns dos outros, bebendo latas de cerveja e arrotando de uma maneira que faria Homer Simpson parecer sexy por comparação. Realmente não merecem nem que você desperdice o seu olhar com eles. Ao mesmo tempo, metade das garotas fica ali parada encostada na parede tentando parecer modelo. Em vez disso parece que estão esperando que a vida aconteça para elas ou coisa assim. A outra metade está dançando com o resto da multidão, fazendo uma homenagem em massa a Beyoncé, balançando suas gordurinhas pra lá e pra cá como se cada dobra fosse um presente de Deus (tipo, alguém por favor traga de volta aquela moda esquelética – e *rápido*).

Tá bombando mesmo, diz Mary, que obviamente está toda orgulhosa, afinal essa é a sua festa.

Eu digo tipo, É mesmo, tremendo da cabeça aos pés.

Depois de ficar de papo furado um tempinho com um bando de manés, Mary acaba me forçando a entrar na cozinha. Al fica meio que tentando conversar com ela, mas Mary simplesmente a dispensa como se fosse um monte de lixo, e em algum momento ela acaba se perdendo no mar de insignificância atrás de nós.

Na cozinha eu vejo o Ian, que é um desses marombeiros obsessivos. Sua cabeça está sendo segurada um pouco acima da lata do lixo por Kristy, que é a maior galinha e fica falando aquelas coisinhas amorosas como se a cena dele vomitando fosse a coisa mais linda que já viu na vida. Ainda não são nem dez horas da noite, então esse tipo de coisa é ainda mais tosco do que costuma ser normalmente.

Parece que o Ian exagerou um pouco, diz Mary, que claramente tem esse talento para fazer observações óbvias.

Eu digo tipo, É.

Mary pega uma garrafa de cerveja para mim e outra para ela, senta no balcão da cozinha e começa a me contar a história da sua vida, como se meu único propósito neste planeta fosse ficar fascinado por ela. Tipo, alguém me passe um Valium, por favor. Eu tento pelo menos ficar fazendo que sim com a cabeça, mas me distraio toda hora com o som do Ian vomitando poucos metros adiante, e então me dou conta da tosqueira total que é ele e Kristy se pegando. Eu fico tipo, Me tirem daqui, mas aí me ligo no que Mary está falando para mim agora. Ela diz tipo, Eu sempre meio que gostei de você, é que você é tão na sua. É difícil para uma garota falar contigo, sabia?

122

Ela me lança aquele olhar todo significativo, como se eu tivesse alguma dúvida sobre o que ela está querendo. Mais um sorriso ofuscante. Então ela começa a se inclinar com os olhos fechados. Parece que tudo está acontecendo em câmera lenta, e eu fico morrendo de vontade de rir, porque é uma parada totalmente amadora. Mas é claro que eu não faço isso, porque deixaria ela aterrorizada pelo resto da vida.

Seja como for, não existe uma maneira legal de dar um fora em alguém, então eu digo tipo, Tenho que procurar a Al!, como se Deus de repente tivesse me dado essa missão ou coisa do gênero. Antes que Mary consiga abrir os olhos e se dar conta de que não estou mais ali, saio correndo para fazer isso.

Eu esperava encontrar a Al no meio dos nerds da Lixolândia querendo ir embora, mas não a vejo em lugar nenhum. Eu pergunto a um dos nerds se sabe onde ela está, mas ele fica tão frustrado com o fato de que alguém notou sua existência que não consigo nem entender o que me diz. Isso me deixa pensando por que eles se incomodam em vir — todos ficam olhando para os lados como se soubessem que deveriam estar aqui, mas na verdade é completamente óbvio que ficariam muito mais felizes em casa estudando álgebra. Eles deviam encarar essa realidade.

Então eu acabo fazendo um tour pela festa. O lugar é bem grande e parece um daqueles túneis do terror dos parques de diversão antigos, porque tem um monte de gente destruída vagando por aí como mortos-vivos e aparecendo em cima de você nos cantos com aqueles olhos chapados, tipo suga-alma.

Vou parar no banheiro, onde tem uma banheira cheia de gelo com um montão de cerveja dentro, então eu pego mais uma e sento na privada para fumar um cigarro e me recompor. Só consigo pensar que a Al deve ter partido. Mas ela não costuma fazer isso, não sem me dar um toque, então eu pego meu celular para mandar uma mensagem para ela. Já tinha recebido uma mensagem, que diz SEU FDP Ñ ACREDTO Q VC ME ABANDONOU ASSIM. BOA SRTE C/ AQELA PUTA! Eu escrevo para ela VLEU SUA SAPATA MS KD VC?, e depois de um minuto recebo uma resposta dizendo Ñ DA AGORA!, então eu imagino que ela realmente deve ter ido.

Aí uma sombra de vampiro meio que cai em cima de mim, eu olho para cima e vejo Fabian com um sobretudo sintético todo errado. Seu cabelo está saturado de gel e todo espetado, parece até que ele sofreu um acidente com um eletrodo. Eu posso jurar que ele também passou sombra nos olhos, e fica me olhando como se a qualquer minuto fosse tentar sugar meu sangue. Parece que ele teve tipo, uma overdose de Anne Rice.

Ele diz tipo, E aí, como vai?

Eu digo tipo, Você anda me seguindo ou o quê?

Ele diz tipo, Eu só vim para a festa, numa voz toda defensiva.

Fabian vai até a banheira e pega uma cerveja. Ele tenta abrir com os dentes, mas não consegue, então acaba usando seu chaveiro, todo bolado e envergonhado.

Aí ele fala, Você tem um cigarro?

Eu tô bem puto da vida, então digo tipo, Volte pra Malucolândia.

Ele enche a boca de cerveja e então cospe tudo no ar. Aquele tanto de líquido fica meio que suspenso por um segundo, então cai e se espalha pelo chão. Um pouco acaba atingindo o meu tênis, o que me irrita, porque tive que poupar por séculos para comprar aquele All Star.

Eu digo tipo, Tem certeza que você não devia estar debaixo de alguma pedra por aí?

Fabian simplesmente ignora o que eu digo. Quer ver uma coisa?, ele fala.

Eu digo tipo, Não, valeu, porque acho que ele talvez entre numa de tacar fogo em mim, ou pior, resolva tirar seu canivete e comece a ficar com ele pra lá e pra cá fazendo tipo um showzinho. Mas em vez disso ele começa a enrolar as mangas da sua roupa. Ele continua até o cotovelo. Eu fico meio olhando porque não dá para evitar. Tipo, um cotovelo, nossa. Aí Fabian se estica e arranca o cigarro da minha mão. Eu digo tipo, Qual foi!, mas antes que consiga fazer qualquer coisa ele finca o cigarro na sua pele. Vem aquele chiado quando ele apaga. Fabian faz uma careta e olha para mim.

Eu fico tipo, megabolado. Pra que você fez essa merda?, digo, numa voz estridente.

Fabian sorri como se minha reação fosse um presente que estou dando para ele ou coisa do gênero. Ele enrola a manga mais um pouco e me mostra a pele logo abaixo do seu ombro. Lá é tipo, a central das cicatrizes. Tem um embolado de linhas espessas se cruzando como se alguém tivesse brincado de jogo-da-velha com um marcador de texto em cima dele. É totalmente bolante.

Faço isso com gilete, ele diz, como se aquilo fosse bonito ou coisa assim.

Eu digo tipo, Você precisa de ajuda.

O sorriso de Fabian fica que nem o do gato de *Alice no País das Maravilhas*. Quer encostar?, ele diz.

Eu fico tipo, a definição de Não.

Ele resolve tocar naquilo ele mesmo. Dou uma olhada na porta e calculo os riscos. Um monte de possibilidades passa pela minha cabeça, tipo, e se ele quebrar a garrafa e tentar me atacar com ela, ou então decidir me impedir de sair até que eu tenha um conjunto de cicatrizes que nem o dele? Estou tipo numa dessas situações-limite e não sei o que fazer. Talvez devesse tentar falar para ele que fazer um monte de cicatrizes em si mesmo é errado e tal, mas não tenho idéia do que dizer. Além disso, acho que se ele quer fazer cicatrizes em si mesmo pode ir fundo, contanto que faça isso bem longe de mim. Lembro de como fiquei pensando nele quando o Jon me deu aquela bala, e como achei triste o fato dele ser perturbado assim. Agora não acho isso triste – pelo menos não triste num bom sentido.

Eu digo tipo, Cara, você precisa mesmo conversar com alguém. Tento falar isso de um modo sincero, mas Fabian fica tipo, totalmente ofendido

Ele diz tipo, Vai se foder. Você é que nem todos os outros. Você acha que é especial só porque é viadinho. Mas não é especial porra nenhuma. Você é só mais um desses negros brancos de merda que nem todo mundo.

Não saco muito bem essa parada de negro branco, porque o Fabian também é branco, então o que significa isso exatamente? Mas eu acho que para os Nazi punks qualquer coisa serve contanto que soe bem. Fabian de repente faz aquele olhar lunático e eu penso, Bem, pelo menos tentei, mas na verdade queria que nem tivesse me importado com isso. Eu me levanto e vou andando devagar para a porta, meio esperando que ele me agarre ou coisa assim. Mas ele não faz isso. Só deixa a cabeça cair e diz tipo, Ei, cara, se lembra daquela época?

Eu digo tipo, Que época?

Ele diz tipo, Você sabe. Quando a gente andava junto.

Eu digo tipo, É?

Vem uma longa pausa enquanto ele fica estudando as suas coxas, e parece que talvez tenha tipo, esquecido de existir ou coisa assim. Mas então ele me olha com aquele olhar maluco e diz, A gente podia fazer alguma coisa junto qualquer dia desses.

Eu digo tipo, Sim, claro, pensando que preferia sair com o Hannibal Lecter. Vou embora e deixo Fabian ali.

Assim que me livro dele decido que é hora de evaporar. Uma coisa é ser exposto a uma festa de idiotas, outra completamente diferente é ser exposto ao braço de Fabian, e aí já é demais. Preciso voltar para casa e tipo, me purificar.

Aqueles caras mais velhos que estavam no portão agora estão sentados na escada com os olhos totalmente alucinados, com certeza eles devem ter tomado chá de cogu. Eu e a Al experimentamos uns cogumelos há alguns meses, depois de convencermos um hippie velho de vender pra gente em Camden Town. Mas eles deviam ser dos ruins, porque passamos a tarde toda numa loja de sucos esperando alguma coisa acontecer, só que nada aconteceu. Ou talvez ele tenha simplesmente empurrado pra gente um monte de champignons.

Vou em linha reta para a porta da frente, mas antes que eu consiga chegar lá uma mão me puxa para o cantinho atrás do lugar onde os casacos ficam pendurados.

Ninguém pode ver a gente aqui, diz Mary num sussurro tenso que deixa claro que dessa não tem como fugir. Como ela ainda não entendeu a mensagem até agora é tipo, mítico. Mas não adianta nada.

Eu digo tipo, Olha, Mary, até acho você legal...

Qualquer pessoa normal ouvindo isso saberia de cara aonde eu estava querendo chegar, mas o problema de Mary é que o cérebro dela está naqueles peitões. Ela entende exatamente o contrário do que deveria. Se inclina para frente antes que eu tenha tempo de pensar como continuar e gruda a sua boca na minha. É grande, quente e tem gosto de batom. Eu meio que entro em estado de choque, porque ela me pega totalmente de surpresa. Simplesmente fico paradinho e aperto os meus lábios o mais forte que consigo, apesar dela ter tipo uma língua demoníaca, que continua tentando abri-los à força. Provavelmente ela tem praticado isso a vida toda, porque estou falando de uma língua realmente sarada. Depois de séculos Mary finalmente se liga e pára de me beijar. Então vem uma longa pausa enquanto ela tenta lidar com a rejeição.

Ela diz tipo, Eu pensei que você gostasse de mim.

Eu digo tipo, Gosto. Mas não dessa maneira.

Ela pensa um pouco. Praticamente dá para ouvir as engrenagens funcionando. Então ela diz, Jaz, você é gay?

Agora sou eu que fico pensando. Não conheço bem a Mary nem nada. Não importa o que o Bundão ou seus capangas dizem de mim, porque ninguém nunca escuta o que eles falam, mas Mary é bem popular. Ela poderia tipo, causar um certo estrago. Mesmo assim, como ela é mulher e como meio que já adivinhou, eu imagino que posso contar para ela tranqüilo. Também penso que isso vai ajudá-la a se recuperar da rejeição, o que você tem que admitir é uma coisa bem legal da minha parte.

Então eu digo tipo, É, é isso aí.

Meu Deus, ela fala. Segue mais silêncio, se bem que não é exatamente silêncio, porque alguém colocou uma música supertosca da J-Lo. Consigo imaginar todo mundo na sala ao lado rebolando as suas bundas para cima e para baixo. Parece até que admiti ser um pedófilo ou coisa do gênero pelo jeito que Mary fica totalmente calada. Mas então finalmente ela diz, Tá tudo bem, só queria que você tivesse me contado, numa voz que é doentiamente doce e compreensiva, exatamente o que eu esperava vindo de uma pessoa que nasceu e cresceu assistindo novelas.

Eu digo tipo, Desculpa.

Ela diz tipo, Deve ser tão difícil para você!

É, mas tudo bem, eu digo, me fingindo de coitadinho.

Ela diz tipo, Se você quiser conversar sobre isso...

Tipo, por que as pessoas querem sempre conversar? Primeiro a Mamãe, depois o Fellows e agora a Mary. Como se ser gay tivesse tudo a ver com isso. Tipo, conversar sobre o quê?

Eu digo tipo, Olha, tô indo nessa. Você não vai contar para ninguém, vai?

Ela diz tipo, Claro que não!, como se a idéia nunca pudesse passar pela sua cabeça. Mas eu não tenho tanta certeza. De repente me vem essa imagem dela cercada pelo seu bando, e Athena pergunta naquela voz de barítono grego, Então, como foi? Dá para ver Mary ficando em silêncio e começando a rir, aí ela se anima e sussurra toda excitada, Vocês conseguem guardar um segredo, meninas?, o que é mais ou menos como perguntar se chumbo flutua. Seja como for, me ligo que não há muito o que fazer agora, então dou um beijo na bochecha dela para que saiba o quanto estou feliz por ela parar de me molestar e vou embora.

No caminho para o ponto de ônibus mando um texto para Al perguntando O Q ACNTECEU C/ VC?, mas ela não responde, o que não é comum. Me ocorre que talvez esteja mesmo muito puta por eu ter deixado ela sozinha, o que com certeza é injusto, porque eu nem queria vir e foi culpa dela ficar insistindo.

Quando chego em casa, encontro Mamãe e A Freira na cozinha. Mamãe está tentando trabalhar ao mesmo tempo em que limpa as coisas, enquanto A Freira está lendo para ela um ensaio naquela voz impressionantemente monótona, como se tentasse deliberadamente fazê-la subir pelas paredes ou coisa assim. Claro que Mamãe está impressionada por eu ter voltado antes da hora que combinamos, mas eu sinto uma necessidade de falar com a Vovó, então deixo as duas naquela animação e subo as escadas para procurá-la.

Ela está no seu quarto, aquele que costumava ser o meu, deitada toda vestida na cama, roncando com a boca aberta. É uma posição muito pouco digna na verdade, além disso uma das suas mãos caiu bem em cima da sua virilha, então parece que ela dormiu no meio de uma siririca. Não quero acordá-la, mas também não vou embora. Tem alguma coisa fascinante nas pessoas enquanto elas dormem, especialmente a Vovó. Olho para ela e imagino como deve ser ter essa idade. É uma coisa bem boba de se imaginar, mas não dá para evitar de fazer isso quando você olha para os velhos dormindo. Eu penso em todo aquele tempo entre ter a idade da Mamãe e do Papai e ter a idade da Vovó – parece tão horrível esse tempo ter que passar que eu praticamente caio e só consigo ficar de pé me apoiando na cama. Olho para ela e fico imaginando se também vou acabar assim quando tiver essa idade, sem nenhuma dignidade, esperando que a morte venha logo e me livre da minha miséria. Tipo, qual é o sentido disso? Eu realmente prefiro morrer de repente ainda novo, mesmo que seja no momento em que estou cagando ou coisa do gênero. Quando era mais novo, costumava ficar pensando muito sobre a morte, antes de começar a pensar sobre sexo (que é tipo o oposto da morte, então é meio engraçado como essas coisas têm a ver). O fato de que você tem que morrer nunca me incomodou como incomoda os outros, porque ao contrário da Freira eu sou totalmente ateu e não acredito em inferno, em pagar pelos meus pecados nem nenhuma besteira dessas. A única coisa que realmente me incomodava era a idéia de morrer no banheiro ou alguma coisa vergonhosa dessas. Mas agora nem isso me incomoda, porque se você morrer no banheiro não vai ligar para como estará quando te acharem nem nada disso, afinal você vai ter morrido.

# 16

PRIMEIRO DE TUDO, DESCULPA POR TER FEITO AQUELE SERMÃO logo ali atrás. Acho que é bem hipócrita ficar falando de Mary e sua personalidade de novela e depois eu mesmo começar a fazer o discurso mais meloso do mundo.

Bom, agora vem tipo, as paradas que acontecem durante a semana. Primeiro, na nossa próxima sessão com o Higgs, toda aquela minha experiência com a bala vem à tona, e eles querem que eu fale por que eu fiz isso e tal, como se fosse uma parada totalmente autodestrutiva, e não uma coisa que as pessoas fazem por prazer. Felizmente o Higgs não parece dar muita importância. Na verdade, ele fica muito mais preocupado com Mamãe e Papai e o que eles sentem sobre isso. Quando Mamãe diz alguma coisa sobre ter medo que eu vire um viciado, ele fica todo preocupado e pergunta se ela já pensou em fazer sessões individuais de terapia, o que parece deixar Mamãe bem bolada. Higgs sugere a eles que tentem se lembrar mais de si mesmos, o que soa completamente obscuro para mim. Mas Mamãe interpreta isso como uma ordem para comprar tipo um zilhão de livros de auto-ajuda e estudá-los a fundo. Ela começa a vir com umas paradas completamente surreais tipo, Você só é mau se eu acreditar conscientemente nisso, ou então, Eu processo todas as coisas e simplesmente não vou continuar processando isso. Estranho/bizarro/assustador, eu sei. Mas A Freira adora, e fica lá sentada na hora do jantar falando, Isso é exatamente o que a Bíblia diz!, e aí começa a citar aquelas paradas religiosas para ela. Enquanto isso, Papai cozinha como se tivesse que alimentar um exército, o que na verdade é ótimo, porque sempre que você quer comer uma coisinha tem milhares de opções deliciosas na geladeira para escolher. A Vovó não tem mais comido com a gente, então nos alternamos para levar a comida para ela numa bandeja. Ela passa a maior parte do tempo olhando pela janela com aquele sorriso meio demente na cara. É uma pena, porque parece que ela perdeu completamente a fé na realidade e agora o mundo todo não passa de uma grande piada cósmica ou coisa do gênero.

Tentei dar uma ligada pra Al no domingo à noite, mas quem atendeu foi a mãe dela, que conseguiu *parecer* falsa e assustada até no telefone. Ela disse tipo, Ah, eu acho que a Alice está um pouco ocupada agora. Vocês devem se encontrar na escola.

Já perdi a paciência com os Rutland, então digo tipo, Não dá para você interrompê-la? É muito importante.

A senhora Rutland faz uns sons meio indecisos e sai da linha. Aí vem o senhor Rutland e diz tipo, Olha só, Jarold, Alice está ocupada agora, então é melhor não ligar para ela, tá bom?, como se estivesse me pedindo o favor mais natural do mundo. Eu fico superputo, mas seguro a minha onda e apenas desligo o telefone, porque é óbvio que não vai ajudar em nada xingá-los. Acabo mandando uma mensagem para ela dizendo QAL FOI?, mas ela não responde. É muito pior que da última vez que a gente brigou. Tipo, eu nem sei o que fiz de errado.

Na segunda-feira não vou até a casa dela e também não a encontro no ponto de ônibus. Mas vejo Al de leve na assembléia, então acho que o seu pai deve ter acabado trazendo ela para a escola. Ela me ignora daquele jeito bem óbvio. Acho uma piada isso de ignorar os outros, porque no final dá mais trabalho ignorar alguém do que mandar a pessoa tomar no cu. Mas eu decido comigo mesmo, Então tá, se você quer brincar assim, que seja.

Quando entro na sala, fica logo claro que foi um erro ter confessado a Mary que eu era gay. Todo mundo sabe agora, tenho certeza. Parece que ela mandou um daqueles e-mails coletivos ou coisa do gênero. Sei disso não porque as pessoas ficam dando risinhos, fazendo caretas ou me chamando de sei lá o quê. Não é assim que a parada funciona. Tipo, é mais como se todo mundo me evitasse, fingisse que não me vê ou fugisse do meu olhar. Não sei por que me importo com isso, mas o fato é que me importo. Depois de um tempo é bem frustrante.

A turma fica sempre cheia porque só tem uma aula de geografia na St Matthew, então sempre sobram só uma ou duas cadeiras livres. Sou um dos primeiros a sentar e, imagina só, fico tipo no meio delas. Um rejeitado total, porque ninguém quer sentar do meu lado. E à medida que a sala vai enchendo, vai ficando cada vez mais constrangedor. Parece até que eu tenho sarna ou uma coisa dessas pelo jeito que as pessoas fingem não ver aquelas cadeiras, e a parada é que em situações como essa os garotos se comportam que nem ovelhas. Porque é impossível que todos tenham ouvido o que a Mary anda espalhando sobre mim, mas eles meio que *sentem* alguma coisa, e como não tem nenhuma pessoa sentada do meu lado, ninguém vai querer sentar também. É assim que os garotos são. Na verdade, é assim que todo mundo é. Cada um copia o outro. Não é que façam o que os outros mandam, porque não precisam ser mandados, eles simplesmente fazem o que pensam que os outros acham que eles deveriam fazer. Aposto que uma porrada de gente se casa só porque todo mundo que conhece está casando. Aposto que foi assim que Mamãe e Papai se casaram.

É claro que Al também não senta perto de mim, ela levanta a cabeça até praticamente olhar para o teto, anda direto para o outro lado da sala e senta ao lado do Sam Gibbons, que provavelmente é o único cara desesperado o suficiente para não se importar com ela sentada perto dele. Ela se afunda no livro-texto como se fosse a coisa mais fantástica que já tivesse encontrado na vida. Eu acho isso bem babaca da parte dela. É evidente o que está acontecendo comigo, então ela podia pelo menos me lançar um olhar amigável ou coisa assim. Podia pelo menos ter sentado do meu lado, porra.

Então a situação é tipo, um paraíso para os delinqüentes juvenis, como um jardim-de-infância ou coisa do gênero. É claro que isso me incomoda. Você não consegue evitar de se incomodar quando os outros te dão as costas, mesmo que eles sejam um bando de idiotas. Tipo, que merda será que a Mary andou falando?

Um idiota todo metido chamado Tony, que tem o nome certo, porque pelo seu jeito realmente devia trabalhar na Máfia, sussurra alguma coisa para o cara que está com ele quando passa por mim, e eu fico todo vermelho de vergonha. Nem ouço o que ele diz, mas fico vermelho mesmo assim. Meio que sei que é sobre mim, apesar de não saber de verdade. Paranóia, cara. É muito bizarro o que essa sensação de ser estranho pode fazer com você. Fico pensando se é assim que Sam se sente o tempo todo, porque normalmente é do lado dele que ninguém quer sentar, já que tem uma cabeça gigante.

Quando o Fellows chega, eu já estou tipo, totalmente ansioso para vê-lo, apesar de mais do que nunca ele parecer à beira do suicídio. Mas eu até fico feliz com isso, porque pelo menos me dou conta de que as coisas podem ser piores.

Passo a segunda-feira inteira sem falar com a Al, ou com qualquer outra pessoa, aliás. Na aula de inglês eu uso minha tática de sempre, chegando superatrasado e saindo super-rápido para evitar qualquer chance de um confronto com o Bundão. Quando chego em casa, me enfio no meu quarto porque A Freira está com a sua irmandade e elas praticamente tomaram o resto da casa. Fico pensando em bater uma punheta com o Orlando ou então fazer algum dever, mas de repente eu me sinto tão deprimido que é difícil me concentrar em qualquer coisa além do fato de que a vida é uma merda. Começo a malhar um pouco para tentar repor endorfina no meu sangue, mas perco o interesse depois das duas primeiras séries, acabo desistindo e fico ali deitado, olhando para o teto. Me sinto completamente deslocado.

As pessoas são um bando de babacas. Mas não são só os idiotas da escola, é tudo. Quer dizer, é só parar para pensar que você vai ver que a minha vida está horrível agora, então não é que eu não tenha motivo para sentir pena de mim mesmo ou coisa do gênero. Toda a parada com o Jon acabou tipo, da pior maneira possível, Mamãe e Papai estão me levando para fazer terapia e minha melhor amiga está totalmente puta comigo por causa de alguma coisa que aconteceu numa festa imbecil que eu nem queria ir. Ser colocado no ostracismo por um bando de virgens idiotas é tipo, a parada mais escrota na face da terra, só isso.

E foi deitado ali, me sentindo todo deprimido e tal, que pensei pela primeira vez em como tudo seria mais fácil se eu não tivesse que enfrentar nenhum desses problemas. Tipo, se eu começasse tudo de novo num lugar em que as pessoas realmente gostassem de se divertir, em vez de pensarem que isso é uma coisa que deve ser evitada a qualquer custo. Quer dizer, por que tudo tem que ser tão deprimente? Pra que fazer alguma coisa desse jeito? Tá me entendendo?

Talvez não. Ninguém parece entender. Foda-se.

Terça-feira:

Eu acordo com um plano, que é encontrar a Mary e fazer ela me contar o que andou falando pras pessoas. Não dormi bem, então levanto meio puto da vida, de um jeito que não é muito comum para mim e dura até eu chegar na escola. Eu até vejo a Al no ônibus, sentada bem na frente, e nossos olhares se cruzam. Ela me olha daquele jeito que diz que talvez esteja pronta para falar, mas eu estou tão puto essa manhã que só viro a cara para o lado e a ignoro, o que é totalmente infantil, eu sei, mas não consigo evitar.

Quando chego na escola já estou um pouco mais calmo, mas me irrito de novo quando passo pelo primeiro grau. Acredite se quiser, mas um daqueles merdinhas vem correndo e diz Rah!, bem na minha cara. Ele sai varado antes que eu consiga pegá-lo e, tipo, esmigalhá-lo ou algo do gênero. Nunca vou reconhecer aquele moleque outra vez, porque esses pequenos molestáveis são iguais uns aos outros e a maioria deles ainda não começou a desenvolver caras de verdade.

O primeiro tempo é artes, e eu meio que fico enrolando. Nós deveríamos fazer uns auto-retratos, mas em vez disso acabo pintando um retrato de Satã. Você não vai acreditar, mas quando a professora Bolsh olha, resolve me dar os parabéns pela minha "natureza sensível e expressiva", e levanta o desenho pra turma inteira ver, como se todos devessem me copiar ou coisa assim, o que mostra que hoje em dia qualquer coisa que você faça é arte. Mas de certa forma eu fico totalmente irritado e tenho vontade de arrancar o desenho da mão dela e dizer o que penso dessa merda de aula de artes.

Assim que chega o intervalo eu caminho pela escola procurando a Mary. Finalmente a localizo na sala de ciências, conversando com o Ian, aquele imbecil da cena vomitar/beijar que você talvez se lembre da festa. Eles estão tipo, num papo totalmente íntimo quando eu chego. Na verdade, parece até que vão começar a se pegar, e os dois voam mais de dez metros quando eu venho por trás deles e grito, Mary!

Ela diz tipo, Ah, oi Jaz, naquela voz estranha que é meio inocente e ao mesmo tempo sabe de tudo. Ian dá um risinho e olha para os lados, então fica bem evidente que ela contou pra *ele*. Eu digo tipo, Será que dá pra gente conversar ou você tá muito ocupada agora?

Mary é tão burra que nem se liga quando está sendo insultada, e Ian é ainda mais burro, porque parece que esses caras que estão sempre malhando acabam suando o próprio cérebro ou coisa parecida (o que também depõe contra aquele bando de gays superbombados que você encontra na Starlight).

Ela diz tipo, Claro, com aquela sua voz amigável.

Eu digo tipo, Em particular?

Nesse ponto Ian decide que é um fator. Ele diz tipo, Se você tem alguma coisa pra falar, por que não fala logo?

Eu fico tipo, tão bolado com isso que praticamente me desfaço. Antes de me dar conta do que estou falando, eu digo, Tá bom então. Mary, você contou pra tudo mundo que eu sou gay ou o quê?

Vem uma longa pausa. Vou te contar, foi um erro mortal da minha parte, porque pela cara da Mary parece até que eu dei um tiro nela, e Ian esbugalha os olhos tanto que eles praticamente caem do rosto. Mary começa a balançar a cabeça para frente e para trás mais rápido que uma daquelas secadoras de roupa. Ian meio que se recupera e fica de pé com um pulo. Ele diz para

135

Mary tipo, Te vejo mais tarde, e desce as escadas correndo como se tivesse tomado uma injeção.

Mary diz tipo, Por que você falou isso? Você não sabe que o Ian é um dos maiores fofoqueiros da escola?

Normalmente eu diria tipo, Então por que você ia ficar com ele?, mas estou atolado demais na merda para pensar numa coisa assim.

Pensei que você tinha contado pra todo mundo, eu digo. Minha voz oscila. Está muito mais alta do que eu já tinha ouvido antes, quase como a da Mamãe quando ela entra naquele modo hipersônico, mas não tão estridente.

É claro que eu não fiz isso!, ela diz com raiva. Que tipo de gente você pensa que eu sou?

Ela olha para a escada e suspira como uma mãe que está desapontada com um dos seus filhos.

Seja como for, todo mundo vai ficar sabendo rapidinho, ela diz numa voz que parece toda triste.

Nesse ponto eu meio que caio contra a parede e vou me desfazendo até chegar no chão. Mary parece preocupada e vem se sentar junto ao monte de partes do corpo soltas que eu me tornei. Ela se inclina para frente de modo que seus peitos enormes ficam tipo, se expandindo na minha direção, e então faz a coisa mais escrota da Terra. Ela estica o braço e passa a mão na minha bochecha. Quer dizer, tipo, totalmente "que-bonitinho" – e isso serve para mostrar que não importa o quanto na merda você esteja, sempre dá para afundar ainda mais.

Ela diz tipo, Tudo vai ficar bem, você sabe, naquela voz ultra-maternal. Até que ela representa bem esse papel. Todo o tronco dela aumenta. Eu juro, parece ficar maior a cada segundo, como aqueles sapos que têm papo inflável. Tudo vai ficar bem, ela diz outra vez. Eu não falo coisa nenhuma, porque que merda ela sabe? Nada, é isso que ela sabe. Mas Mary não cala a boca, ela continua passando a mão em mim como se eu fosse uma boceta ou coisa parecida. Então ela diz, Talvez seja melhor assim. Sabe, você não devia negar. Você devia sentir orgulho.

Quando ela diz isso eu perco a paciência. Tem tipo, um oceano de vômito subindo do meu estômago, e eu simplesmente não agüento mais Mary fazendo carinho na minha bochecha como se tivesse saído de uma cena daquelas suas novelinhas de merda. Tenho vontade de gritar ou de bater nela, sei lá. No final eu acabo só tirando sua mão de mim e falando para ela ir fazer uma daquelas cirurgias de diminuição de peito.

Jaz!, ela diz, como se não conseguisse acreditar no que eu falei, mas eu já tinha partido. E aí, só porque fico a fim, decido não me importar mais com a escola esse dia. Pego um ônibus até o centro e acabo passeando pelo shopping Trocadero, vendo as criancinhas japonesas dançando naqueles videogames e fingindo que não existo ou coisa assim. Dou uma volta no Piccadilly e desço até a estação de metrô. Tinha esperança de filar um cigarro de alguém, porque já havia fumado todos os que roubei do Papai. Mas está na hora do rush e todo mundo fica se apertando uns contra os outros, lutando para entrar ou sair dos portões, parece até aquelas disputas de bola no rugby, então acabo preso contra um pôster. É um pôster horrível. Tem duas fotos de mulher. Uma delas é tipo uma gótica meio cool, toda branca com cabelos e roupas negras e piercings prateados. A outra veste um terninho cinza idiota, tem um cabelo louro cheio de luzes, parece chata pra cacete, e está sorrindo para a foto. Tem uma pequena nota embaixo de cada uma dizendo que a gótica é a cantora principal da sua banda, e a outro é tipo, uma gerente de banco. E aparentemente é a mesma mulher, porque na parte de baixo tem tipo uma frase bombástica que diz "Em apenas dez anos seu gosto evoluiu, assim como o nosso". O anúncio é de vinho. É o pôster mais escroto e depressivo que já vi na minha vida.

Claro que Mamãe e Papai ficam sabendo que eu matei aula, porque apesar de já estar no sexto ano, você tem que ser contado quando os professores fazem as suas chamadas estúpidas. Mamãe está me esperando em casa com todo um discurso preparado sobre como eu sou difícil e como ela não consegue acreditar que eu realmente seja seu filho, porque quando tinha a minha idade nunca teve nenhum desses problemas que eu tenho. Ela diz tipo, Quando eu era adolescente, a gente não tinha dinheiro nenhum. Depois de voltar da escola eu tinha que trabalhar, das seis às nove da noite, e todas as minhas amigas também. A gente não tinha televisão!, como se eu fosse viciado em TV. Eu simplesmente corro para o meu quarto e tranco a porta. Quer dizer, eu empurro a cômoda para frente dela, porque obviamente não tenho a chave.

Na quarta-feira eu acordo e tento fingir que estou doente, mas Mamãe não cai. Ela nem se dá o trabalho de me olhar quando digo que não estou me sentindo bem, durante o café-damanhã. Simplesmente diz, Provavelmente é a sua consciência, e volta a ler qualquer que seja a porcaria de auto-ajuda da vez. Papai me examina, mas só balança a cabeça como se eu tivesse falhado num teste ou coisa assim, então eu acabo tendo que ir pra escola. Eu digo a mim mesmo que não importa. Não é que eu precise faltar nem nada.

Aí essa cena acontece tipo, no mesmo corredor em que estava aquela colagem tosca dos pequenos molestáveis que eu escrevi em cima. Ela agora foi substituída por um monte de desenhos imbecis de marcas de mão, e eu estou ali olhando para eles pelo simples motivo de que não tenho nenhum outro lugar para ir. É um daqueles tempos livres que a gente tem para estudar, mas eu não estou nem um pouco a fim de fazer isso. Então eu ouço a palavra "Viadinho!" vindo por detrás de mim e quando me ligo dou de cara com o Bundão e seus capangas. E Fabian também está com eles. Ele fica meio pairando por trás deles, olhando pra gente com um sorriso enorme no meio da cara. Eu lanço um olhar para ele, tipo sem acreditar que desceu tão baixo, mas Fabian me olha de volta e seu sorriso aumenta. Ele só encolhe os ombros como se tivesse cagando para mim.

O Bundão vem direto na minha direção. Não tem como escapar, de jeito nenhum. Penso que dá para ignorar a situação. Mas quando o Bundão me empurra forte pra cacete e eu vou voando para trás até bater a cabeça no quadro, me ligo que na verdade não dá para ignorar não, porque não importa o quanto você esteja se sentindo fodido, a porrada dói do mesmo jeito.

Eu digo tipo, Vai encher o saco de outra pessoa!

Tento sair fora, mas é completamente inútil. Dessa vez o Bundão simplesmente agarra o meu braço e puxa com força para trás. Sinto que ele está quase sendo arrancado. Uso meu outro braço para bater na cara dele girando, e posso dizer orgulhosamente que acerto e provoco um agradável som de algo se quebrando bem nos seus dentes. Ele meio que cambaleia para trás por alguns segundos, mas não solta o meu braço.

Teco fala, Olha só, vai deixar? Vai deixar?, como se o Bundão precisasse de mais estímulo.

O Bundão prepara seu soco de revista em quadrinho e acerta a minha cabeça, que com certeza ainda vai ficar zunindo por dias. Eu fico tipo, completamente vendo estrelas, ainda mais porque quando vôo para trás bato *outra vez* no quadro. Parece que o meu crânio é aquela parada que fica pra lá e pra cá dentro de um sino. Meio que deslizo parede abaixo como um monte de merda jogado ali.

Bundão diz tipo, Você sabe o que a gente faz com as bichinhas nessa escola?

Ele vem e fica em cima de mim, e o Tico e o Teco ficam cada um de um lado dele. A coisa mais estranha é que com a luz e todo aquele brilho que chega nos meus olhos vindo da janela lá atrás ele parece meio celestial, tipo Deus ou coisa do gênero. Tico e Teco parecem aqueles anjos serafins. Mas é só porque não dá para ver as caras feias deles e porque meu cérebro todo está tipo, totalmente pulverizado.

Tico ou Teco (não consigo distinguir bem qual dos dois) fala, Olha só, ele tá parecendo todo fodido.

Bem quando o Bundão estava a ponto de me mostrar o que eles fazem afinal, aparece aquele lampejo no seu pescoço. Eu meio que pisco os meus olhos várias vezes tentando focar. (Parece que eu realmente fiquei abalado. Por sorte não morri.) É o canivete do Fabian, eu acho, porque ouço ele dizendo alguma coisa e depois escuto o Bundão tipo, implorando para ele não fazer nada, com uma voz realmente aterrorizada. Aí vem tipo, um grito horrível de dor. Meio que vejo alguma coisa vermelha no pescoço do Bundão, mas não acredito realmente que o Fabian tenha cortado sua garganta nem nada disso, porque seria uma parada completamente maluca. Então ouço o Tico e o Teco gritando umas coisas, tipo que Fabian era louco, e vem todo aquele barulho e tal, as portas se abrem no corredor e eu me ligo que mais gente está chegando. Mas na real eu não vejo nada, só ouço, e mais alto do que tudo isso tem um batidão techno o tempo todo dentro da minha cabeça.

Fabian meio que se ajoelha do meu lado e fica falando, Eu acertei aquele escroto pra você! Acertei ele de jeito! Não vão ficar mais te perturbando!, e eu fico totalmente tipo, O quê?, porque nem consigo saber de que lado ele está. Então vem a voz de algum professor meio que abrindo o caminho em volta de mim, falando para as pessoas se afastarem, dando ordens e tal. É totalmente surreal, parece que estou num filme do David Lynch, só que num totalmente fora de foco.

No final das contas eu acabo sentado na sala do diretor Bolinha, enquanto meu cérebro se recupera. A enfermeira, que é ainda mais gorda que ele, aparece para me ver, cutuca meu corpo inteiro e acende uma lanterninha nos meus olhos. Ela decide que não tem necessidade de eu ir para um hospital, o que é típico dela, porque essa mulher adora dar uma de fodona e diagnosticar os alunos ela mesma, e odeia mandá-los para qualquer lugar onde possam receber tipo, um tratamento adequado. Mas logo eu começo a pensar mais ou menos direito, então acho que só dessa vez ela estava certa.

O Bolinha tem um monte de perguntas para mim, mas não estou com saco de responder, então finjo que ainda estou confuso e ele liga para o Papai e pede para ele vir me pegar.

Enquanto isso o Fabian tipo, desaparece totalmente. Mas ele está na merda, porque acabou cortando a bochecha do Bundão. Não foi nada de mais – infelizmente – só um cortezinho. Nem deve ficar uma cicatriz, provavelmente. Mas foi o suficiente para deixar o Bundão morrendo de medo. Quando Papai chega e eu finalmente deixo a sala, vejo ele ali sentado no corredor com o Tico e o Teco, olhando para o nada como se estivesse traumatizado ou coisa assim. Teco me lança um olhar totalmente mau e cochicha alguma coisa no ouvido do Bundão. Mas ele não parece nem ouvir, porque continua olhando para frente quando nós passamos. Ele está com uma cara totalmente infeliz, e isso meio que te faz acreditar que dentro de cada valentão realmente existe um pobre orfãozinho esperando para se revelar ou coisa assim. Mas mesmo assim eu não me importo, porque ele mereceu totalmente isso.

## 17

PAPAI FICA TODO COMPREENSIVO QUANDO EU CONTO QUE FUI pego por um bando de homófobos. Eu meio que supervalorizo essa parte e deixo de lado aquele negócio de ter escrito Joseph, o nome do Bundão, em cima da vaca de papel na colagem dos pequenos molestáveis, apesar de saber que isso vai acabar vindo à tona quando ele for pressionado pelo Bolinha.

É divertido de certa forma, porque Papai conta para Mamãe e ela fica com muita raiva, de um modo até meio tocante, especialmente porque se alterna entre isso, a raiva, e ficar cheia de cuidado comigo e com a minha cabeça. E ela não pára. Fica falando que a gente vai processar a escola e prender os caras que abusaram de mim, e depois vem até o meu quarto e começa aquele papo sem fim sobre liberdade, como se eu tivesse ganhado o direito de ouvir sobre essa filosofia maravilhosa que ela tipo, tem acumulado por toda a vida. Mamãe evidentemente acha que esse é um Momento Especial, quando na verdade não é. Mas eu fico tocado, e me sinto meio mal quando perco a paciência e acabo dizendo que estou bem e gostaria que ela me deixasse em paz, por favor.

Essa noite Al me liga. Ela ficou sabendo do que aconteceu e começa a pedir mil desculpas. Ela diz tipo, Jaz, mandei muito mal, nem dá para acreditar! Me sinto tão mal com isso. E não pára de falar sobre como está culpada, como seus pais têm enchido o seu saco e tal, como ela nunca devia ter me dado um gelo, e que deve ser algum hormônio ou uma coisas dessas que tem feito ela agir assim. Sério mesmo, ouvindo você pode até achar que ela se esqueceu que estava falando em vez de só pensando. Depois de um tempinho ela começa a me perguntar o que aconteceu e a contar algumas coisas que eu não sabia, tipo que Fabian foi expulso e o Bundão foi suspenso. Aí fala sobre seus pais, e como eles estão em cima dela para que se esforce e fique concentrada nos estudos e tal, e como ela se sente uma escrava em casa. Mas na verdade eu não consigo ouvir muito. Quer dizer, eu de repente fico cansado daquilo tudo. Não só dos pais dela, mas dessa merda de escola e tudo o mais que tem acontecido. Da vida, basicamente, se isso não soar muito babaca. Porque tudo é um saco, se você pensar bem. Sei lá, talvez você não ache isso. Talvez seja só minha conclusão e tal. Aí ela começa a falar do coitado do Fellows e de como a gente continua tendo tipo essa missão de conseguir um bom exercício para o esqueleto dele. Mas eu simplesmente não estou nem aí. Acho que respondo a ela com silêncio. Não é que eu esteja puto. É só que não me importo. Finalmente ela diz, Vamos para a Starlight amanhã de noite, naquela voz superexcitada, que eu sei ser o jeito dela de *realmente* tentar resolver as coisas comigo, mas eu só fico pensando, Para quê?, e é nesse momento que vem de repente aquele *flashback* do Fabian me dizendo que as pessoas sempre fazem o que os outros mandam, e fico pensando É, isso é totalmente verdade. Aí penso, Ah, não, porque o Fabian é um nazista total e eu estou basicamente concordando com ele, o que talvez signifique que eu mesmo estou me tornando um nazista ou coisa parecida. Apesar disso, o que ele disse *é* verdade, e mesmo ele sendo um nazista isso não quer dizer que não possa estar certo sobre coisa nenhuma.

Digo para Al que tenho que ir e desligo logo. Então vou visitar a Vovó, que está dormindo. Isso é tudo o que ela parece fazer ultimamente. Além de olhar pela janela.

A Freira entra enquanto estou lá e exige saber o que eu estou fazendo. Ela está cheia de inveja de toda essa atenção que ganhei por causa dessa parada na escola, e diz que eu deveria ter algum respeito pelos mais velhos e deixar a Vovó dormir em paz.

Eu digo tipo, Se você continuar falando, é você quem vai acordar ela.

A Freira diz tipo, Você sabe que não tem o menor respeito pelos outros. Às vezes eu realmente acho que você tem problemas psicológicos.

Normalmente quando ela diz uma coisa dessas sem que Mamãe ou Papai estejam por perto eu começo tipo a flexionar os músculos dos meus dedos me preparando para um ataque, mas hoje simplesmente a ignoro. Ela parece meio surpresa com a minha falta de reação, mas depois de ficar fazendo aqueles horríveis sons de reprovação por um tempo acaba saindo fora.

Então Vovó abre os olhos e diz, George?, o que é bem assustador, porque esse era o nome do Vovô. Por um minuto eu considero a possibilidade de fingir ser ele ou uma coisa dessas, só para que ela se sinta melhor, mas aí Vovó fecha os olhos e volta a dormir, felizmente.

A semana seguinte é totalmente chata, então só vou te contar de modo geral. Tipo, na escola tudo volta bem ao normal. Eu e Al voltamos a sentar juntos, e ninguém me diz nada sobre eu ser gay, porque toda essa parada com o Bundão me transformou numa espécie de outdoor ambulante. Tirando alguns poucos marombeiros sem cérebro, que evidentemente puxam ferro com o Ian e ficam tipo fazendo uns barulhos meio embaraçosos com os lábios sempre que me vêem, o que é triste pra cacete.

Mary fica sempre me olhando na cantina ou em qualquer outro lugar que estejamos e sorrindo daquele jeito significativo.

Ela acaba me pegando e diz que está muito triste por tudo e que sabe que eu estava "fora de mim" quando disse aquela coisa sobre ela fazer uma cirurgia de redução de peito, o que não quer dizer que não fosse uma boa sugestão, pelo que sei. Mas acho que é legal da parte dela ser compreensiva, apesar de ser também uma parada totalmente doentia.

Fico esperando ser convocado para a sala de alguém e tipo, forçado a chorar enquanto um conselheiro idiota segura a minha mão e diz coisas estúpidas sobre meu direito à vida, como se eu fosse um retardado ou coisa do gênero. Mas Mamãe deve ter ligado para a escola e falado que tinha a situação sob controle, porque absolutamente nada acontece. Com certeza ela ligou e exigiu que eles tipo, prendessem o Bundão por tentar me matar, apesar de eu ter falado para ela não fazer isso.

E isso realmente é tudo que acontece de importante. Não há sinal do Bundão nem do Fabian, é claro, e durante a aula de inglês o Tico e o Teco ficam lá sentados no fundo como se tivessem sido desprogramados ou coisa assim. Estamos quase acabando a *Noite de Reis* agora, e eu já não agüento mais. Não dá para engolir isso de ficar relendo a última cena, quando eles todos descobrem quem é quem, riem da situação e se casam uns com os outros como se isso supostamente resolvesse tudo. Me liguei que não dá para engolir Shakespeare como um todo.

Tá bom. Tem mais uma coisa importante, e é uma parada bem estranha. Sou eu, simplesmente. Claramente não estou no meu estado normal. Sei lá por quê, talvez essa parada de ter batido a cabeça na parede tenha me lobotomizado ou coisa do gênero, já que simplesmente não estou pensando direito. Tipo, eu não tenho vontade de fazer piadas, ouvir as aulas, conversar com Al, ficar excitado nem fazer mais nada. Quando chego da escola a única coisa que eu consigo pensar em fazer é tomar um longo banho e bater uma punhetinha, o que é totalmente triste. Al continua falando sobre voltar para a Starlight, e ela acaba conseguindo me arrastar para lá, mas a noite inteira é uma provação, porque eu fico pensando no Jon e tudo que aconteceu. Tipo, para quê?

Então basicamente eu estou me tornando um maníaco-depressivo total, parece que eu fico olhando para mim mesmo de fora e não me dou o trabalho de fazer nada. Na sessão seguinte Higgs se liga que eu estou ainda mais calado que o normal e tenta me fazer falar sobre isso. Mamãe conta para ele toda a história com o Bundão e como isso acabou afetando *ela*, e Higgs parece bem chocado – provavelmente é a única vez que eu vejo ele perder aquela frieza de computador e agir como um ser humano. Mas não tenho vontade de falar com ele e na volta para casa Mamãe fica me criticando por não ser mais acessível, até que finalmente (para minha surpresa) Papai diz que ela deveria segurar um pouco a onda, e ela fica em silêncio, toda bolada, porque não está acostumada com Papai pensando coisas de verdade por si mesmo. Ele me olha pelo espelho e sorri para mim como se estivesse do meu lado ou coisa assim, o que é tão patético que eu fico tentado a mostrar a língua para ele – mas não consigo fazer nem isso.

Eu simplesmente continuo pensando naquelas paradas. Em Fabian, na verdade. Penso nele pra caramba. Meio que fico imaginando como ele está, porque ele me salvou de ser tipo, morto ou sei lá, e parece injusto que tenha sido expulso por fazer isso. Continuo pensando naquelas cicatrizes no seu braço e nele fazendo aquilo em si mesmo. Totalmente bizarro. E continuo me lembrando de quando a gente costumava andar junto, antes da Al entrar na St Matthew e antes dele ser tão perturbado. Acho que ele sempre foi meio esquisito, mas isso não costumava importar. Tipo, ele tinha aquela obsessão por *liquid-paper* e costumava pintar as cadeiras e mesas da sala com aquilo. E uma vez ele me mostrou como cheirar cola, o que fodeu com a minha cabeça, mas eu sou grato, porque se não tivesse feito isso nunca saberia como é, e eu tenho essa memória estranha de sair dançando e cantando músicas infantis com ele depois de cheirar. Então acho que a gente se divertiu, até ele começar a virar um psicopata e a fazer umas insanidades tipo ameaçar outras crianças com a ponta afiada do compasso e colecionar insetos mortos. Eu não era mais seu amigo realmente quando ele perseguiu a professora Bolsh com aquelas tesouras, mas de certa forma dá para imaginar por que ele fez isso, afinal é exatamente o que eu gostaria de fazer quando ela disse que o meu auto-retrato era todo expressivo e sensível, quando na verdade deveria ser Satã.

Na sexta tudo afunda na merda de vez. Eu tenho tipo, um duelo com o Fellows. Ele vem me lançando olhares a semana toda como se esperasse que eu fosse falar com ele sobre toda essa história de abusarem de mim, mas no final parece que decidiu que não consegue mais segurar os maravilhosos conselhos que tem para me dar.

Depois da aula ele diz tipo, Espera aí, Jarold, quero dar uma palavrinha com você.

Então eu fico ali parado como um idiota enquanto todo mundo passa por mim com aquelas expressões de quem já entendeu tudo. É completamente óbvio do que nós vamos falar, e parece até que estou preso num daqueles filmes superescrotos em que um estudante desiludido tem aquela conversa mágica e estimulante com seu experiente mentor. Al faz que sim com a cabeça quando passa por nós, como se aprovasse totalmente. Eu finjo que estou coçando a minha cabeça e tento mostrar o dedo para ela, mas não sou rápido o suficiente e ela não vê.

Então, quando todo mundo já foi, o Fellows fala, Eu ouvi sobre o que aconteceu.

Eu digo tipo, Não. *Sério mesmo?*

Ou ele não ouve o sarcasmo na minha voz ou edita o que eu disse com um filtro especial que tipo, protege as idéias românticas da realidade. Ele está fazendo aquele negócio de olhar por cima do meu ombro esquerdo como se lá atrás tivesse um mundo cheio de campos verdejantes e borboletas, e não uma parede de tijolos com um mapa do Congo.

Ele diz tipo, Eu sinto muito. Sinto muito mesmo.

Qual foi? Resolveu dar uma de Homem-sinto-muito?, eu falo, num tom meio de brincadeira. Só quero acabar logo com aquela situação.

Ele também não ouve isso. Simplesmente continua falando naquela voz afetada, As pessoas esquecem o quanto a mente em desenvolvimento pode ser cruel. Quando elas não entendem alguma coisa sentem medo, e isso significa que passam a perseguir aquilo que não compreendem. Você tem que ser forte, e tem que saber perdoar, Jarold. É preciso isso.

Quando ele diz isso toda aquela minha onda de ficar despersonalizado acaba. De repente eu fico tipo, pronto para cuspir nele. Quer dizer, só dá para ser forte e saber perdoar até o ponto em que você não agüenta mais. Então eu digo tipo, Olha aqui, você tem que ir trepar com alguém.

Dessa vez ele me ouve, e não fica tão impressionado.

Ele diz tipo, Jarold, eu quero te ajudar nesse momento difícil, mas é complicado fazer isso com a sua atitude. Você tem que...

Nesse momento eu perco a paciência. Parece que alguma coisa se quebra dentro de mim e sai esse monte de palavras da minha boca como se eu não pudesse me controlar. Eu digo tipo, Você quer mesmo me ajudar nesse momento difícil? Quer mesmo? Então não se mete nisso e me deixa em paz! Pode pegar essas suas idéias velhas e idiotas e enfiar lá onde o sol não bate!

Fellows fica ali parado com a boca escancarada. Seus olhos estão saindo da sua cabeça como se ele não conseguisse acreditar no que eu disse. Por um segundo eu penso que vai me bater outra vez, e por alguma razão acho até bom. Mas isso me deixa com mais raiva ainda. Eu me ouço falando, Você é triste, é uma bicha velha e enrugada que não consegue arrumar ninguém!

Aí eu saio correndo da sala sem nem olhar para trás. Al está me esperando do lado de fora, mas eu passo por ela e corro até chegar na Liberdade. Ela me alcança um minuto depois.

Ela diz tipo, O que aconteceu? Ele está *chorando*!

Eu digo tipo, ETC.

Al me olha daquele jeito estranho, mas eu só dou de ombros e vou para casa. A gente deveria fazer alguma coisa no sábado, mas eu não tenho vontade e acabo passando o dia no meu quarto, a maior parte do tempo olhando para a parede.

Então vem domingo de manhã e nós estamos de volta para outra sessão com o Higgs, na qual a Mamãe fala o tempo todo e eu e Papai ficamos ali ouvindo ela contar como se sente muito melhor agora que está focada naquele monte de livros. Ela fica perguntando a Higgs coisas sobre eles como se ele tivesse escrito todos sozinho ou coisa parecida, e eu tenho certeza de que apesar dele não demonstrar nada, está doido para dizer para ela mandar aqueles livros pra puta que pariu.

Seja como for, eu acabo decidindo fazer uma visita a Fabian. Eu sei. É tipo, masoquismo ou coisa do gênero. Mas ele me ajudou e dá para ver pelo seu jeito que é um cara totalmente solitário. Tipo esses malucos que agem como se quisessem que o apocalipse acontecesse nesse minuto, mas na verdade só querem ter um monte de amigos e que as pessoas gostem deles e tudo mais (tosco, tosco). Mas acho que se você for pensar bem todo mundo age de acordo com algum tipo de clichê, e eu me sinto meio em dívida com ele. Além disso, ele foi expulso, então tipo, o que pode estar fazendo agora?

Sendo assim me preparo para uma parada totalmente esquisita. Seus pais são divorciados e ele mora com a mãe, que sempre foi meio bizarra, lembro bem. Ela é uma escultora toda espiritualista chamada Beverly, que é tipo, o pior nome da Terra, pior ainda que Jarold, eu acho, então não é nenhuma surpresa que seja tão bizarra. Ela costumava me deixar chamá-la de Bev, mas como não a vejo há anos acho uma boa não ser tão familiar e chamá-la de senhora Wrens, para o caso dela estar pensando por que eu parei de andar com o seu filho, afinal as mães são essa espécie totalmente diferente de gente quando se trata da sua prole, por isso talvez ela não tenha se dado conta do quão estranho ele se tornou.

Então eu vou até a casa dele, que na verdade fica só a uns dez minutos de ônibus da minha, o que meio que deixa tudo ainda mais esquisito. Você podia pensar que eles tivessem se mudado para alguma comunidade anarquista a essa altura, o tipo de lugar em que talvez tenham alguma chance de se adaptar, mas eles continuam morando ali, porque eu reconheço no jardim aquelas esculturas malucas todas retorcidas que Bev costumava fazer, e que uma vez disse supostamente representarem duas pessoas "entrelaçadas", mas para mim sempre pareceram mais um monte de merda.

Seja como for, eu entro pelo jardim da frente, passo por essas merdas, que estão arrumadas ao longo do caminho como guardiões ou coisas do gênero, e toco a campainha. Vem uma longa pausa e eu fico pensando que talvez ninguém esteja em casa, mas bem no momento em que vou tentar outra vez e desistir, a senhora Wrens atende. Ela parece totalmente diferente de como eu lembrava, o que provavelmente não é nenhuma surpresa, porque já faz tipo, quatro anos. Está toda pálida e magra, como se não tivesse comido por todo esse tempo, e está vestindo uma camisa cinza enorme, o que é totalmente um *faux pas* em termos de moda se você for tipo, esquelética que nem ela.

Aí eu digo tipo, Oi, senhora Wrens, como vai?

Ela sorri aquele sorriso que é tipo, totalmente sem alegria, e me olha longamente. Começo a sentir que tem alguma coisa seriamente errada. Tipo, talvez ela me odeie e ponha a culpa em mim por Fabian ter sido expulso.

Eu estava esperando você, Jarold, ela diz.

Eu digo tipo, Ahn?, porque ela diz isso naquela voz calma, meio fantasmagórica, como se estivesse recebendo um espírito ou coisa do gênero, em vez de falando por si mesma. Então, de repente, eu sei o que vem pela frente. Simplesmente *sei*. É tipo esse sentimento de ter certeza de alguma coisa que não dá para explicar realmente, mas eu fico querendo fazer alguma coisa para mostrar que eu sei, porque de alguma forma se eu fizer isso não vai ser verdade no final das contas. Eu sei que isso soa totalmente babaca, mas é o tipo de coisa que eu sinto. É o que senti quando cheguei em casa ano passado, vi a Vovó na cozinha e o Papai me chamou num canto e disse que tinha uma coisa muito triste para contar – o Vovô não estava mais entre nós. Mas é claro que não tem nada que você possa fazer na verdade, porque não dá para mudar essas coisas. Então eu só fico ali parado que nem um idiota e digo, Vim aqui ver o Fabian. Ele está?

A senhora Wrens parece totalmente surpresa e quase esperançosa por um segundo, mas então sua cara fica lisa como um pedaço de papel e ela dá aquele sorriso outra vez, aquele sorriso que é tipo, o oposto de feliz.

Eles não te contaram?, ela diz.

Contaram o quê?

Ele está morto, ela diz.

Eu digo tipo, Como assim?, como se a palavra Morto pudesse significar outra coisa. Me odeio por ter falado isso, mas estou meio surpreso, então simplesmente digo a primeira coisa idiota que penso.

Meu Fabian está morto, ele...

Ela demora um instante para falar, mas não parece muito perturbada, para ser honesto. É mais como se ela estivesse procurando a melhor maneira de dizer isso, e só. Ela não chora nem nada, simplesmente parece perfeitamente calma, como se estivesse falando do tempo ou coisa do gênero. Provavelmente ela está chapadona de Valium. Então diz, Ele se matou na noite de quinta. Achei que tivessem te contado sobre isso na escola.

Eu meio que balanço a minha cabeça. Isso já é demais. Minha primeira reação é perguntar, Como? Não quero ser insensível nem nada, mas não consigo me controlar e antes que me dê conta a pergunta me escapa. A senhora Wrens não parece surpresa.

Ele estava na banheira, ela diz. Ele cortou as veias dos braços e...

Então aquelas lágrimas começam a descer pelas suas bochechas e é horrível. Nós dois ficamos tipo, congelados olhando um para o outro, ela com lágrimas escorrendo pelas bochechas e eu boquiaberto na frente dela como um imbecil. Aí uma outra mulher aparece. Deve ser sua irmã ou coisa assim, porque é igualzinha a ela, só que mais alta. Ela coloca o braço em torno do ombro da senhora Wrens e me olha como se dissesse, Por que você veio até aqui perturbá-la?

Vem, Bev, ela diz rispidamente, como se fosse hora dela ir para cama.

Quando ela vai fechar a porta, a senhora Wrens se vira e diz para mim, Apareça outra vez, Jarold. Apareça para me ver... outra vez.

Então a outra mulher fecha a porta e eu fico ali na soleira por um minuto, me sentindo mais idiota do que nunca na vida.

Aí vou para casa. Meio que me arrasto por todo o caminho de volta, com meus pés bem perto do chão, de modo que eles mal desencostam do concreto. É um dia bem frio e eu estou tremendo, mas não me importo. Não é que eu me sinta culpado nem nada por causa do Fabian, você entende. Porque eu não sou retardado o suficiente para ir por esse caminho e ficar achando que tudo é minha culpa e blablablá. É claro que não é. Eu nem conhecia ele direito, a não ser no tempo em que a gente andava junto, o que já faz quatro anos inteiros. E se alguém fosse acabar morrendo na St Matthew, o Fabian seria tipo, a primeira pessoa em quem você pensaria.

Mas isso não quer dizer que eu não me importe, porque me importo sim. Não é legal quando as pessoas morrem. Nunca. Pelo menos não deveria ser, mesmo se você for um nazista total. Quer dizer, até quando o Hitler morreu deve ter sido triste de certa forma.

Quando chego em casa fico andando pra lá e pra cá no jardim, vejo a árvore da Freira e começo a pensar no quanto eu odeio ela e aquela planta estúpida, e quando vejo já a derrubei com um chute. É claro que me fodo, porque A Freira sai bem nesse momento para me dizer que está na hora do jantar, vê o que eu fiz e começa a ter um monte de espasmos. Então Mamãe sai para ver o que está acontecendo, olha a árvore quebrada também e entra em erupção como um caso crônico de acne. Eu só fico ali parado enquanto ela ameaça me mandar para uma dessas fazendas especiais para garotos que são uns filhos-da-puta completos, onde te fazem ficar em silêncio a semana inteira e trabalhar limpando merda até você deixar de ser humano, porque talvez isso me force a ter alguma noção das coisas. Aí Papai sai por causa de toda aquela comoção, e assim que se liga no que está acontecendo se junta com seus fracos esforços, então fica parecendo um reservatório transbordando de gritos, como se eles estivessem competindo uns com os outros ou coisa assim.

O que é engraçado é que eu não ouço nada. Acho que é porque continuo meio confuso por causa de toda aquela parada com o Fabian. Mas não sei, porque na verdade não estou mais pensando no Fabian depois de ter chutado a árvore, nem em nada especificamente. Só fico ali olhando para casa, e vejo que Vovó está observando tudo pela janela com aquela cara meio de quem está sonhando, e parece que ela está presa e quer sair, então eu sinto um terror dentro de mim que quase me faz vomitar bem ali. Em vez de fazer isso eu só vou andando devagar para o meu quarto, seguido por essa onda de gritos, fecho a porta atrás de mim e coloco a cômoda na frente.

Deito na cama e olho para o teto. Consigo ouvir A Freira chorando lá embaixo no quarto dela, e me sinto meio mal, mas é tarde demais agora. Provavelmente ela vai usar isso contra mim para o resto da vida.

Devo ter ficado ali deitado por horas, mas não pareceu tanto tempo. Quando olho em volta vejo que está escuro lá fora e me dou conta de que estou tipo, faminto. Já passou das onze e ninguém se incomodou em subir e me fazer descer para o jantar nem nada.

Seja como for, a casa parece quieta o suficiente, então eu fico achando que todo mundo já foi pra cama. Levanto da cama e desço até a cozinha para atacar a geladeira em busca de alguma das comidas do Papai. Mas paro, porque ouço Mamãe e Papai discutindo lá dentro. Eu disse discutindo, mas como sempre é só Mamãe despejando as merdas dela em cima do Papai. O que é estranho é que eles estão aos sussurros. Isso é meio assustador.

Ela está falando, Eu não agüento mais. Dia sim, dia não, acontece mais uma coisa. Ele está fora de controle. Tem alguma coisa errada com ele.

E ele diz tipo, Talvez a gente *devesse mesmo* mandá-lo para longe um pouco. Você realmente acha uma boa idéia?

E ela diz tipo, Não sei. Não sei mais de nada. Às vezes só queria que ele não fosse...

Vem aquela pausa e Papai diz tipo, Não é culpa dele, e Mamãe diz rispidamente Eu sei! Não fale comigo como se eu fosse uma idiota!

Aí ela começa a chiar como o ar escapando de um balão, e vem com umas paradas tipo, Você não se importa com essa família! Você é sempre tão distante! Sou eu quem tem que lidar com todas essas porcarias que o Jarold vem jogando em cima da gente. Eu não agüento mais!

E Papai fica falando, O que você quer que eu faça? O que você quer de mim?, até que finalmente Mamãe surge das profundezas e grita, Talvez o divórcio!

Vem aquele silêncio enorme.

Papai diz tipo, Eu sei que você não está falando sério.

Mamãe diz tipo, Não estou? *Não estou falando sério, caralho?*

Mamãe é outra dessas pessoas que nunca usam palavrões realmente pesados, então quando ela faz isso você sente a mesma coisa que quando um professor fala palavrão – tipo, tudo está errado, estamos num universo paralelo em que Walt Disney é mau e bege é a cor mais maneira de todas.

Naquela vozinha que parece vir de um anão, Papai diz, Talvez a gente devesse tirar umas férias, só você e eu, o que acha?

Mamãe diz tipo, Só nos seus sonhos! Meu Deus, você não consegue pensar por si mesmo? A gente tem uma mãe doente, dois empregos, isso sem falar do principal problema, e você quer tirar umas férias! Que idéia maravilhosa! Meus parabéns!

Papai diz tipo, Lois...

Mas aí vem o barulho dela arrastando sua cadeira para trás, e ela corta o que ele ia falar dizendo, Eu nunca queria ter sido mãe. Como isso foi acontecer comigo?

Então ouço o som dela vindo e eu tento correr para trás da porta, mas não sou rápido o suficiente e quando ela sai praticamente passa por cima de mim. Mesmo assim ela não diz nada, só me olha. Na cara dela tem tipo uma expressão de completo desgosto, mas também uma expressão estranhamente satisfeita, como se tivesse pensando, Ótimo – agora você sabe o que eu realmente sinto. Então ela sobe pesadamente a escada. Eu fico ali me sentindo muito mal, aí dou uma olhada para dentro da cozinha e vejo que Papai abriu a porta e está sentado na soleira fumando.

Decido que é melhor morrer de fome e volto para o meu quarto, de onde telefono para a Al. É meio esquisito, porque nem me ligo que estou fazendo isso ou no que vou dizer a ela. Só aperto os botões e telefono. Parece que alguma coisa assumiu o controle de mim, então no final das contas talvez eu esteja em estado de choque ou sei lá o quê.

Al atende na hora. Parece que ela estava chorando. Ela diz numa voz de lamento, Jaz! Estamos nos mudando! Vamos para Leeds! Meu Deus... Leeds! Não posso ir para Leeds...

Eu digo tipo, O quê?

Al diz tipo, Papai foi transferido... *para Leeds*!

E então parece que alguma coisa estala na minha cabeça, assim, do nada. É óbvio o que a gente tem que fazer, é a única opção. Eu digo tipo, Escuta Al. Você quer fugir?

# 18

Então Jon diz tipo, Que merda é essa?

Nós estamos na cozinha. Eu e Al ficamos alinhados ali segurando as nossas mochilas como se estivéssemos numa prisão, enquanto ele marcha pra lá e pra cá como um sargento. É assustador o quanto ele me lembra a Mamãe.

Eu digo tipo, Olha só, fica calmo, tá bom? Nós só precisamos de um lugar para ficar essa noite e logo de manhã estaremos fora do seu caminho.

Jon nem ouve, então é uma perda de tempo me preocupar com isso, na verdade. Ele diz tipo, vocês vão me contar por que a porra da polícia trouxe vocês aqui? O que vocês falaram para *eles*?

Ele continua falando sem parar e faz tantas perguntas que tipo, o que será que ele quer, um tratado? Finalmente se acalma um pouco e começa a respirar como se de repente lembrasse que as pessoas precisam fazer isso de vez em quando. O engraçado é que ele fica bonitinho quando está com raiva, e eu fico meio excitado. Mas tem hora e lugar para isso, e pode ter certeza que agora não é nenhum dos dois. Então Al deixa escapar aquele bocejo enorme, que é tão grande que parece até que a mandíbula dela vai desmontar. Jon de repente nota que ela está ali e diz, E quem é você afinal? É a sua irmã?

Nós dois ficamos tipo, a definição de não. Falamos isso em uníssono, e então começamos a rir como uns maníacos, porque são três da madrugada e depois de toda essa experiência de ser perseguido pela Morte e pela polícia estamos praticamente histéricos. Jon meio que dá um risinho também, então dá para ver que ele não foi totalmente absorvido por essa onda de ser escroto. Ele tem vinte e dois, então ainda faltam mais alguns anos antes que o conceito de diversão se torne algo totalmente alienígena para ele.

Jon diz tipo, tá bom, senta aí.

Então nós sentamos e ele faz um pouco de chá. Só que a gente continua dando uns risos abafados sempre que olhamos um para o outro. Isso é muito ruim, porque dá para ver que Jon está seriamente preocupado. Finalmente ele serve o chá, se senta de frente pra gente e diz, Então vocês estão fugindo de casa, né?

Al diz tipo, É claro que não.

Mas eu digo tipo, É isso aí, porque às vezes não tem nenhum sentido mentir. Jon balança a cabeça de um jeito igual ao Papai, e eu fico meio mal com isso, porque ser lembrado dos seus pais num espaço de poucos minutos por um cara com quem você saiu é estranho pra cacete. E de um modo não muito agradável, aliás.

Ele diz tipo, Eu não acredito que vocês vieram para cá. Entre todos os lugares do mundo.

Eu digo tipo, Ah desculpa, de um jeito todo sarcástico, porque o que ele disse foi bem ofensivo. É óbvio que ele só se importa com ele mesmo, não com a gente, e além disso continua ligado nessa parada de idade.

A gente pode ir embora se você quiser, eu digo. Eu levanto e faço um sinal para Al fazer o mesmo. Seus olhos se esbugalham e ficam como círculos perfeitos, porque a idéia de voltar para a era do gelo lá fora não a atrai muito, mas se levanta também. Seja como for, é claro que a gente só está blefando. Jon imediatamente balança as mãos no ar como um desses maestros de orquestra.

Senta aí, senta aí, ele diz, Vocês não vão a lugar nenhum.

Eu digo tipo, Escuta, amanhã de manhã a gente vai te deixar em paz, tá bom? Só precisamos passar a noite aqui.

Jon diz tipo, Mas e os seus pais?

Isso aqui parece tipo a Chatolândia, porque ele não esquece desse assunto, então eu acabo inventando toda aquela história sobre Mamãe e Papai – como ele me bate por eu ser gay e como ela disse que não quer me ver nunca mais para o resto da sua vida. Quando eu acabo, o Jon parece bem impressionado, e tenho que admitir que faço um ótimo trabalho, porque até a Al está me olhando como se tivesse pensando se o que eu disse foi totalmente inventado.

Jon diz tipo, Eu sinto muito.

Ele se estica pela mesa e pega a minha mão daquele jeito totalmente meloso. Mas mesmo sendo meloso é meio tocante, porque ele pensa que o que eu disse é real.

Eu digo tipo, Tá tudo bem, esquece isso.

Então Jon se lembra da Al outra vez, ele diz tipo, E a sua amiga?

Nós dois olhamos para a Al. Sua cara fica meio hesitante por um minuto e aí ela começa a chorar. Juro, a Al não consegue atuar de jeito nenhum, mas dessa vez eu senti orgulho dela. Ela só diz, Não consigo nem falar sobre isso!, e Jon franze as sobrancelhas, mas faz que sim com a cabeça, como se entendesse. Ele pega uma caixinha de lenços na gaveta e dá para ela. Al assoa o nariz como um trompete e eu pergunto outra vez se podemos passar a noite ali.

Ele diz tipo, É claro, mas o que vocês vão fazer de manhã?

Eu digo tipo, Não se preocupe com isso.

Jon me olha demoradamente, como se tentasse descobrir alguma coisa sobre mim. Talvez seja se eu estou mentindo ou não, sei lá. Nesse ponto eu mal estou vivo, mas tenho que dizer que ele está muito sexy. Seu cabelo está todo despenteado e seu roupão está meio aberto, de modo que dá para ver o peito dele. Ele só tem um pouquinho de cabelo no peito, o que é um ponto muito positivo. Eu não agüento aqueles gorilas – é que nem ficar com um monte de pêlos. Mas também se você não tem nada, fica totalmente liso. Na verdade eu sou liso, mas acho que ainda tem chance de alguma coisa crescer em mim.

Seja como for, eu fico tipo, olhando de volta para ele e começo a ficar todo animado, e tenho certeza de que ele está pensando a mesma coisa que eu, mas então aquela porta abre e aparece um outro cara dizendo, O que está acontecendo? Quem são essas pessoas?

Esse outro cara não está vestindo nada, a não ser uma cue-quinha, e ele pertence a alguma espécie rara de gorila, vou te contar. Ele tem tipo, pêlos crescendo em cada poro. Al fica total-mente enojada, porque vira a cara para longe abruptamente, como naquela cena de *Indiana Jones e os caçadores da arca perdida* quando eles não conseguem olhar para a luz. Apesar do seu corpo, esse cara até que não é tão feio, se bem que faz um tipo maduro. Jon começa a explicar que nós somos amigos dele e que estamos na pior, então precisamos de algum lugar para ficar. Acho bem decente da parte dele não dizer que estamos fugindo, mas talvez esse cara com quem ele mora não seja do tipo que aceitaria isso numa boa. Ele meio que me olha enquanto Jon está explicando. É um pouco grosseiro o modo como faz isso, porque meio que lambe os beiços também, e até a Al, que normalmente não se liga nem um pouco nessas coisas, percebe isso. Ela me dá uma cutucada e me olha como se não conseguisse acreditar no quanto ele estava sendo incisivo.

O cara que divide apartamento com o Jon se chama Buddy. Ele acha tranqüilo a gente passar a noite ali, e até se oferece para ajudar a arrumar a sala. Mas Jon consegue fazer ele voltar para cama. Então tipo, escolta a gente até a sala, onde tem um sofá que magicamente se transforma numa cama de casal. Nós dois caímos em cima dela como cadáveres no segundo em que ele vai embora.

Acordo bem cedo (tipo algumas horas depois), tem um monte de pássaros cantando do lado de fora e eu estou com um pouco de dor de cabeça por causa disso. Mesmo assim, e apesar do fato de que a Al está roncando do meu lado como uma fábrica de meleca, eu me sinto meio excitado. É como se a gente estivesse fugindo da lei ou coisa parecida, e parece que qualquer coisa pode acontecer. Não que qualquer coisa vá acontecer, é claro, porque está tudo planejado. Al se encarregou disso. A gente simplesmente vai procurar trabalho e nos estabelecer devagar, dure o quanto for necessário. Nós dois deixamos bilhetes. É bem patético, mas assim eles vão ficar sabendo que a gente não foi seqüestrado ou morto nem nada, então Mamãe não vai fazer a polícia tipo, vasculhar o país inteiro em busca das partes do meu corpo. Eu na verdade não falei nada no meu bilhete, a não ser que estava indo e obrigado por tudo, apesar de não saber bem o que é esse tudo, a não ser tipo, me parir. Não acho que vou sentir falta de nenhum deles – devo ter ficado mesmo fora de mim aquela vez que tomei a bala. A não ser da Vovó, talvez, se bem que nos últimos dias ela fica vegetando totalmente.

É estranho pensar nisso, porque eles nem acharam o bilhete ainda. Mamãe vai achá-lo amanhã, quando começar a pensar por que não me apresentei para o café-da-manhã junto com Teresa. A Freira vai ficar toda animada, eu aposto. Ela sempre quer ser o centro das atenções na casa, então boa sorte para ela. Talvez consiga até converter todo mundo.

Mas eu continuo pensando naquela discussão que ouvi eles terem aos sussurros, e na maneira como Mamãe me olhou quando me viu depois de sair da cozinha. Tipo, aquele olhar duro. Quer dizer, eles estavam falando umas paradas bem pesadas, mas ela parecia *satisfeita* quando viu que eu estava escutando. Na verdade é até bom que eu tenha ido embora de lá. Estou cansado da maneira como ninguém se dá o trabalho de parar e pensar que talvez eu veja as coisas de um modo diferente, e talvez seja por isso que não me conformo com absolutamente nada do que está à minha volta.

Eu caio no sono outra vez pensando nessas coisas e quando acordo sinto esse maravilhoso cheiro de bacon, e minha língua praticamente fica paralisada porque eu não como há séculos. Al não está mais do meu lado, e ouço o som de gente comendo vindo da cozinha. Meio que pulo de pé e corro para a porta, apesar de estar só de cueca, porque Al não sabe o que fazer sozinha e seria bem típico dela contar para o Jon todas aquelas paradas que ele não precisa saber. Mas Jon não está lá, quem está é o Buddy (e vestido, felizmente), fritando alguma coisa.

Ele diz tipo, Bom-dia!, e me olha de cima a baixo como se eu estivesse à venda ou coisa parecida. Al me lança aquele olhar todo esquisito.

Eu digo tipo, Oi, meio envergonhado.

Buddy diz tipo, o Jon foi dar aula no lago, então eu fiquei de baby-sitter para ele.

Não fica claro se ele está de sacanagem com a gente ou está só fazendo uma piadinha inocente, então eu deixo essa passar. Mas Al parece totalmente desconfiada.

Ela diz tipo, E *você*, não tem que ir para o trabalho?

Buddy diz tipo, Já estou no trabalho.

Al o olha daquele jeito que é como se ele pudesse morrer gritando que ela ficaria só vendo, feliz da vida. Buddy parece achar meio engraçado.

Eu trabalho em casa, ele explica, Sou web designer.

Ele diz o que faz se achando todo importante, como se esperasse que a gente fosse aplaudir ou sei lá, e parece meio irritado quando só fazemos que sim com a cabeça. Vou pegar minha camisa porque fico me sentindo como se estivesse numa exposição, Buddy serve para nós dois um pouco daquela fritura e a gente começa a comer como se não tivéssemos comido nada a vida inteira. Buddy fica achando tudo ainda mais engraçado. Ele olha para a gente — na verdade, para mim. O cara é tipo, totalmente descarado. Uma hora ele fica olhando fixamente meus mamilos.

Eu digo tipo, Será que dava para ser um pouco menos óbvio?

Ele fica todo surpreso, mas não envergonhado. Ele diz tipo, Não posso fazer nada se gosto do que vejo, querido.

Al olha para Buddy como se não entendesse por que Deus não acabou com ele ainda, mas eu meio que gosto dele por dizer isso. Tipo, por que ele não deveria ser honesto? Então eu dou de ombros para a Al e começo a conversar com ele. O cara até que não é tão ruim. Ele pergunta pra gente quanto tempo vamos ficar por aqui e se gostaríamos de dar uma volta pela cidade mais tarde, porque talvez ele pudesse nos mostrar as coisas. Al fica balançando a cabeça sem parar como se tivesse entrado em tilt ou coisa parecida, mas eu digo, É, maneiro, e Buddy diz tipo, Então tá certo.

No segundo em que ficamos sozinhos, Al diz rispidamente para mim, Que porra é essa?

Eu digo tipo, O quê?, todo inocente.

Ela diz tipo, Você não tá vendo que ele só quer te pegar? Vamos sair daqui!

Eu digo tipo, Fica na sua, querida.

Al diz tipo, Fica na sua você! Ele só quer te agarrar! Às vezes você é tão *estúpido*.

Ela está realmente fora de si, e não consegue nem sentar quieta. Fica roendo as unhas, e se você não sabe como são as unhas dela, então fique sabendo que não poderiam ser mais curtas.

Eu digo tipo, Olha só, eu estou aqui por uma razão, e é porque estou de saco cheio de me dizerem o que eu posso e não posso fazer. Então vamos relaxar e tentar nos divertir um pouco de vez em quando.

Realmente não vejo o que ela pode dizer contra isso, mas Al faz aquele estilo político e sempre tem alguma coisa na manga. Ela diz tipo, Só espero que você não acabe velho e sozinho.

Eu digo tipo, O quê?

Mas ela não diz mais nada e eu não me animo a continuar a discussão. Na verdade eu fico tipo, Por que ela está aqui se não queria vir? Quer dizer, estou feliz que ela *esteja* aqui e tal, mas ao mesmo tempo fico pensando tipo, Quem quer ser puxado para trás toda hora?

Então Buddy leva a gente para dar um passeio na sua Mercedes (juro que estou planejando ser um web designer). É muito maneiro, porque a gente fica ouvindo o rádio e vendo um monte de coisas. O melhor é não ter que ir a lugar nenhum nem fazer nada, só deslizar por aí. Ele também não pergunta muitas coisas, só conta o que sabe. E ele sabe as coisas mais malucas. Tipo que 90% dos homens gozam meio que em gotas enquanto só 10% lançam um jato de uma vez só (eu fico tipo, Baseado na sua experiência ou o quê?). Ele se mostra um cara bem esperto, e quando a gente chega ao píer até a Al parece ter se divertido um pouco.

O píer é uma coisa à parte. É tipo, totalmente surreal — não sei se você conhece, mas tem aquela velha montanha-russa que ameaça desmoronar e que vai bem alto. É uma coisa bem bizarra de se fazer num píer, em cima do mar. Eu me lembro que uma vez vim aqui de férias com Mamãe, Papai e A Freira, quando ela ainda não era A Freira, mas sim uma pessoa normal. A gente devia ter tipo seis ou sete anos e Papai tentou nos convencer a andar na montanha-russa, mas a gente viu as caras das pessoas que saíam, tipo eu-quero-vomitar, e nós dois nos recusamos. Papai ficou dizendo tipo, Vamos lá!, mas a gente se negou totalmente, então ele não foi também, e nós acabamos brincando naquelas máquinas estúpidas que analisam a sua letra, e depois nos sentando ao lado das outras famílias que pensavam que teriam um dia maravilhoso só por estar perto do mar. Que merda.

Aí eu decido que tipo, tenho que andar naquela montanha-russa. Acho que devo isso a alguém, porque não fui daquela vez.

Não me pergunte a quem, a não ser ao Papai. Al não está muito a fim, mas aceita quando se liga que a outra alternativa é ficar ali olhando com o Buddy, que ela ainda considera firmemente um pervertido total e que tipo, declara que preferiria pular logo do píer a andar naquele negócio com a gente.

Então entramos no carrinho, puxamos a barra para baixo e partimos. O carrinho começa a subir e Puta Que Pariu, Que Medo. O trilho não parece muito estável, porque o carrinho treme pra lá e pra cá e parece que a qualquer segundo nós vamos nos soltar e cair pelo céu. Brighton, o píer e a praia com as famílias se estendem lá embaixo como nesses mapas cheios de desenhos que os turistas ficam sempre olhando na Leicester Square. Chegamos ao alto do primeiro mergulho e ficamos ali balançando por um segundo, como se estivéssemos sentados na quina do mundo. De repente aaah, a gente cai com uma velocidade de quebrar o pescoço. Parece que nunca vamos parar. Você devia ouvir a Al, porque eu juro que ela quebrou a barreira do som. Só tem mais duas pessoas ali, e eles estão gritando pra caramba. E eu provavelmente também. É impossível não gritar, porque o carrinho dá um solavanco tão forte quando faz uma curva que chega a *doer*.

Quando aquela coisa finalmente pára, Al olha para mim como se eu tivesse tendo convulsões e diz, Você está bem?

Eu virei tipo, uma verdadeira fonte. Sei lá por quê. Parece uma doença ou coisa do gênero, porque como já disse sou do tipo de gente que não chora — mas aposto que você não acredita em mim, afinal até agora já chorei pra caramba. Bem, ETC. Eu digo tipo, Sim, meio bolado, porque não tenho a menor idéia do motivo pelo qual estou chorando. Acho que é só todo esse sentimento de estar fora de controle. É meio libertador, mas também é meio triste — e não, também não sei por que acho isso. E se você acha bobo eu não saber, é porque *é* mesmo bobo, e pelo menos não fique pensando que nem *isso* eu sei.

Al diz tipo, Meu Deus, Jaz. A gente não devia estar aqui. A gente devia voltar.

Eu fico tipo, dois segundos me recuperando. Limpo minha cara com a manga da camisa.

Vamos voltar para casa, ela diz.

Você está sozinha nessa, Amiga, eu falo para ela.

A cara dela se transforma tipo numa grande careta, como se estivesse Muito Bolada. É o tipo de careta que você tem medo de ver as pessoas fazendo, porque dá para ver que isso significa que elas estão desenvolvendo tipo uma alergia ao humor. Às vezes eu simplesmente não tenho a menor idéia do que se passa na cabeça da Al.

Buddy parece achar tudo bem engraçado quando a gente volta. Ele fica amarradão no meu cabelo, que diz estar num estilo "Bart Simpson". Eu digo tipo, Valeu. Estou cansado, e também meio puto com a Al, e não fico a fim de ir até o centro com ele dar uma olhada nas lojas. Buddy se liga logo e parece perceber que todo aquele espírito de aventura morreu de repente, então diz que é hora de voltar porque tem que trabalhar um pouco. Ele dá uma beliscada na minha bunda quando estou subindo no carro e faz uma cara toda inocente quando olho para ele. Al está bem atrás da gente e fica horrorizada, mas eu fico tranqüilo com aquilo porque tipo, você pode se expressar de vez em quando, não é? Eu vejo que as pessoas não fazem o que querem com a freqüência que deviam. Elas simplesmente fazem alguma outra coisa, que querem mais ou menos fazer, o que não é a mesma coisa de jeito nenhum, e isso acaba não sendo o suficiente, aí elas ficam deprimidas e irritadas com todo mundo que está em volta.

Seja como for, quando nós voltamos o Jon está ali na cozinha esperando a gente. Dá para ver que está meio puto por Buddy ter nos levado para dar uma volta. Acho que talvez esteja até com ciúme, mas ele não diz nada. É só tipo a sua vibração. Na verdade, parece que ele não gosta muito do Buddy, porque eles não dizem Oi um para o outro nem nada. Ele só diz pra gente, Precisamos conversar. Então Buddy vai trabalhar no seu estúdio e a gente acaba sentando ali na mesa com o Jon. É meio embaraçoso.

Eu digo tipo, E aí, como foi a aula de mergulho?

Estou só brincando, mas Jon fica todo fechado. Ele diz, É windsurf, como se eu fosse um idiota que não consegue se lembrar de nada. Então ele diz, Escuta, gente, vocês precisam considerar isso. Eu andei pensando sobre tudo e a melhor solução que encontrei para vocês é ir até a polícia. Eles vão encaminhar vocês tipo para o serviço social ou coisa assim.

Ele olha para nós como se tivesse descoberto a solução para todos os nossos problemas. Eu e a Al olhamos para ele como se fosse um retardado total.

Quer dizer, pelo amor de Deus, a gente não está mais no século dezesseis!, ele diz, Quando esse tipo de coisa acontece tem associações e conselhos e todas essas paradas que são feitas para ajudar as pessoas! Para ajudar caras como você!

Felizmente ele não parece saber nada sobre isso, o que é bom, porque se ele fosse um pouco como a Mamãe teria vindo com uma lista enorme de coisas que a gente provavelmente poderia fazer, e seria bem difícil me livrar dele só na conversa.

Eu digo tipo, Olha, a gente já fez tudo isso. Às vezes merdas acontecem e não tem nada que você possa fazer. Acredite, a gente *tentou*. Se a gente pudesse ficar aqui por uns dias...

Meio que faço minha voz soar toda suplicante e desesperada. Pareço totalmente atormentado, e Jon continua com aquela cara de quem está pronto para viajar para a Cidade da Culpa. Mas aí a Al estraga tudo dizendo, Sei lá, Jaz. Talvez tenha algo que a gente possa fazer. Talvez a gente devesse simplesmente voltar para casa e tentar outra vez.

Jon diz tipo, Posso levar vocês de carro até lá se quiserem.

Fico meio odiando ele por dizer isso. Jon fala tão rápido que é totalmente óbvio que está desesperado para se livrar da gente. Ele não estava com ciúme por Buddy ter nos levado para dar uma volta hoje, estava preocupado porque ficou pensando que a gente estava ficando por aqui. Penso nele pegando a minha mão na noite anterior e como eu me senti mal por mentir para ele. Algumas pessoas merecem mesmo ser enganadas.

Eu digo tipo, Eu não posso voltar. Simplesmente não posso. Talvez a Al consiga consertar as coisas com os *pais alcoólatras* dela, mas não dá para eu me resolver com os meus. Mas tudo bem, Jon, Eu posso achar outro lugar para cair. Eu entendo que isso é difícil para você e não quero complicar sua vida nem nada.

Al se retrai toda quando digo isso sobre os pais dela. Eu acho bem engraçado, porque é mais fácil imaginar o senhor e a senhora Rutland decidindo virar gays do que imaginá-los como alcoólatras. Mas o senso de humor da Al acabou totalmente mesmo. Vem uma pausa que dura uma eternidade, com folhas voando ao vento, e aí Jon deixa escapar um longo suspiro, que soa um pouco como gases acumulados um dia inteiro, só que saindo pelo buraco errado. Quer dizer, pelo jeito como esse cara suspira você podia até pensar que eu estou pedindo para ele doar um pulmão ou coisa do gênero.

Jon diz tipo, Mas com certeza pelo menos você vai ligar para eles.

Eu digo tipo, Você não está escutando o que eu estou falando. Eles estão cagando para mim. Pensam que eu sou o Anticristo. É um favor para eles eu estar aqui e não lá.

Jon olha para a Al.

É verdade?, ele pergunta.

Fico esperando que a Al foda com tudo, mas ela de repente sente essa vontade incontrolável de ir ao banheiro. Ela meio que dá uma porrada no meu ombro quando passa, como se talvez quisesse me bater de propósito ou coisa parecida. Sozinho com o Jon eu tento cair no choro para ver se encerro o assunto, mas não consigo. Eu odeio essa coisa com as lágrimas – você nunca consegue fazer elas saírem quando quer. Eu, pelo menos, não consigo, mas A Freira parece controlar bem.

Jon diz tipo, Bem, acho que dá para você ficar aqui por enquanto, mas isso não pode durar muito. A gente tem que pensar em alguma coisa. Você tem que ir na polícia e pelo menos falar com eles. Não pode simplesmente fugir. Quer dizer, você já pensou no seu futuro? Meu Deus... Jon de repente fica todo pálido como se um pensamento tivesse passado pela sua cabeça. Você ainda deve estar na escola!

Isso aqui tá parecendo tipo, a central dos problemas. Mas ele fica sexy outra vez, e eu começo a imaginar coisas, mesmo sem querer. Quer dizer, não dá para não pensar nessas paradas, então eu digo, Eu pensei que você gostasse de mim.

Jon diz tipo, Eu gosto. Quer dizer, gostava – mas agora é diferente.

Parece que ele está dando um passo atrás ou coisa do gênero. Como se não quisesse nada comigo nesse sentido, o que me deixa meio puto, afinal eu sei que ele gosta de mim, por causa de tudo que aconteceu antes.

Eu digo tipo, Por quê? Não é ilegal nem nada.

Jon diz tipo, Eu sei. Mas simplesmente é diferente. Eu não fico com meninos, Jaz. Não consigo. Meu pai deixou minha mãe para ficar com um cara com a metade da idade dele, demorei a minha vida inteira para perdoar o que fez. E é claro que não deu certo, porque aquele cara só queria...

Ele pára, provavelmente por se dar conta de que estava indo direto para o desfecho mais babaca da história. Jon se levanta, vai até o armário e abre a porta como se de repente lembrasse que tem algo lá dentro que quer encontrar. Mas tudo o que ele faz é ficar batendo os copos uns nos outros como se eles precisassem ser rearrumados. Então diz:

Eu quero te ajudar. Quero mesmo. Vou deixar você ficar aqui, se o Bud concordar. Por alguns dias. Mas você tem que pensar em alguma coisa. Se não vai para casa, então tem que falar com a polícia ou com alguém. Quer dizer, você não tem nenhum parente?

Nesse momento, começa a tocar tipo um alarme no relógio dele. Ainda bem, porque se perguntasse mais alguma coisa eu ia dizer onde ele podia enfiar todo aquele papo e ia cair fora dali para procurar um albergue. Eu juro que tem gente que simplesmente não sabe a hora de parar. Jon fecha o armário e diz, Olha, eu tenho que me preparar para sair.

Eu digo tipo, Ah. Aonde você vai?

Não é que eu esteja querendo ser convidado nem nada, mas Brighton supostamente é o lugar mais maneiro para sair de noite, e eu já ouvi que eles são bem tranqüilos com essa parada de idade nas boates. Como nós estamos hospedados na casa dele, achei que talvez pudesse dar umas dicas pra gente ou sei lá.

Mas Jon de repente fica tipo, mais vermelho que a cor vermelha.

Na verdade... Eu tenho um encontro, ele diz, olhando para os próprios pés, como se esperasse que eles falassem mais alguma coisa. Eu digo tipo, Ah, valeu.

Ele vai e eu fico ali sentado me sentindo um merda, porque continuo meio que a fim dele e tal, apesar de não ser mais aquela coisa das borboletas voando como foi da primeira vez que o vi. Levanto e vou até a sala, onde a Al está sentada no sofá-cama parecendo infectada com uma infelicidade crônica ou coisa do gênero. Ela não diz nada para mim e eu não digo nada para ela. Ficamos os dois sentados ali, e aí eu deito. Não queria dormir, mas no segundo em que fecho os olhos é isso que acontece.

## 19

A PRÓXIMA COISA QUE EU SEI É QUE AL ESTÁ ME BALANÇANDO para me acordar, e parece que ela foi transformada numa pessoa totalmente diferente. Está toda animada e risonha. Eu juro que é como se ela tivesse ido para um universo paralelo através de uma dobra no espaço e sido trocada por uma versão alternativa dela mesma.

Ela diz tipo, Vamos lá, você tem que levantar, a gente já tá indo!

Eu digo tipo, Ahn. Indo pra onde?

Para o Bar None – o Buddy vai levar a gente, ela diz,Vamos lá!

Tem um cheiro estranho no ar. Percebo que a Al está com o seu famoso vestido florido, e está segurando uma bebida numa mão e um baseado na outra, totalmente pronta para partir. Ouço o som de algumas coisas tinindo na cozinha e do Buddy cantando alguma música estúpida naquele falsete esquisito tipo o Justin do The Darkness.

Eu tô cansado, digo.

Ah, não tá não!, grita Al daquele jeito totalmente exagerado, como se a gente estivesse num jogo de mímica ou coisa assim.

Você vai sair da cama, né?, ela diz.

Eu digo tipo, Pensei que você detestasse ele.

Al dá de ombros. Ela diz tipo, ele não é tão mau assim, naquela voz que faz com que pareça que *eu* tinha alguma coisa contra o cara. Vamos lá!, ela diz num grito agudo.

De repente percebo uma coisa nela que me diz tudo que preciso saber sobre sua repentina mudança de identidade.

Eu digo tipo, O que é isso no seu nariz?

Os dedos da Al pulam para as suas narinas, ela dá uma risadinha e corre para o enorme espelho decorado que o Jon e o Buddy têm na sala de estar. Examina a si mesma e faz alguns sons, meio que roncando.

Pergunta para o Buddy!, ela diz, como se fosse a coisa mais maneira do mundo. Com certeza ele vai te dar um pouco também!

Eu meio que rolo da cama e começo a vasculhar a minha mochila atrás de umas roupas melhores. Al vem, deixa a bebida perto de mim e me passa o baseado. Então volta para a cozinha e um segundo depois ouço a sua risada inconfundível, que ela provavelmente poderia vender para algum estúdio de cinema como efeito sonoro de uma daquelas buzinas de navio. A idéia de Al usando algum tipo de coca que não seja Coca-Cola é meio sinistra. Quer dizer, estamos falando de uma pessoa que normalmente enche a cara de cidra e groselha. Mas honestamente eu não tô nem aí. Na verdade, se isso significa que ela vai parar de agir como se tivessem mijado no seu túmulo, espero que passe o resto da vida em algum tipo de estupor.

Continuo meio puto porque o Jon foi ter um encontro. Quer dizer, eu sei que não tenho o direito de ficar assim nem nada, não sou um idiota total. Mas mesmo assim eu estou aqui, pronto para o que der e vier, então tipo, qual é a parada? Não que eu me importe com essas coisas de sentimentos, não me entenda mal. Só fiquei com o pau duro pra cacete por causa dele, só isso.

Seja como for, vamos em bando para esse bar. Ele não é tudo isso. Quer dizer, até que é legal, eu acho, muito melhor que a Starlight. Tem *podiums* e dançarinos de verdade, e os barmen são de matar. Que nem metade das pessoas por aqui, na verdade. Realmente parece uma orgia total, e isso está longe de ser só legal. Mas por alguma razão eu não estou no clima. Continuo meio com sono e o baseado não ajudou muito.

Al ama o lugar. Ela praticamente tem tipo orgasmos múltiplos. Fica falando, Não acredito que aqui é tão foda!, como se fosse a Disneylândia ou coisa do gênero. Não é uma atitude nada maneira, mas ela continua sem parar. Nunca tinha notado, mas o negócio é que a Al fica meio fofinha quando está toda animada, de um jeito que não é nada grosseiro. Quer dizer, ela não consegue competir com ninguém por aqui nem nada, mas tem essa qualidade a seu favor que é bem amável.

Buddy se arruma muito bem também. Ainda tem todo aquele pêlo, mas a maioria está escondida embaixo da sua camisa, e ele fica meio diabólico com o cabelo todo alisado para trás. Parece que conhece todo mundo na boate, porque as pessoas todas ficam que nem um enxame de abelhas em volta dele quando a gente entra, como se ele fosse um ímã humano ou coisa do gênero. Al fica tipo do lado dele como uma guarda-costas, e logo está falando com todo mundo na boate também, enquanto eu meio que acabo ficando de lado. Não sei o que está acontecendo, só sinto esse bolo na garganta. Meio que sinto um pouco de falta da velha Starlight, apesar dela estar tipo, bem no final da escala dos lugares maneiros.

Buddy fica pagando bebidas pra gente. Melhor assim, porque nós dois juntos temos dinheiro tipo para uma dose só ou coisa assim. Eu bebo um monte desses Long Island Iced Teas, que nunca tinha bebido antes, e acho bem gostosos. Fico bêbado rapidinho também, porque quando vou me encostar no balcão acabo escorregando e bato o meu cotovelo. Mas não importa, porque ninguém está prestando muita atenção em mim de qualquer maneira. Todo mundo está tipo, subindo nos ombros uns dos outros para tentar falar com o Buddy.

Depois de um tempinho começo a achar que vou desmaiar. Está quente pra caramba na boate e botaram aquela música latina, aí todo mundo começa a girar pra lá e pra cá como se suas missões na vida fossem virar círculos ou coisa do gênero. Só de olhar eu fico tonto e acabo tipo, me agarrando ao meu banco em busca de um apoio.

Então o Buddy aparece do nada. É bem estranho, porque eu podia jurar que ele estava do outro lado do salão. Ele simplesmente chega perto de mim e pergunta se estou bem, e de repente me ligo no que está pensando. Mas de repente ele parece meio sexy também. Ele me olha como se estivesse tão preocupado comigo a ponto de não se importar com mais nada, e eu digo que estou bem, só preciso de um pouco de água. Vou levar você até o banheiro, ele diz.

Eu digo tipo, Claro, porque está evidente que vamos ficar. A parada é que eu estou tão destruído que mal consigo ver direito. Olho para trás procurando a Al, mas tem uma gangue de mulheres com roupas pontudas falando com ela por todos os lados.

No banheiro, bebo um tanto de água no bebedor e me sinto um pouquinho melhor. O lugar parece ser decorado com ouro de verdade. É o oposto dos banheiros sujos e velhos da Starlight, onde parece que alguém cagou e sujou a parede com a sua obra.

Buddy diz tipo, Então, quer uma carreirinha?, e eu digo tipo, Claro, apesar de mal conseguir ficar de pé.

Vamos até o último cubículo e ele tira um saco enorme de pó e esvazia um pouquinho na tampa da privada. Então ele prepara duas carreiras.

Ele diz tipo, Essa é da boa. Quer mandar?

170

Eu digo tipo, Sim. Claro.

Ele tira aquela nota enrolada e tem que praticamente segurar e enfiar no meu nariz para mim. Mas eu acabo conseguindo cheirar aquela carreira que ele apresentou, e aí a gente começa a se beijar e as mãos dele ficam tipo, me tocando em todos os lugares. Eu me ligo de repente que não tenho certeza se quero estar aqui, porque de perto ele não é tão gato na verdade, e o bafo dele também não está muito bom, o que é uma merda quando você está tentando beijar alguém. Mas é tarde demais para dizer Não, além disso a coca me deu uma onda, e eu meio que me sinto reagindo um pouco.

Buddy se inclina e sussurra no meu ouvido, Vamos voltar para casa.

Eu digo tipo, Tá bom, mas só porque parece que não tenho mais livre-arbítrio. Provavelmente diria a mesma coisa se ele perguntasse se eu queria dar um mergulho no mictório.

Fico me sentindo mal por deixar a Al ali. Apesar de estar 100% destruído, eu penso nela. Mas ela está evidentemente se divertindo pra caramba e é tipo uma novidade para todo mundo por aqui, então não parece tão terrível. Tento dizer alguma coisa para o Buddy mesmo assim, tipo que a gente devia avisá-la ou coisa do gênero, mas ele diz tipo, Ela é uma garota esperta, vai pegar um táxi para casa. Eu digo tipo, É, esquecendo totalmente que ela não tem dinheiro nem nada.

Então a gente pula dentro de um táxi (tem um exército de táxis lá fora), e logo chegamos de volta ao apartamento. Jon não parece estar por ali, o que provavelmente é um bom sinal, porque eu ocupo o espaço todo e ele provavelmente ia ficar muito bolado se me visse de bobeira com o Buddy. Continuo sem ter certeza se quero fazer isso, e meio que faço um esforço simbólico para me agarrar à mesa da cozinha enquanto a gente passa. Mas Buddy pega a minha mão e me carrega inteiro escada acima para o seu quarto. O que definitivamente é notável. Eu acho que Buddy meio que quer que eu admire ele por isso, mas estou sem condições de ficar puxando o seu saco, então em vez disso começo a beijá-lo, e ele me beija de volta como se quisesse me devorar ou coisa assim.

A parada toda parece um festival de David Lynch. Não é tão diferente daquela vez que bati a cabeça, na verdade. É como se o tempo não estivesse funcionando exatamente como deveria, porque quando vejo já estou na cama e o Buddy tira as suas roupas, e eu tento alcançar as minhas roupas para tirá-las também, mas ops, já estou sem elas. Então Buddy vem por cima de mim. Ele meio que pinica, sério mesmo. Sinto os pêlos dele tipo, em todos os lugares. Não é nem um pouco excitante, mas não dá para pedir para a pessoa parar quando já está nesse ponto, então deito e lido com a situação, tentando agarrar ele um pouco também, para que não fique pensando que eu sou um vegetal ensacado.

Então ele faz comigo aquela coisa que os gays são tipo, famosos por fazer. Eu não estava esperando nem nada, não me lembro dele me virando e nem sei se colocou uma camisinha ou não. Mas me lembro da dor, porque parece tipo uma bombinha explodindo bem ali. Sério mesmo. Nada pode te preparar.

Buddy fica gemendo tipo, Isso, isso, isssssssooo!, como um caubói ou um cadete do espaço. Ao mesmo tempo, parece que estou sendo empalado ou coisa do gênero. Eu agarro os lençóis com os dedos e afundo minhas unhas neles, porque não tem muito mais o que fazer. De repente entendo totalmente por que as mulheres querem a mão de alguém para apertar quando estão parindo. Sinto o gosto das minhas próprias lágrimas, que estão escorrendo dos meus olhos numa torrente.

Tá gostando?, o Buddy grita para mim em um determinado ponto. Eu digo tipo, Tá falando sério?, mas ele não ouve, ou então eu não falo alto. E ele simplesmente não pára. É como ser comido por uma máquina. Uma máquina bem peluda.

A coisa mais estranha é que, à medida que ele continua, eu paro de me importar com a dor. Quer dizer, na verdade acho meio bom que doa. É difícil de explicar, mas é meio como se eu quisesse que ele me machucasse. Como se quisesse que ele me punisse, porque eu me sinto uma má pessoa. Me sinto um filho-da-puta, para dizer a verdade. Não sei por quê, só me sinto assim. Todos esses sentimentos horríveis crescem dentro de mim, e do nada fico realmente assustado, como se fosse um menininho perdido numa cidade enorme e sombria, ou qualquer coisa tosca dessas. Parece que Buddy está fodendo esses sentimentos para fora de mim, e apesar de ser doloroso, é um doloroso bom, porque ele está substituindo esses sentimentos ruins com uma dor que você sente *de verdade*.

Fecho meus olhos e vem essa imagem do Fabian comigo. É uma memória. Nós estamos juntos na sala de aula esperando a professora chegar, tipo na primeira série. Ele está tentando fazer com que eu fure meu dedo com um compasso e troque sangue com ele como se faz nos filmes para jurar lealdade um ao outro ou coisa do gênero. Eu estou dizendo, De jeito nenhum, seu maluco!, e Fabian está me chamando de babaca e furando o próprio dedo. Então ele chupa o dedo e abre um sorriso para mim. Vejo todo aquele sangue nos seus dentes da frente, e seus lábios estão manchados de tinta, porque ele mastigou a sua caneta. Ele sempre mastigava a caneta como se fosse uma barra de chiclete ou coisa do gênero. Mas é nesse ponto que a memória deixa de ser memória e vira tipo, uma visão bizarra, porque de repente eu olho para a cabeceira da cama do Buddy e vejo a cara do Fabian, meio que sobreposta no alto dela. Com certeza é o combo de coca, maconha e álcool, mas parece tão real que eu fico tipo, a definição de Não Acredito.

Eu digo para o Fabian tipo, O que você tá fazendo aqui?

Entre uma arfada dolorosa e outra, Buddy grita para mim, Estou te dando a melhor foda da sua vidinha curta, meu querido!

Eu fico tipo, seja o que for, porque tudo que vejo é a cara do Fabian na minha frente. Ele ainda tem tinta escorrendo pelos lábios e fica sorrindo daquele jeito maluco que é todo seu. Está me estendendo seu dedo, mas não é só o dedo que está cortado. Em vez disso a mão dele inteira está coberta de sangue, que pinga de um rasgo no seu pulso – é uma visão totalmente desagradável. Ele não diz nada, mas é como se ainda estivesse tentando me fazer misturar o meu sangue com o dele para passarmos a ser um só ou coisa do gênero.

Eu digo tipo, Você só pode estar brincando.

Buddy diz tipo, Ah, não, querido, estou falando sério!

Então o Fabian começa a sumir. Conforme ele vai desaparecendo, sua cara pára de rir e parece totalmente infeliz, como se estivesse triste por estar indo. Também fico meio triste, porque me lembro que ele está morto e que atacou o Bundão com o canivete por minha causa. Então só vejo a cabeceira da cama.

Aí me ligo que não tenho a menor noção do que estou fazendo ali. Ouço o som de alguém gritando agudo e meio que percebo onde estou. Talvez seja a onda da coca acabando ou sei lá. Mas de repente fico ultraconsciente do que está acontecendo – do fato de que estou sendo comido por esse cara num quarto em Brighton. Do fato de que eu fugi de todos esses problemas em casa. E de que deixei Al sozinha numa boate.

Começo a lutar para me livrar do Buddy, viro minha cabeça e é aí que vejo o Jon. Primeiro eu penso que ele é só mais uma visão, mas se você já teve uma visão sabe que não dá para confundir uma coisa real quando está bem na sua frente. Ele fica ali parado na porta com a boca aberta que nem um idiota, como se estivesse esperando as moscas entrarem. Olha bem nos meus olhos e eu olho nos dele, aí a sua cara inteira se contorce de desgosto, então ele se vira e vai embora a passos largos. Eu tento chamá-lo, mas quando abro a minha boca a única coisa que sai é um grito de agonia total que estava há muito tempo acumulado. Então Buddy deixa escapar o seu Ahhh, que é igualzinho ao som que o médico pede para você fazer quando está examinando suas amídalas.

Sinto mais dor quando ele tira o pau lá de dentro, e aí ele meio que cai em cima de mim exausto e fica ali deitado. É mais ou menos como vestir um casaco de pêlos superpesado.

Ele diz tipo, Foi bom pra você?

Eu digo tipo, Sai de cima de mim, porra!

Mas ele não se move, só bufa e tenta me envolver com os seus braços. Ele meio que fica surpreso quando eu dou tipo um golpe e pulo para fora da cama. Buddy solta um grito, porque acerta uma mesa e derruba um grande vaso de vidro que cai no chão e se despedaça em zilhões de cacos. Na mesma hora eu fico de pé e corro pra lá e pra cá que nem um maníaco por velocidade, tentando achar todas as minhas roupas e colocá-las ao mesmo tempo.

Buddy diz tipo, Essa porra desse vaso custa trezentas libras!

Eu fico tipo, ETC.

Aí atravesso o quarto e o hall correndo. Paro e respiro fundo. Bato na porta do Jon. Ninguém responde, então simplesmente abro e entro. Ele está sentado ali na cama, passando tipo um creme na cara. Jon continua com aquilo, e eu fico ali de pé que nem um idiota até que finalmente ele diz daquele jeito totalmente puto, E aí. *Que tal* o Buddy?

Eu digo tipo, Olha só, isso foi só uma coisa que aconteceu, tá bom?

Jon pára o que estava fazendo e olha como se eu fosse um monte de merda ou coisa do gênero. Então solta o maior de todos os suspiros. Ele diz tipo, Por que você não sai logo daqui? Você não tem que me explicar nada, é a sua vida. E eu estou cansado.

Ele volta a passar o seu creme. Eu fico ali que nem um imbecil, meio que pensando em alguma coisa para responder, mas aí o Buddy aparece na porta atrás de mim.

Ele está tipo, totalmente nervoso. Vestiu um quimono preto de seda com um desenho de um dragão, e seus pêlos ficam meio que escapando por todos os buracos. Ele diz tipo, Que merda é essa? Não acredito que você quebrou meu vaso da dinastia! Sabe quanto aquela merda custa?

Eu digo tipo, Pode me mandar a conta depois.

Buddy diz tipo, Ah, vai se foder!

E Jon diz tipo, Será que não dava para vocês dois *saírem*?

Vem uma pausa e Buddy balança as mãos no ar totalmente que nem uma diva, então dá um giro e volta para o seu quarto com passos pesados. Ouço o som da sua porta batendo. Sinto meus joelhos fracos e quando vejo caio no chão. O mundo parece ficar todo confuso e escuro por alguns segundos. Então a tonteira passa e vejo que o Jon está ali agachado ao meu lado.

Ele diz tipo, Qual é o problema?

Olha só, eu me ouço dizendo, a gente tem que achar a Al. Eu deixei ela sozinha naquela boate e ela não tem a menor idéia de como voltar. E a Al nunca usou drogas antes.

Jon diz tipo, você fez *o quê*?

Ele não consegue acreditar que eu abandonei a minha amiga no meio de alguma cidade que nem conheço, especialmente com os casos de alcoolismo que ela tem na família. Ele diz tipo, Liga pra ela!

Isso nem tinha me ocorrido, então eu pego o celular dele e tento discar o número dela. Vem uma pausa, e depois ouvimos o som de um celular chamando lá embaixo, Eu digo tipo, Ah, que merda.

Jon começa a se vestir furiosamente, e é aí que eu deixo algumas coisas claras. Como o fato de que os pais de Al não são alcoólatras, por exemplo, e o fato de que desde que a gente chegou aqui eu praticamente não fiz mais nada além de mentir para ele. Eu me sinto meio mal enquanto conto isso, porque ele não reage nem nada, só continua se vestindo, se vira e desce as escadas. Eu vou até lá embaixo atrás dele, ainda tentando explicar, e o sigo para fora da casa, pela esquina e até onde seu carro está estacionado. Quanto mais eu falo, mais desesperado e tosco eu pareço. Jon destranca as portas.

Entra, ele diz numa voz de morte.

Eu digo tipo, Me escuta só um seg...

Entra, ele me corta.

Eu entro e a gente vai em silêncio. Então o Jon se vira para mim e pergunta para qual boate a gente tem que ir, e eu digo a ele. Me sinto um babaca total, e minha bunda dói como se tivesse uma lâmina enfiada nela. Paramos num sinal, e enquanto ficamos ali sentados o silêncio se torna tipo, esmagador. Além disso, eu não consigo parar de me contorcer no banco. Jon olha para frente e diz, Você é foda, sabia? Quer dizer, que tipo de amigo *você é?*

Eu não digo nada. É verdade.

Sabe de uma coisa? Eu estava no meu encontro hoje à noite, e estava tudo indo bem. Mas decidi voltar, porque achei que...

Ele pára, como se de repente tivesse pensado melhor no que ia dizer.

Eu digo tipo, Achou o quê?

Ele diz tipo, Deixa pra lá.

Aí o sinal abre e a gente começa a andar outra vez. Para cobrir o silêncio ele liga o rádio, e a gente fica o resto do caminho escutando a voz sentimental de um DJ dizendo aos ouvintes como desfoder as suas vidas. Parece que demora séculos para chegarmos na boate. Jon fica do lado de fora e diz que vai esperar por mim. Eu saio e vou até a porta. Mas eles não me deixam entrar outra vez. Os seguranças, uns caras que parecem moldados com uma saudável dieta de esteróides a vida inteira, me olham de cima a baixo como se eu fosse um cocô com braços e pernas. Na verdade eles acham até engraçado que eu queira entrar.

Eu digo tipo, Minha amiga está lá dentro! Ela está sozinha.

Eles não ficam muito convencidos com esse argumento. Tento explicar, mas eles não engolem nada.

Vai pra escola, amigo, diz um deles, e aí ri como se fosse tão esperto que uma veia sua pudesse até estourar. Fico com vontade de bater nele, mas não faço nada, porque esse cara provavelmente conseguiria dar conta do Super-Homem com o dedo mindinho. Volto para o carro e conto para o Jon o que está acontecendo. Ele parece ficar meio bolado, mas desliga o carro, sai e vai até a porta. Os seguranças imediatamente se movem para os lados para deixá-lo passar, como se fosse Moisés ou sei lá, e ele desaparece para dentro.

Depois de uns dez minutos eu começo a imaginar o que está acontecendo e fico pensando se ele não resolveu parar para tomar umazinha e dançar um pouco lá dentro. Bem quando estou a ponto de tentar outra vez sair correndo pelos seguranças ou coisa do gênero ele aparece. Jon entra no carro e diz, ela não está mais lá dentro.

Fico me sentindo mal da cabeça aos pés, como se fosse vomitar seriamente. Fico pronto para me converter ou fazer qualquer coisa, contanto que traga a Al de volta.

Ele diz tipo, Um barman se lembra de uma menina completamente doida perguntando como chegar no píer, então vamos dar uma olhada por lá. Se não a acharmos, vamos ter que ir para a polícia.

Partimos outra vez. Estou chorando um pouquinho agora. Na verdade, as lágrimas começam a sair dos meus olhos como se eu tivesse estourado um cano. Jon olha para mim e solta mais um suspiro clássico. Ele estica o braço e me dá uns tapinhas no joelho (de um jeito totalmente não-sexual).

Ele diz tipo, Ela vai ficar bem. A gente vai achá-la.

Chegamos ao píer e saímos do carro. Tem alguns casais andando por ali com garrafas e bebendo, apesar de estar frio pra caramba e já ser o final da noite. Jon sugere que a gente vá cada um para um lado da rua e fique procurando por ela. Faço que sim com a cabeça e começo a andar. O vento volta com força, e depois de uns poucos metros sinto como se a qualquer segundo eu fosse ser erguido e lançado no céu. Passo por um casal, e uma mulher maluca vestindo um top vermelho acena para mim e grita, Ei, garoto, que tal um *ménage*? Nem respondo. Olho para trás e o carro parece estar a quilômetros de distância, não há sinal do Jon. Continuo mais um pouco, mas meu coração está afundando como se tivesse um peso de chumbo amarrado nele, e fico imaginando como vou explicar para os pais da Al que a filha única deles desapareceu para sempre. É como se não tivesse qualquer esperança. Fico tentado a simplesmente deitar com a minha cabeça no asfalto esperando que algum bendito caminhão venha e acabe logo com a minha miséria.

Mas então, como se fosse um milagre (pelo menos é isso que parece por alguns segundos – ainda tenho *alguma* perspectiva), eu olho para a praia lá embaixo e ela está ali. Al fica parada bem embaixo de mim toda encolhida, olhando para o mar como se pensasse na melhor maneira de se afogar.

Fico tão animado ao vê-la que nem penso no que estou fazendo, só coloco a perna para fora do muro e me deixo cair. Então, no meio do caminho, me ligo no quão alto estava. Eu caio de qualquer jeito na vida da Al outra vez gritando Merda! o mais alto que consigo.

Ela se vira e me olha com a boca aberta. Parece seriamente que eu acabei de cair do céu.

Ela diz tipo, O que você está fazendo aqui?

Eu meio que me sento e tento colocar meus membros no lugar outra vez. Nem acredito que não quebrei nada. Mas na verdade nem me importo com isso, porque estou totalmente feliz de ver a Al outra vez. Eu digo tipo, Te procurando, é claro!

Al fecha a boca e se vira outra vez para o mar. Eu meio que cambaleio quando fico de pé. Parece que torci os dois tornozelos, mas trinco os dentes e vou mancando até ela.

Eu digo tipo, Al, desculpa. Foi mal mesmo.

Al diz tipo, Isso não é justo, Jaz, naquela voz distante.

Eu digo tipo, O que não é justo?

Ela diz tipo, Por que todo mundo gosta de você e não gosta de mim?

Eu digo tipo, Ahn? O que é isso, um momento asiático?

Não falo isso no mau sentido, mas aparentemente é a pior coisa que eu poderia dizer, porque ela se vira para mim com aquela cara de raiva intensificada.

Todo mundo te ama, né?!, ela grita, Todo mundo faz tudo para ser seu amigo, ficar com você ou sei lá mais o quê! Ninguém faz essas coisas por mim e isso não é justo! Às vezes eu te odeio tanto! Você tem tanta sorte e nem se liga! Você não se importa com ninguém a não ser consigo mesmo e tudo fica perfeitamente bem com você!

Eu meio que penso nisso.

Não é verdade, digo, Eu me importo *sim*.

Al diz tipo, Ah, tá bom. Eu vi você saindo da boate com *ele*. Você sabe do que eu estou falando.

179

Quando vejo meio que tropeço para frente e tento abraçá-la. É uma coisa um pouco confusa, porque Al está totalmente entre a raiva e a carência, e praticamente tem um troço tentando simultaneamente me abraçar e me atacar. Depois de um tempinho ela acaba se acalmando e a gente fica ali.

Eu digo tipo, Escuta, Al, eu quero te contar uma coisa.

Ela me olha. Eu mal consigo respirar, de repente fico tão sem ar que nem dá para acreditar. Começo a tossir de um jeito que parece que estou sendo asfixiado ou coisa assim. Al me dá uns tapinhas nas costas, mas é completamente inútil. No final a gente acaba sentando ali nas pedras molhadas, naquele frio congelante, para esperar meus pulmões se recuperarem.

Entre uma inspiração e outra, eu digo tipo, O Fabian se matou.

Al diz tipo, O quê?

Eu digo tipo, É isso mesmo. Eu fui lá ver a mãe dele e ela me contou. Ele se matou na semana passada, na banheira.

Conto para ela tudo sobre a vez que fui falar com a senhora Wrens, e também o que aconteceu na festa da Mary. E enquanto conto isso sinto um grande alívio, como se dentro de mim eu secretamente me sentisse responsável por aquilo o tempo todo. Eu sei que é meio estúpido, porque eu disse antes que não era responsável nem nada. Mas acho que mesmo assim o sentimento estava lá dentro, escondido em algum lugar. Na verdade você não sabe o que acontece na própria mente, com todos esses níveis de consciência e tal, então é bom falar sobre isso − falar para a Al, quer dizer. Eu meio que me culpo por não ter contado antes, já que ela escuta mesmo, me dá um abraço e diz, Isso é horrível, porque vocês andavam juntos e tal, e eu até fico meio feliz por alguns segundos. É isso que a Al tem de mais legal. Ela sempre sabe a coisa certa para dizer quando você conta uma coisa desse tipo. É por isso que eu ando com ela, e não com aqueles outros idiotas que infestam a St Matthew.

A gente fica ali um tempo nos abraçando e ouvindo nossos dentes baterem. Apesar de estar brutalmente frio e meu cu continuar doendo como se tivesse sido usado como cinzeiro, ficamos bem. Mas bem de um jeito estranho, porque também me sinto triste. Em parte por causa do Fabian, mas também porque de repente eu sei que vamos voltar para casa. Tipo, é totalmente óbvio que é isso que vai acabar acontecendo.

Aí eu solto um risinho e Al começa a rir também. Eu conto para ela a experiência com o Buddy, e parece um festival de risos, ela balança a cabeça daquele jeito exagerado que os políticos fazem e diz que foi tudo culpa minha por tê-la deixado para trás como um monte de lixo. Eu concordo e a gente começa a rir outra vez. Não consigo parar, pareço uma máquina de tremer ou coisa assim. Al diz que simplesmente fica desesperada comigo. Eu digo tipo, Nem precisa falar, amiga.

Então de repente me lembro do Jon e dou um pulo.

Eu digo tipo, Merda!

Al diz tipo, O que foi?

Eu digo tipo, O Jon! Viemos te procurar! Temos que achar ele.

A gente escala o muro de volta e olha para os dois lados da rua. Não há sinal do Jon, e nem do casal que queria um *ménage*. Começamos a andar até onde o carro estava parado. Felizmente ele continua lá, mas as portas estão trancadas, então não dá pra gente entrar. E estamos começando a congelar seriamente.

Al diz tipo, Cadê ele?

Nesse ponto você pode achar que não cabe mais drama nessa noite, mas se estiver pensando isso, está errado, porque é aí que o carro da polícia pára do nosso lado. Acredite se quiser, é o Vesgo e a Escrota, que dessa vez está sentada no banco do motorista e olha pra gente de cima a baixo com uma cara que poderia até derreter alguma coisa de plástico. Ela baixa o vidro e diz, Então, que história vocês vão contar essa noite?

Eu digo tipo, Só estamos esperando para ir para casa.

O Vesgo está tipo, séculos atrás da sua parceira, e continua tentando focar para ver quem a gente é. Quando ele se liga que somos os mesmos da noite anterior, sua cara inteira se ilumina. Ele diz tipo, Olha só, é o Richard e a Judy!

A sobrancelha da Escrota se contrai até o nariz. Ela puxa o freio de mão e sai do carro. Eu luto contra a vontade de sair correndo. Ela vem até mim e olha bem na minha cara como um radar. Então ela diz tipo, quantos anos têm vocês dois? Vocês beberam?

Eu digo tipo, Não.

Al diz tipo, Não!

O Vesgo sai do carro também e vem olhar a gente. Estamos ambos em péssimo estado. Minhas calças estão rasgadas e tem um pouco de sangue de um corte que respingou na minha camisa toda. A cara da Al está inteira suja da escalada do muro, e nós dois estamos tremendo de cima a baixo como aquelas secadoras turbo.

A Escrota olha para o Vesgo e eles compartilham algum tipo especial de pensamento típico dos policiais. Ela olha outra vez para mim.

Acho que vocês vão precisar vir com a gente, ela diz, naquela voz que é tipo, a definição de uma ordem.

Eu digo tipo, Não, sério mesmo, só estamos esperando o nosso amigo voltar para podermos ir para casa. De verdade, é isso que estamos fazendo aqui!

A Escrota me dá aquele sorriso destruidor. O Vesgo suspira profundamente, coloca a mão no ombro da Al e começa a levá-la para o carro. A Escrota faz o mesmo comigo. Ela me aperta de um jeito totalmente desagradável, e meu ombro imediatamente fica todo duro. Então de repente sinto essa sensação que não dá para controlar no meu estômago e garganta, e antes que ela consiga reagir estou vomitando em cima das suas botas. Ela não fica muito feliz com isso.

Ops!, diz o Vesgo, que é uma dessas pessoas que sempre tentam fazer o melhor possível em situações ruins.

Eu meio que me ajoelho e boto para fora mais vômito. A Escrota não tenta encostar em mim outra vez, em vez disso fica toda irritada e balançando os pés para limpar o vômito. Eu olho para o chão e tento controlar minhas tripas para parar. Enquanto isso, fico ouvindo aquela gritaria e me ligo que o Jon chegou e está discutindo com os policiais. Então olho para cima e vejo que a Escrota está olhando para mim com aquela cara totalmente satisfeita, como se tivesse acabado de provar que estava certa.

Deixa eu adivinhar, ela diz, Esse deve ser o seu tio.

## 20

Basicamente o que acontece é que eu e Al somos levados para a delegacia e ficamos ouvindo uma série de advertências do oficial por tipo, duas horas inteiras. É claro que toda aquela história de ter fugido de casa vem à tona – e também que já estamos voltando na manhã seguinte – mas ninguém parece se importar muito com isso. Estão todos muito ocupados competindo um com o outro pelo direito de nos dar um sermão. A Escrota fica patrulhando todo o tempo pra lá e pra cá, como se estivesse guardando a gente ou coisa assim. Então, quando aquilo finalmente acaba, chegam a dizer pra gente como somos sortudos por nos liberarem assim tão rápido. Tipo, pode crer, *somos muito sortudos.*

Então descobrimos que Jon também estava preparando um sermão durante esse tempo todo que esperava a gente do lado de fora, no seu carro. Ele fala enquanto nos leva de volta para o apartamento, bem devagar. São aquelas paradas sobre como você não pode fazer o que quiser só porque se sente forte e blablablá. Mas não é tão ruim quanto o sermão do oficial de polícia, e quando chegamos no apartamento ele está bem emocionado e diz para nós dois que fica feliz por nada ter acontecido com a gente e que vai tirar o dia livre para nos levar de carro para casa amanhã. Al diz tipo, Isso é tão legal da sua parte!, e ele meio que dá uma fungada e diz pra gente entrar enquanto ele estaciona o carro. Eu me viro para a Al e faço uma cara supostamente como quem diz para ela sair fora. Ela me olha meio confusa por um segundo, provavelmente atordoada com todos aqueles sermões, mas aí se liga e vai. Jon e eu ficamos sentados ali olhando pelo vidro sem dizer nada por um bom tempo. Tipo, nossa, que rua interessante.

Chega uma hora em que eu venço o abismo. Digo tipo, Olha, cara. Valeu.

Jon diz tipo, Imagina – tranqüilo!, daquele jeito irônico, como se tudo fosse tão maluco que a própria idéia de agradecer a ele ficasse totalmente sem sentido. Nesse momento eu saco que ele realmente parece mais velho que eu, pelo jeito como fica ali sentado no volante e faz uma cara de reprovação que parece a tataravó de todas as caras de reprovação.

Eu digo tipo, Pena que você acabou o seu encontro mais cedo.

Ele dá uma risada fraca e se vira para mim com aquela expressão supersábia, no estilo Gandalf, que nem os heróis sempre fazem no final daqueles seriados de TV, quando supostamente chegam a uma conclusão realmente importante sobre a vida.

Eu não acho uma pena. Eu estou feliz por isso, ele diz numa voz profunda, misteriosa. É totalmente tosco, e fico com vontade de perguntar para ele, Você tem noção do que está falando?, mas acho melhor sair fora enquanto estou numa boa. Se ele acha que aprendeu alguma coisa com isso tudo, melhor para ele. Tomara que pelo menos seja algo útil, tipo como ficar sem respirar ou coisa assim. Seja como for, Jon continua querendo "estacionar" o carro, então eu deixo ele ter o seu momento particular ou coisa do gênero e entro em casa para em seguida cair do lado da Al no sofá-cama.

No final das contas a gente pega o trem de volta. O Jon meio que fala sobre querer nos levar de carro, mas no segundo em que eu finjo considerar essa possibilidade ele muda de idéia. Felizmente o Buddy não está por ali quando a gente vai embora, o que é um grande alívio, porque na manhã seguinte eu acho doloroso só pensar Naquilo, sem falar na dor da Própria Coisa. Eu ligo para casa da estação e quem atende é o Papai (ainda bem), que diz que vai pegar a gente na Victoria Station. Ele é bem curto no telefone, e desliga em seguida. O que deve ser um sinal do que vem pela frente, na verdade. Depois disso a gente tem que se despedir e é uma parada totalmente embaraçosa. Acredite se quiser, mas eu e Al acabamos apertando a mão do Jon.

O trem se atrasa bastante, então só chegamos na Victoria Station de noite. Além disso o vagão está cheio pra caramba, então a gente fica ali apertado nos nossos lugares, de frente para uns idiotas completos que têm mais ou menos a nossa idade e ficam metade do tempo tirando onda um com o outro sobre quem consegue gozar mais longe. Tipo, que coisa mais desnecessária.

Quando chegamos, atravessamos os portões e encontramos o Papai e os pais da Al esperando a gente do outro lado e parecendo completamente infelizes por ficarem tanto tempo na companhia uns dos outros. Assim que vê a Al a senhora Rutland solta aquele grito tribal que faz metade da estação se virar para ver o que é, e sai correndo para apertar a filha contra os peitos. O senhor Rutland se junta, e eles praticamente apertam ela até a morte, enquanto eu e Papai fazemos tipo uns gestos meio desanimados um para o outro.

Depois de finalmente se cansarem, os Rutland se viram e olham pra gente. O senhor Rutland dá uns passos para frente e fala para mim, Você tem que se explicar, moleque!, daquele jeito que deixa bem claro que ele me considera totalmente responsável pelo que aconteceu. A senhora Rutland me diz umas coisas horríveis, tipo de outro mundo, e acrescenta, Você devia sentir vergonha de si mesmo! Quando eu penso no que poderia ter acontecido...

Então, para minha surpresa, Papai diz tipo, Ei, vocês não podem colocar toda a culpa no Jaz. Quando um não quer, dois não dançam.

Depois que a gente finalmente consegue passar por cima do constrangimento por causa da metáfora dele, o senhor e a senhora Rutland o encaram como se não acreditassem no que tinha acabado de dizer. Eu também não acredito. Tipo, de onde veio essa determinação? Aí o senhor Rutland meio que solta uma rosnada. Dá mais um passo para frente e coloca o dedo no peito do Papai. Ele diz tipo, Você está querendo dizer que a nossa filha faria uma coisa dessas por vontade própria? Foi o seu garoto que fez tudo isso acontecer! Ele!

Papai diz tipo, eu considero a Alice igualmente responsável.

O senhor Rutland explode. Ele diz tipo, Você está dizendo que nós somos maus pais?! Vocês são os maus pais! Vocês é que têm um filho gay, não a gente!

Ele empurra o Papai, que nesse momento também perde um pouco a paciência e dá um empurrão de volta. Aí o senhor Rutland empurra ele outra vez e Papai tropeça e quase cai. Ele se recompõe e encara o senhor Rutland. As pessoas param para assistir por todos os lados e parece que a qualquer momento vão começar a gritar Porrada, porrada, porrada. A senhora Rutland coloca a mão na boca, tipo numa expressão ridícula de horror. É bem óbvio que essas pessoas não estão acostumadas com esse nível de emoção e não sabem lidar com ele de modo maduro.

Bem no momento em que parece que Papai e o senhor Rutland vão cair um em cima do outro como gladiadores, Al salva o dia. Ela grita. Foi idéia minha fugir!

Eu olho para ela daquele jeito tipo O Quê?, e ela me olha de volta como quem diz, Tá tudo bem. Mando tipo um agradecimento mental para ela, apesar de meio que sentir que na verdade devia admitir que foi idéia minha, porque agora ela provavelmente vai ser castigada. Mas aí os Rutland se jogam em cima da sua filha numa orgia de perdão, e começam a falar o quanto ela é corajosa e tal. Tipo, tem gente que merece mesmo ser passada para trás.

No carro, voltando para casa, eu digo para o Papai tipo, Você foi bem legal lá, porque parece que ele meio que merece algum reconhecimento ou encorajamento e tal. Mas ele fica superconcentrado na rua, como se eu não tivesse dito nada. Então ele diz de repente, você vai ter que se explicar seriamente quando a gente chegar em casa, como se eu talvez tivesse pensado que simplesmente ia entrar lá e perguntar o que tem para o jantar. Mas estou tranqüilo com isso. Digo tipo, Eu sei.

Você poderia pensar que pelo fato da gente poder ter morrido e tal a Mamãe estaria esperando com os braços abertos, pronta para me abraçar por horas e dizer que não se importa com nada que fizemos, contanto que eu esteja bem. Bem, não é isso que acontece. Tipo, na verdade acontece o contrário. Ela parece tipo uma daquelas plantas carnívoras – não diz nada enquanto eu entro na cozinha, onde ela está apoiada na bancada. Sua cara é totalmente ilegível. Eu vou dar um abraço nela, e então, no segundo em que eu fico numa distância em que ela pode me pegar, explode como uma bomba de hidrogênio. QUE MERDA VOCÊ PENSA QUE ESTAVA FAZENDO COMO SE JÁ NÃO TIVESSE APRONTADO O SUFICIENTE VOCÊ ESTÁ TENTANDO ME MATAR SÓ PODE SER ISSO VOCÊ QUER ME VER MORTA EU QUERIA QUE VOCÊ NUNCA TIVESSE VOLTADO E QUE TIVESSE MORAL PRA FICAR LONGE E ESPERO QUE TENHA DESCOBERTO COMO É A VIDA DE VERDADE QUANDO NÃO TEM NINGUÉM PAGANDO AS SUAS COISAS SEU EGOISTAZINHO... (é totalmente deprimente de ouvir). Uma hora eu consigo me livrar das suas garras e ela me persegue pela cozinha um pouco, mas eu sou rápido demais para ela e imediatamente coloco a mesa e o Papai entre a gente. Enquanto isso, Papai só fica ali parado no meio da cozinha como uma ilha de inaptidão. Tipo, eu não ia ter que me explicar? Mas, como sempre, eu falando é a última coisa em que eles estão interessados.

Depois de pelo menos uma hora (eu juro) daquele som de explodir os ouvidos, as baterias da Mamãe finalmente começam a acabar. Parece tipo que sua força se esgota no meio de uma frase. Ela meio que cai na mesa e se senta naquela posição derrotada, como se a sua energia tivesse sido sugada para fora dela. Papai a olha e eu fico esperando que diga alguma coisa para confortá-la, mas ele não faz nada, só revira os olhos pelo lugar, como um desses lagartos que conseguem olhar para direções diferentes.

Eu fico pensando que talvez seja hora de pedir umas boas desculpas. Quer dizer, sério mesmo. Continuo pensando neles discutindo na cozinha e na cara que a Mamãe fez depois quando me viu, e também na imagem do Papai fumando sozinho na porta dos fundos. Não é que eu ache que todas as coisas que eu fiz não fossem justificadas – quer dizer, a vida não tem sido muito fácil para mim ultimamente, e depois daquela última parada com o Fabian eu só senti que tinha que partir. Mas não quero que Papai e Mamãe fiquem infelizes, e se tudo que eu tenho que fazer é simplesmente pedir desculpas e tratá-los daquele jeito eu-te-amo, que nem quando tomei aquela bala, então que seja. Eles podem ter o que querem.

Então eu digo, Desculpa, de um jeito todo sincero, que nem um cachorrinho, e seguro a onda de toda aquela vulgaridade. Eu digo tipo, Eu amo vocês. Foi por isso que voltei.

Vem um longo silêncio. Você deve estar pensando que até agora já houve um monte de silêncios sinistros. E ainda vão vir mais alguns, mas esse é o silêncio dos silêncios. Eu de repente sinto como se o mundo tivesse caído morto ou coisa do gênero. Parece até a Era da Vergonha. Sinto minhas bochechas ficando quentes e vermelhas e começo a imaginar por que Mamãe e Papai não estão respondendo tipo, Eu te amo também ou coisa assim.

Finalmente vem esse longo som meio chiado, que é a Mamãe soltando um suspiro que define todos os suspiros. Aí ela se levanta e, apesar de estar tentando esconder, eu vejo lágrimas nos seus olhos. Mas não são tipo lágrimas de quem está emocionada com toda aquela cena de cachorrinho e tal. Parece mais que está chorando porque não acredita em mim.

Então ela vai andando devagar para fora da cozinha. Eu fico ali com o Papai. Normalmente ele iria atrás dela para confortá-la ou coisa do gênero, mas só fica ali parado de pé que nem um idiota, com uma cara de quem está procurando uma nova definição para Desconfortável. Penso que talvez devesse contar a ele sobre o Fabian, mas de alguma forma me parece errado usar isso como desculpa, então não digo nada, só deixo minha cabeça cair, como se estivesse envergonhado. Deve ser porque estou mesmo.

Então ele diz, Está feliz agora?, e isso é tipo o mais amargo que Papai consegue ser. Ela passa por mim e ouço o barulho dele indo para a sala. Um minuto depois, o som de uma partida de futebol vem da TV.

Eu fico ali sozinho me sentindo totalmente mal. Aí vejo que a minha mochila está no chão do meu lado, ainda pronta, e de repente sinto uma necessidade de sair fora dali. Poderia tentar uma cidade totalmente nova, sem ser Londres ou Brighton, e ver o que acontece, penso. Poderia ir para Manchester, ou para a Escócia. Mas não. Digo para mim mesmo que aprendi minha suposta lição. Então em vez disso eu pego a mochila e vou para o meu quarto.

Nas escadas eu passo pela Freira, que está sentada no último degrau, com a cara toda vermelha. Se não soubesse que ela é incapaz de ter sentimentos humanos, diria até que estava chorando.

Eu digo tipo, Oi outra vez.

Ela só olha para mim. Apesar de ter certeza de que provavelmente está se preparando para entrar naquela onda Regan comigo, eu sinto tipo um fiozinho de simpatia por ela, afinal derrubei a sua árvore no chute. Para ser honesto, acho que até gostaria que ela entrasse um pouquinho naquela onda Regan, porque pelo menos ia ser uma parada normal, e até agora tudo tem sido totalmente estranho desde que voltei.

Eu digo tipo, Olha, foi mal, tá?

Ela me olha por um segundo e parece que o Demônio está debatendo para ver se assume ou não o controle. Mas então, acredite se quiser, parece que Teresa acaba ganhando. Em vez de começar a espumar, ela só solta aquele longo suspiro, que é tipo uma versão idêntica ao que a Mamãe soltou lá embaixo. Então simplesmente se vira, vai até o seu quarto e bate a porta. Nem sequer uma rápida lição sobre o poder da oração. E eu me ligo que alguma coisa deve estar seriamente errada, porque na verdade estou *sentindo falta* daquela onda Regan.

Lá em cima encontro o Bilbo dormindo do lado de fora da minha porta. Ele se estica todo quando eu toco nele e ronrona um pouco. É bom perceber que alguém está feliz por me ver, mas também é meio depressivo, já que Bilbo é só um gato.

No dia seguinte ninguém me acorda para ir para a escola, acho que é porque eu supostamente estou me recuperando e tal, mas é estranho também, porque tanto Mamãe quanto Papai foram para o trabalho e A Freira está na escola religiosa dela, então só eu e a Vovó ficamos em casa. Parece tipo que ninguém sentiu a minha falta.

Queria ver a Vovó, mas ela ainda está dormindo quando eu acordo, então eu volto para o meu quarto, dou uma malhada e tento fazer uma simbólica hora de revisão da matéria, mas não consigo me concentrar e acabo mandando para a Al uma mensagem dizendo CMO TA TD C/ SEUS PAIS? Quase na mesma hora recebo outra de volta que diz ELS FICAM EM CIMA DE MIM COMO SE EU QASE TIVSS MORRIDO DA PRA SNTIR O AMR DELES A 10 KM D DISTANCIA POSSO FAZER QQ COIS Q ELS NEM LIGAM. Aí a gente fica batendo papo por mensagens assim e ela diz que seus pais continuam decididos a levá-la para Leeds com eles, e Al meio que se conformou com isso. Parece que eles prometeram a ela o maior quarto da casa que vão comprar e também uma bicicleta, e depois meio que fizeram com que assinasse um contrato ou coisa do gênero dizendo que ia tentar. Al continua meio deprimida com essa parada mesmo assim, então só pra distraí-la um pouco a gente fica bolando alguns esquemas – ela podia, por exemplo, dizer a eles que é lésbica só para assustá-los (apesar de não ser. Ainda).

Eu faço uma visita a Vovó um pouco depois. Ela está sentada na cama fazendo tricô, mas quando me vê dá um sorriso enorme e coloca as agulhas de lado na hora.

Eu digo tipo, Oi Vovó, vim mais cedo hoje, já que Mamãe me contou que tinha dito para ela que eu estava na casa de um amigo porque não queria que ficasse preocupada nem nada.

Ah... então você acabou decidindo voltar, né?, Vovó diz.

Ela fala isso naquele tom totalmente sagaz. Descubro que sabia de tudo, porque achou meu bilhete antes da Mamãe, só que botou de volta no lugar e fingiu não ter visto. Eu fico tipo, realmente impressionado, mas Vovó fica daquele jeito tipo, cada um na sua, como se sempre tivesse sido a mulher mais maneira do mundo ou coisa do gênero, e ela não acredita que eu tenha demorado tanto tempo para perceber isso. Então estica o braço embaixo da coberta e, como se fosse uma mágica, faz aparecer um envelope e me mostra. Dentro tem uma carta e um folheto. O folheto tem um monte de fotos de uma mansão vitoriana branca com um jardim gigante cheio de velhinhos por todos os lados sorrindo aqueles sorrisos enormes para a câmera, como se tivessem acabado de trepar ou coisa do gênero. A carta começa assim: "Cara candidata, seja muito bem-vinda à Whitehart Homes, em Kent..."

Eu digo tipo, O que é isso?

Vovó diz tipo, É a minha nova casa. Estou me mudando.

Parece que ela estava esperando há quase um ano na fila por uma vaga nesse lugar, que é tipo um asilo de luxo. Não disse nada porque não esperava ser aceita por pelo menos mais um ano, mas alguém saiu (ou mais provavelmente morreu), e agora tem lugar para ela. Vovó abre um sorriso radiante para mim. É muito doido, porque parece até que ela passou para a universidade ou coisa do gênero, só que é um asilo.

Eu digo tipo, Ah. Parabéns.

Vovó faz que sim com a cabeça, guarda a carta no envelope cuidadosamente, como se fosse um documento da maior importância, e coloca de novo embaixo da coberta.

Eu digo tipo, Você quer mesmo ir, então? A Mamãe anda enchendo tanto o seu saco assim?

Ela olha para mim. É bem triste, na verdade, porque apesar de ter ficado bolado quando ela chegou, por eu ter sido obrigado a abrir mão do meu quarto, meio que gosto de verdade de tê-la por perto. Não que ela tenha sido muito mais do que um

191

espectro ultimamente, mas mesmo assim. É bom saber que ela está por aqui.

Vovó diz tipo, infelizmente sua mãe e eu não somos muito boas uma pra outra. Mas não é só por causa disso. Quero ficar com outras pessoas da minha idade. Não conheço ninguém por aqui. Não tem nada para eu fazer, a não ser dormir.

Ela abre um sorriso meio triste, e pega o tricô outra vez.

Logo vou estar com o seu avô novamente. Mas até lá, só quero um pouco de conforto. Acho que na minha idade eu mereço, não acha?

Eu meio que faço que sim com a cabeça, apesar de ser uma maneira bem deprimente de ver as coisas. Quer dizer, será que é só isso que os velhos têm para fazer? Tipo, esperar por aí até poderem reencontrar suas outras metades? E se você não tiver uma outra metade para ficar esperando? Seria melhor se você se doasse para uma clínica ou coisa assim.

Vovó fica tricotando um pouco e aí diz, Sabe, *você* não é tão diferente da sua mãe como gosta de pensar.

Eu digo tipo, Bem, acho que nós dois somos seres humanos, já que essa é a única semelhança que consigo ver.

Vovó diz tipo, Quando ela tinha a sua idade, também fugiu.

Eu digo tipo, O quê?

Ela dá uma risadinha por um segundo e diz, Bem, eu fico surpresa de isso não ter vindo à tona.

E aí ela me conta aquela história da Mamãe ter sido uma garota toda problemática, que se recusava a fazer o que mandavam e ficava sempre querendo as coisas, perdendo a linha e saindo com garotos, e como os coitados do Vovô e da Vovó não sabiam o que fazer com ela. Chegou uma hora em que ela fugiu, mas eles botaram a polícia atrás dela, coisa que na época dava para fazer com uns detetives e tal, e aí a trouxeram de volta e meio que a internaram num hospital, acredite se quiser. Tipo, um hospício. É uma parada bem impressionante, e Vovó fica ali sentada na cama tricotando e me contando isso como se estivesse falando de umas férias agradáveis ou coisa assim. Mas faz sentido de certa forma, porque meio que explica como a Mamãe ficou louca. Depois que ela acaba, eu digo tipo, Você tá falando sério?, porque é bem possível que a Vovó tenha começado a viajar e esteja tirando tudo isso tipo da Malucolândia.

Vovó diz tipo, Sabe que às vezes não tenho a menor idéia do que você quer dizer? Bem, mas o que eu quero mesmo saber é o que você andou *fazendo* nos últimos três dias.

Por um minuto eu até penso em contar para ela, já que praticamente todo o resto do mundo sabe e a Vovó de repente me pareceu muito mais esperta do que eu achava antes. Mas aí decido não fazer isso. Não quero ser responsável por outro AVC. No final, só digo que Mamãe e Papai não parecem muito felizes por me ver de novo, e que eu meio que desapontei eles para o resto da vida ou coisa assim. Ela me diz para deixar o tempo passar, o que é bem engraçado, porque eu também já disse isso para ela uma vez.

Passo o resto do dia bolado por causa das revelações. Não é à toa que Mamãe não se dá bem com a Vovó, apesar de ter sido há muito tempo e tal. Mas essa parada meio que fodeu tudo. Isso não me faz ficar todo complacente com a Mamãe nem nada, só fico confuso, porque você podia pensar que com tudo isso que aconteceu no passado ela seria um pouco mais compreensiva comigo nos últimos meses, em vez de ficar cuspindo ácido toda vez que eu respiro. Isso faz você ficar imaginando umas coisas. Quer dizer, quando pensa no que ela é agora. Antes ela ficava o tempo todo dormindo por aí e fugindo, então tipo, O que aconteceu? Eu meio que tenho vontade de perguntar a ela sobre isso, mas acabo não perguntando. Quando ela chega em casa, não diz nada para mim, só fala o que tem para o jantar e sobe para dar uma deitada. Parece que ela não se importa mais. Até agora eu sempre fiquei tipo, Por mim tudo bem, mas esse negócio de tratamento silencioso meio que dói um pouco. Fico querendo mostrar para ela e para o Papai que não sou esse filhote de Satã que eles acham que sou. Mas simplesmente não sei como.

## 21

NA MANHÃ SEGUINTE A ESCOLA É TOTALMENTE UM SACO, MAS felizmente ninguém parece saber sobre toda aquela história de ter fugido, ou pelo menos ninguém menciona isso. Logo de cara eu me ligo que o Bundão voltou e fica lá naquele lugar de sempre com o Tico e o Teco. Só que ele parece mais quieto que o normal, como se talvez até estivesse arrependido de tudo que aconteceu, eu acho. Ele não tenta me falar nada. E, além disso, ele *ficou* com uma cicatriz no lugar onde o Fabian o cortou, e eu espero que ela continue ali para o resto da sua vida. Ele meio que me lança um olhar estranho uma hora, quando a gente está saindo da aula, e o Teco sussurra alguma coisa no seu ouvido. Mas acho que ele não pode fazer nada, mesmo que queira, porque está sendo vigiado de perto depois de toda aquela parada de ter me intimidado.

Não falam nada sobre o Fabian. Vejo a Mary no recreio e pergunto sobre isso. Ela me conta que falaram sobre isso na assembléia da segunda-feira, e o Bolinha fez um grande discurso, o que não é nenhuma surpresa, porque ele nunca perde a oportunidade de dizer o quanto é solidário com a gente pela tragédia de sermos tipo, adolescentes. Parece que ele ficou falando sobre como o sistema falhou com mais um pobre estudante e como todos devemos reconhecer a nossa responsabilidade por isso e tal. Então ele pediu para os amigos do Fabian irem lá na frente para dizer algumas coisas boas sobre ele, mas como o Fabian não tinha nenhum amigo ficou aquela pausa longa e embaraçosa, o que eu reconheço que deve ter sido bem engraçado. Mas ninguém fica comentando sobre isso nem nada, então meio que parece aquelas situações em que tem alguma coisa faltando, só que você é o único que nota. E mesmo eu não noto tanto assim, porque a gente não fazia aula junto nem nada. Mas eu noto um pouco. Só por causa das coisas que sei.

O Fellows não vem. Aparentemente está doente, então em vez dele ficamos com o babaca do Dr. Dickhead, que manda a gente ler o livro-texto e fazer anotações a aula toda. Eu fico até meio feliz, apesar disso ser chato, porque para ser honesto estou cheio de medo de ver o Fellows outra vez. Eu me sinto bem arrependido do que disse para ele da última vez, porque ele só estava tentando ajudar e tal, se bem que ele só fez aquilo para arrumar alguma coisa para fazer. Na verdade, para ser *completamente* honesto, eu estou meio preocupado com ele.

Bom, seja como for, o que vai acontecer agora é basicamente uma parada totalmente maluca, e eu estava pensando em pular essa parte e te poupar, mas como já estamos aqui, você pode muito bem lidar com isso. Eu vou ter que lidar.

Então depois da aula eu vou indo para casa. Até aí nada de mais. Só que a Al não está comigo, porque ela prometeu aos pais que ia ficar tipo uma hora a mais na biblioteca todo dia. Ela me convidou para acompanhá-la, mas é claro que eu disse tipo, Não. Então basicamente estou sozinho – e eu não acho que isso tenha passado despercebido por alguém.

Viro a esquina na alameda que leva até a rua onde fica o meu ponto, e parece uma cena de um daqueles filmes de bangue-bangue. Estou falando do Bundão, é claro, com Tico e Teco, um de cada lado, parados ali com os braços cruzados, como uma versão mutante de *As panteras*. Basta olhar para a cara deles para ver que não estão de brincadeira. Eu rapidamente debato comigo mesmo sobre a possibilidade de virar e sair dali – eu poderia simplesmente correr de volta pela rua e tipo, me jogar na frente da porta da escola, gritando por refúgio ou coisa assim. Mas, apesar de ser provável que conseguisse, decido não fugir – não me pergunte por quê. Acho que simplesmente não estou com saco de fazer isso. É tipo um daqueles momentos encare-os-seus-demônios. Um momento totalmente encare-os-seus-horríveis-demônios-de-bafo-nojento.

Então eu digo tipo, Que merda vocês querem?

O Bundão meio que rosna, Você vai ter que se explicar.

Do lado dele o Teco abre um sorriso sarcástico e diz, A gente só quer ter uma conversinha com você, só isso, e o Tico diz tipo, A gente não está na escola. Não tem ninguém aqui para te proteger agora!

Então eles todos dão um passo para frente ao mesmo tempo, como se tivessem ensaiado ou coisa assim. As bochechas do Bundão ficam num estranho tom vermelho escuro, como se ele estivesse prendendo a respiração. Ele parece pronto para ir para a guerra. É bem assustador, na verdade.

Eu digo tipo, Escuta, vocês não deviam estar em alguma prisão?

O Teco diz tipo, Você acha que pode fazer o Joe ser suspenso e sair assim numa boa? Acha, seu viadinho? Mas ele não ficou muito feliz, sabia? Não ficou feliz mesmo.

O Tico diz tipo, Na verdade, ele ficou muito puto com essa parada.

Eu digo tipo, Vocês sabem que as pessoas chamam vocês de Tico e Teco, né?

Eles ignoram isso. Teco diz tipo, Não tem nenhum idiota aqui para te salvar outra vez, *Jarold*. Você achou mesmo que ia se livrar dessa sem tomar umas porradas?

Eles todos dão mais um passo. Eu juro que parece que estão tipo numa aula de dança. Agora é tarde demais para se virar e correr.

Eu digo tipo, Vocês vão se foder muito se não pararem com essa merda!

O Teco diz tipo, Ah, eu não acho. Você não vai contar para *ninguém* sobre esse nosso encontro. Não depois que a gente acabar com você.

Então ele diz para o Bundão, Mostra para ele a sua cicatriz.

O Bundão obedientemente vira a cabeça e aponta. Na verdade a cicatriz em si não é tão ruim assim, apesar de definitivamente estar lá. É só uma pequena linha de mais ou menos uns três centímetros ao longo da sua mandíbula. Tipo, se eu fosse ele ficaria muito mais preocupado com o resto da minha cara.

É culpa *sua*, diz Teco, numa voz que lembra a serpente do *Mogli – O menino lobo*. Então ele diz para o Bundão tipo, Você vai deixar esse viadinho sair numa boa dessa?

O Bundão vira a cabeça outra vez e olha para mim. Sua testa parece ficar do tamanho de um arranha-céu.

É claro que não, diz o Teco, Ele não vai deixar um viadinho qualquer levar a melhor (aí se vira para o Bundão). Ele te esculachou.

Eu digo tipo, Ah, vai comprar uma alma! (Foi bem idiota, eu sei, mas é difícil dizer alguma coisa consistente com tantas oportunidades.)

Você vai ter que se explicar, diz o Bundão outra vez naquela voz superdura. Eles dão mais um passo sincronizado.

Para ser honesto, se eu achasse que realmente existisse uma chance de resolver as coisas, eu com certeza tentaria me explicar. O problema quando você está lidando com alguém com a mentalidade do Bundão é que fica difícil explicar qualquer coisa, sem falar que precisaria dos instrumentos certos, tipo pecinhas de Lego, bonequinhos e tal. Mas é óbvio que ele não vai me dar tempo para tentar me livrar dessa situação só na conversa. Ele dá mais um passo para frente sozinho, e fica tipo, a poucos centímetros de distância. Tico e Teco abrem aqueles sorrisos idênticos, que meio que combinam com a cara escrota do Bundão. Aí eu tenho um grande surto de raiva.

Depois de todas essas paradas que têm acontecido ultimamente, eu meio que tinha tomado a decisão de ser tipo um pacifista total e fazer um esforço para me importar mais com os outros e tal. Mas francamente tem horas em que as coisas acontecem rápido demais para você se controlar e entrar naquela onda Yoko Ono. Às vezes seu corpo entra em ação sem que você possa fazer nada a respeito.

Antes que o Bundão me alcance e tipo, me aperte até a morte, eu dou o único golpe que você sempre pode fazer e ter a garantia de um resultado satisfatório, que é chutar o saco dele. Bato forte. Os olhos do Bundão pulam para fora, no estilo Roger Rabbit, e pela boca dele escapa um som que parece tipo uma daquelas almofadas de pum esvaziando. Ele afunda sobre os joelhos. Tico e Teco soltam suspiros de surpresa harmônicos.

Aí eu me ouço gritando. Eu devo ter ficado fora de mim outra vez, porque os gritos parecem totalmente aleatórios, como se não tivessem nada a ver comigo – exceto pelo fato de que ouço eu mesmo gritando. É tipo, Você é um babaca! Não sabe que o Fabian morreu? Você é tão sem noção que não entende o que isso significa? Ele morreu! Você é que devia ter morrido! Você! Você! Seu desperdício de espaço!

Tipo, eu sei. Seja como for, o Bundão faz um barulho esquisito, tipo chorando (para a surpresa de todo mundo). É como se em algum lugar por trás daquele exterior maravilhoso houvesse sensibilidade ou coisa assim. Tico e Teco parecem seriamente perturbados.

Teco diz tipo, Você não vai deixar isso assim, *vai*? Mas ele soa totalmente inseguro, como se meio que esperasse que a resposta fosse tipo Sim, *na verdade vou*. Eu olho bem nos olhos do Bundão e parece que eles são a própria definição de sofrimento ou coisa assim, não só por causa da dor. Aí o Tico toma uma decisão totalmente sozinho e vem para cima de mim. Ele me dá uma chave de braço antes que eu tenha tempo de ver que estava vindo e repetir meu golpe de kung-fu chuta-saco.

Peguei ele!, Tico diz para o Bundão, todo empolgado. Ele dobra o meu braço para trás até não dar mais, como se a qualquer segundo eu pudesse ouvir um estalo e metade do meu braço fosse cair na calçada. Tenho que admitir que nesse ponto tragicamente não faço mais nada além de ficar chorando que nem um pateta imbecil.

Vai lá! Acaba com ele!, diz o Teco.

Mostra para ele, acrescenta o Tico, caso o Bundão ainda estivesse em dúvida sobre o que fazer. Ele torce meu braço ainda mais. Eu fecho os olhos e me preparo para o hospital.

O Bundão meio que ruge e diz, Solta ele, porra!

Eu abro os olhos. De repente o Bundão está de pé outra vez. Ele literalmente arranca o Tico de cima de mim (o que quase quebra o meu braço) e joga ele para trás. O Tico voa até bater no Teco, que nem numa daquelas cenas de comédia ou coisa parecida, e os dois se espatifam no chão.

O Bundão se vira para mim enquanto eles estão juntando os pedaços dos seus cérebros e diz, Eu não... Eu não queria... Eu não queria aquilo, numa voz toda confusa. E há lágrimas escorrendo dos seus olhos tipo, De Verdade. Ouço o som de passos rápidos indo embora e vejo o Tico e o Teco saindo fora.

Olho de volta para ele. O Bundão fica ali parado ofegando em cima de mim com a boca aberta, então praticamente dá para ver a central de todos os fungos. De repente fica óbvio que isso nunca teve a ver com os meus demônios. Tipo, todo o tempo o Tico e o Teco foram aquelas duas vozes más na sua cabeça, e esse foi um momento totalmente McFly para o Bundão. Enquanto isso, eu quase não sobrevivo ao seu hálito mortal, mas me ligo que agora não é o melhor momento para reclamar.

Você acha que foi culpa minha ele ter se matado?, ele diz.

Eu meio que deixo rolar aquela longa pausa. Estou totalmente tentado a dizer Sim, só para ver se consigo induzir ele a fazer alguma palhaçada ou coisa do gênero movido pela culpa. Mas é claro que eu não faço isso. Ele parece o sofrimento em forma humana, então seria bem sórdido da minha parte, além disso aquela onda pacifista meio que volta agora. É engraçado pensar que ele também estava se sentindo culpado por causa daquilo.

Então eu digo tipo, Não, e ele me olha como se quisesse me beijar (e essa idéia é a mais tosca de todas). Ele meio que estica os dois braços e fica evidente que quer um abraço, mas eu não tenho nenhuma intenção de chegar mais perto da Fonte, então mantenho ele à distância dando uns tapinhas no seu ombro de um jeito tipo, totalmente retardado.

Aí ele diz tipo, Sabe... não é que eu nunca tenha... pensado nos outros caras antes.

Nesse ponto eu fico pronto para sugerir que vá procurar o Tico e o Teco outra vez. Mas não faço nada. Em vez disso, agüento aquele papinho sobre ele ser todo confuso e inseguro consigo mesmo (tipo, nossa – *é mesmo?*). Finalmente, para me livrar daquilo, eu finjo que marquei uma hora no dentista por causa de uma emergência e digo que a gente se vê na escola. Faço que estou indo embora.

Então olho para trás. O Bundão continua com uma cara bem infeliz, e aparece uma voz na *minha* cabeça me lembrando do Fabian e insinuando que eu vou me sentir muito mal se o Bundão entrar numa e se matar também, apesar disso não ser nem remotamente provável. Então eu volto, dou mais uns tapinhas no seu ombro e falo para ele ficar calmo e tal.

Eu digo tipo, Que legal que você é uma pessoa com a mente aberta.

A cara do Bundão se transforma completamente com essa idéia – tipo, que é legal ser alguém com a mente aberta. Ele me dá um grande sorriso amarelo e vai embora seja lá para onde os idiotas vão, todo feliz consigo mesmo. Só me arrependo de não ter trabalhado um pouco na idéia de que é importante escovar os dentes.

Então a partir de agora eu vou ter que cumprimentá-lo na escola e tal, o que é totalmente bizarro. Talvez seja uma coisa maravilhosa para ele, e agora a sua vida inteira tenha mudado de direção e ele vá se tornar um Quasímodo cuidadoso e amável, sei lá. Mas eu não vou ficar sentado do lado dele na escola nem nada disso. Tipo, Com Certeza.

## 22

A NOITE DEPOIS DAQUELE INCIDENTE COM O BUNDÃO É BEM ruim, porque Mamãe, Papai e até A Freira continuam me tratando com silêncio. O jantar é praticamente uma paródia da existência, já que ninguém diz uma única palavra para mim o tempo todo. Tipo, levanta a mão quem queria que eu não tivesse nascido.

Seja como for, o dia seguinte na escola é totalmente estranho. Primeiro porque quando eu e a Al chegamos, o Bundão vem até a gente com um sorriso enorme na cara. Ele está todo simpático e contente, como se de repente fôssemos os melhores amigos e tal, e quando a gente vai embora eu percebo que ele fica meio que abatido, como se talvez estivesse esperando mais de nós. Também me ligo que mais tarde ele não senta com o Tico e o Teco, em vez disso fica totalmente sozinho no outro lado da sala, já que não tem mais ninguém que quer sentar perto dele. É bem triste, na verdade, porque ele evidentemente saiu do seu buraco. Mas é isso que acontece quando você decide do nada deixar de ser um valentão e desenvolve tipo uma personalidade. Quem sabe quanto tempo isso vai durar, de todo modo?

Mas o principal motivo para o dia ser estranho é porque o Fellows está volta, e aliás, vai acontecer uma coisa sensacional, então, tipo, prepare-se.

Al espia ele saindo do carro de alguém e entrando durante o intervalo da parte da manhã. Eu fico feliz por ele não ter ido parar nas portas da morte, ou ficado maluco por causa da solidão nem nada disso, mas estou com medo da aula da tarde, quando vamos ter dois tempos seguidos de geografia. Isso tem tudo para ser tipo, muito desconfortável. Num esforço para meio que agradá-lo, digo a Al que deveríamos sentar separados. Ela concorda e senta do lado do Sam. Eu sento sozinho na frente. Decido que vou tentar falar com ele no final. Na verdade não sei o que vou conseguir dizer, além de pedir desculpas, mas acho que é tipo meu dever, então é isso aí. Parece que a única coisa que faço ultimamente é pedir desculpas. Desculpas por tipo, infligir ao mundo a minha presença.

De qualquer modo, o Fellows aparece logo depois do sinal e imediatamente se desculpa por estar atrasado, apesar de ninguém se importar com isso, na verdade. Ele parece bem corado, o que é pouco comum, porque normalmente tem uma cor meio cinzenta. Fellows lança um rápido olhar para mim e para a Al, mas é difícil ler alguma coisa nele, e então meio que fica de pé ali na frente da turma toda e abre os braços como se quisesse nos dar um enorme abraço coletivo. Aí ele diz bem alto, Boa-tarde, gente!

Parece que usou drogas ou coisa do gênero. Eu juro que se não achasse que isso era impossível acreditaria até que aquele coroa finalmente conseguiu trepar. Eu me viro para ver se a Al notou. Pode apostar a sua sexualidade que sim. Ela praticamente cai da cadeira. Obviamente ela quer sussurrar com alguém sobre isso, mas não tem chance nenhuma de provocar o interesse do cabeçudo do Sam.

Ninguém consegue falar nada que o Fellows ache ruim a aula toda. Quando ele pergunta para um espertinho qual a diferença entre a rocha porosa e a vulcânica e o cara diz Quase nenhuma, o Fellows chega a rir, o que é tipo, totalmente errado. Ele até fica cantando baixinho com a boca fechada enquanto a gente lê um capítulo naquele livro-texto estúpido.

Fico horas colocando meus livros na mochila, então sou o último na sala. Quando olho, vejo que o Fellows está esperando e fica batendo o pé impacientemente. Eu o sigo até o corredor e fico atrás dele enquanto fecha a porta, como se fosse sua sombra ou coisa assim. Fellows se vira e olha para mim.

Ele diz tipo, Tá tudo bem?

Eu fico parado ali. Olha, eu digo, Queria pedir desculpas por aquelas coisas que eu disse antes.

Fellows me olha por um instante, como se tentasse imaginar do que estou falando, e eu começo a me sentir o maior idiota da Terra. Então parece que ele lembra, porque sorri e encolhe os ombros.

Não se preocupe com isso, Jarold, ele diz, Eu sei como é ter a sua idade. Seus hormônios estão explodindo. Dá para entender muito bem.

E de um jeito simples assim toda aquela culpa que eu estava sentindo meio que morre de morte violenta. Mas o Fellows começa a vir com um papo em seguida. Ele sorri e diz, Ouvi sobre a voltinha que você deu por aí com a Alice.

Eu digo tipo, Ah, tá, de um jeito todo frio agora.

Ele diz tipo, Não se preocupe, eu não vou te passar um sermão, só vou repetir o que sempre disse, se você quiser conversar, eu estou *aqui*.

Antes que eu tenha chance de vomitar na cara dele, ele sai andando pelo corredor e me deixa meio que chapado com as vibrações de positividade que está emanando. Al me dá um tapinha no ombro.

Vamos lá!, ela diz, A gente tem que ir atrás dele!

E é assim que a gente passa a segui-lo – tentando conseguir uma pista de quem quer que esteja deixando ele tão alegre. Al diz que o outro cara que estava no carro tinha a mesma idade dele, e agora ela acha que deve ser seu namorado. Eu digo tipo, Que parada tosca, mas ela acha a coisa mais maravilhosa da história. Al logo, logo vai conseguir tipo um diploma em simpatia-gay desse jeito.

No começo é divertido bancar o detetive. É divertido porque você sabe que a qualquer momento pode ser pego, e isso é bem assustador quando você está seguindo seu professor gay. Quer dizer, ainda podia ser que ele se revelasse um serial killer, o que não me surpreenderia, porque às vezes é difícil acreditar que alguém consiga agir o tempo todo daquele jeito tão correto e compreensivo sem ficar tipo matando outras pessoas escondido ou coisa assim. Quando a gente chega na casa dele, fica logo chato. Descobrimos que ele mora em Shepherd´s Bush também, o que facilita as coisas, porque depois de alguns quarteirões eu não estou mais com vontade de segui-lo pela cidade toda só para ver quem ele está pegando. Mas a Al está totalmente na onda, e fica com uma cara séria o caminho todo, enquanto eu dou umas risadinhas a cada poucos passos, porque deve ser bem óbvio para qualquer um na rua que a gente está atrás dele.

Quando ele entra em casa, eu digo tipo, E agora?

Al diz tipo, Nós esperamos, como se essa fosse uma operação secreta que vinha planejando por anos.

Então a gente faz isso. Sentamos num muro do lado de fora e esperamos. E esperamos. Eu já estou tipo, de saco cheio daquele cenário, mas Al não desiste fácil, e a nossa marcação acaba valendo a pena, porque um velho Volvo vermelho entra na vaga dele e um cara sai, e é aí que as coisas de repente se encaixam na minha cabeça, que nem quando você adivinha o fim do filme ou coisa assim. Eu fico com vontade de pular e gritar, Eureca!, mas não faço isso, porque ainda não cheguei nesse nível de babaquice.

É o Higgs. Ele vai até a porta e o Fellows abre antes mesmo dele ter a chance de bater. Eles começam a se beijar que nem um casal recém-casado, ali mesmo, o que não é uma visão muito agradável, vou te contar. Quer dizer, um desses caras é meu professor e o outro é tipo, meu psicólogo. Acho que nunca mais vou ficar chocado com nada na vida depois de ver isso. E mais, se liga nisso: eu de repente percebo que o Higgs é o cara que eu vi na Starlight aquela noite em que me escondi do Jon atrás do *jukebox*.

Al está totalmente feliz com aquilo. Ela gosta porque tipo, Não é fofinho?

Eu ainda fico tipo tentando lidar com aquele fluxo de informações, e aí (isso é realmente estúpido e provavelmente vai fazer você me odiar, mas eu não vou mentir) do nada tenho a pior crise de espirros que a humanidade já viu. Provavelmente é por causa de todo o tempo que a gente ficou naquele frio congelante em Brighton. Seja como for, eu literalmente faço a rua balançar, e cada bicho, pássaro e homem se vira para olhar. Isso inclui principalmente o Higgs e o Fellows. Eu fico tipo, no nível mais alto de Que Merda. Eles me reconhecem simultaneamente e abrem as suas bocas. Não sei mais o que fazer, já que estar aqui com a Al é uma surpresa total, então acabo dando um tchauzinho para os dois.

É uma situação constrangedora. A gente acaba entrando para tomar um chá e conversar. Quer dizer, a gente até podia ter saído correndo, mas acho que simplesmente morreria se o Higgs levantasse esse assunto na nossa próxima sessão de terapia familiar, e além disso a Al está realmente curiosa. Parece que ela vai escrever uma dissertação sobre isso ou coisa assim.

É meio engraçado também. A parte de dentro da casa do Fellows é exatamente como você esperaria: quadradona. Ela só podia pertencer a um gay ou a um nerd obcecado por arrumação, ou talvez as duas coisas. A gente se senta em torno da mesa da cozinha com aquelas canecas douradas bregas cheias de alguma porcaria de erva. Fellows e Higgs colocam as cadeiras juntinhas e ficam tipo, praticamente sentados um em cima do outro, e o Fellows pega a mão do Higgs, mas tirando isso eles não ficam demonstrando muito carinho, o que eu acho bom, porque francamente já vi O Suficiente.

Higgs fica bem desconfortável no começo, mas eu sinto que o Fellows está secretamente feliz por estarmos aqui. Ele diz, Bem, espero que vocês dois estejam satisfeitos agora.

Al diz tipo, Desculpa mesmo. A gente só queria ver com quem você estava se encontrando...

Higgs só faz tipo, Hum-hum, mas Fellows diz tipo, Vocês podem ficar sabendo que o Henry aqui é o meu parceiro.

A cara do Higgs se ilumina, e ele diz para o Fellows, Mas Mike, a gente acabou de se conhecer!, naquela voz baixinha e romântica como se ele fosse a Scarlett O'Hara ou coisa parecida.

Fellows diz tipo, Às vezes você simplesmente sabe.

Ele não está falando isso pra gente. Nesse ponto, parece inevitável começarem a se pegar de novo, então eu me preparo para tipo, apagar os meus sentidos. Mas eles não fazem nada. Em vez disso, Higgs se recompõe e diz, Então, Jarold. Isso vai ser um assunto na sua próxima sessão?

Eu digo tipo, Você tá maluco?, o que parece deixá-lo contente. E aí eu me ligo que na verdade estou meio feliz por ele ser viado também, apesar do meu radar-gay estar bem fraco, porque tipo, como eu não adivinhei antes? Mas isso faz com que eu me sinta aprovado se você quer saber, quer dizer, não que eu seja o tipo de gente que tem problema com o que os outros idiotas pensam, porque não sou mesmo. Mas é legal ver que você ainda pode fazer as coisas depois dos quarenta, e talvez ainda ter alguma chance de ser feliz (mesmo que não dure muito − eu e Al apostamos quanto tempo vai ser). Eu até meio que gosto de estar aqui, sentado nessa cozinha quadradona, bebericando chá, todo jovem e inexperiente do lado desse casal de bichas velhas e afetadas.

# 23

No domingo vamos levar a Vovó na Whitehart Homes. Ela tem um monte de coisas que sobraram da casa com o Vovô guardadas na garagem. Para levar tudo aquilo, Mamãe pega um carro emprestado do trabalho dela, o que vem bem a calhar, porque Joan (conhecida como A Bruxa), aquela amiga da Freira, vai com a gente.

Eu desço para ajudar a colocar as coisas nos carros, apesar de ninguém ter se incomodado em pedir a minha ajuda. As paradas estão piores do que nunca com a Mamãe e o Papai agora, como se eles nem quisessem ficar no mesmo ambiente que eu, mesmo se isso significar que eu não faça minhas tarefas. Tipo, ontem eu esqueci de limpar o banheiro apesar de ser a minha vez, e Mamãe não disse nada. Primeiro achei bem legal, mas aí quando eu entrei lá e vi que ela tinha feito tudo e mesmo assim não falou nada, me senti meio perturbado.

Seja como for, vou lá para fora onde está sendo feito todo aquele carregamento e logo dou de cara com A Bruxa, que me vê, murmura alguma coisa e olha bem nos meus olhos. Ela diz tipo, Oi Jarold, Teresa me contou o que aconteceu e eu só queria te lembrar que as portas do perdão estão sempre abertas, tudo numa respiração só, como se tivesse guardando aquela frase para me dizer.

Eu olho entre ela e A Freira, superbolado. Algumas coisas que essa garota diz são mais assustadoras que o inferno. Até a Teresa parece meio envergonhada por aquilo, e se ocupa colocando uma pilha de caixas no banco de trás do carro da Mamãe.

A Bruxa diz tipo, Você precisa tentar controlar os seus impulsos, Jarold. Precisa aprender a pensar nas coisas como um todo.

Eu digo tipo, Faz um favor para todo mundo e vai tocar uma siririca.

A Bruxa sorri toda serena, como se esperasse que eu dissesse exatamente isso. Pode falar o que quiser, ela diz, Nós dois sabemos para onde estamos indo.

Então ela vai embora e se ocupa perturbando a Mamãe, que acabou de sair da garagem com um cabide, agindo basicamente como a segunda filha que ela nunca teve.

A Freira passa por mim e eu digo para ela, Compra um vibrador ou uma coisa dessas para a sua amiga.

Fico na esperança de que ela se sinta toda ofendida e entre naquela onda Regan, então a Mamãe ou o Papai vão ter que intervir e tudo vai ser tipo, normal, mas em vez disso ela me lança um olhar desmoralizador, como se eu fosse uma causa totalmente perdida, e volta para dentro da garagem para pegar mais da tralha da Vovó. Eu fico com vontade de dizer alguma coisa sobre a presença de Joan para Mamãe e Papai, já que essa supostamente é uma ocasião familiar importante, então por que *ela* vai junto? Mas é claro que não dá para fazer isso agora que eles desistiram de mim como ser humano. Tenho tentado lembrar do conselho da Vovó sobre deixar o tempo passar, mas as coisas estão ficando dolorosas por aqui. Quer dizer, você já viu aquele episódio dos *Simpsons* em que o Bart atira sem querer num passarinho e a Marge vê ele fazendo isso e parece parar de amá-lo porque pensa que foi de propósito? Bem, parece com isso. Eu me sinto como se ninguém *se importasse* mais comigo.

Seja como for, para evitar mais terrorismo cristão eu decido encarar a mistura explosiva do Papai com a Vovó, enquanto Mamãe, A Freira e A Bruxa ficam na delas. Papai não fala comigo nenhuma vez durante todo o caminho até lá, mas tenta uma conversa leve com a Vovó. Ele fica com uma alegria totalmente falsa, e dá para ver claramente que acha essa situação toda entre Mamãe e ela difícil de lidar, pelo fato delas não se darem bem e tal. Papai comenta sem parar como o tempo está ficando agradável, a ponto daquilo ficar ridículo, e finalmente até a Vovó se irrita e diz para ele que está procurando a paz e a tranqüilidade do campo (tipo, que indireta). Papai se liga e cala a boca.

Quando a gente chega, Vovó se comporta de um jeito todo calmo e majestoso. O resto de nós fica por ali fingindo pensar que essa enorme casa branca onde ela vai morar é linda, quando na verdade é tosca e parece uma casa de Barbie tamanho gigante. Somos recebidos por uma mulher magra que tem uma cara coberta de maquiagem e nos mostra o quarto, pintado com todas as cores de um bolo de noiva.

Ficamos um tempão juntando as coisas da Vovó e depois as colocando em vários lugares diferentes por todo o quarto, enquanto ela olha pela janela para o jardim lá fora. Tem um monte de outros coroas lá, então parece meio uma conferência de velhos. Aí ela se vira e interrompe A Bruxa enquanto ela dava alguma opinião autocentrada sobre por que o cabide deveria ficar perto da cama, dizendo tipo, Quem quer dar uma volta comigo?

Mamãe manda a gente sair com a Vovó enquanto ela fica ali com o Papai para ter certeza de que o quarto está de acordo com as expectativas, já que para ela tudo pode dar um processo.

Lá fora a Vovó olha o gramado e suspira. George adoraria isso aqui, ela diz.

A Freira meio que aperta a Vovó num abraço sufocante e começa a dizer toda emocionada, Ah, você não deve sentir falta do Vovô, ele agora está no céu olhando por nós, e coisas do gênero. A Vovó sorri daquele jeito doloroso, como se estivesse presa por uma jibóia cheia de boas intenções. Quando A Freira finalmente a liberta, A Bruxa e ela pegam os seus braços, então a Vovó é tipo literalmente escoltada pelo jardim. Eu meio que sigo atrás delas como uma mutação totalmente indesejada ou coisa assim.

A gente continua andando um tempo, e lá no final do jardim, atrás da cerca viva, tem um monte de gatinhas da terceira idade fazendo os seus exercícios de rotina de ioga ou alguma coisa dessas, com roupas de lycra coladas no corpo. É bem chocante, vou te contar. Antes que me dê conta, digo tipo, Meu

Deus. A Freira só revira os olhos, mas A Bruxa acha isso profundamente ofensivo. Ela cruza os braços e diz direto para mim, *Na verdade*, eu acho adorável que as antigas gerações ainda aproveitem os benefícios de fazer exercício. Vovó olha para ela como se estivesse morrendo de vontade de comentar sobre os benefícios do sexo também, mas se contém. Em vez disso, sugere que sigamos até a cabana do outro lado do jardim. A Freira diz tipo, Acho que a gente devia voltar para ajudar a Mamãe e o Papai, mas A Bruxa assumiu mesmo o papel de grude particular da Vovó, e diz que vai acompanhá-la enquanto "você e *ele*" voltam. Vovó parece meio assustada com essa perspectiva, mas se conforma e diz para a Bruxa numa voz irônica, Então venha, queridinha, aí ela a leva como se Vovó fosse uma vítima de um campo de concentração.

Voltamos para dentro da casa de boneca e atravessamos em silêncio o hall até o quarto da Vovó, com A Freira na frente. Mas a gente pára quando chega na porta, porque ouvimos Mamãe e Papai discutindo lá dentro. É bem estranho, na verdade, porque apesar de estar acostumado a ouvir a Mamãe gritando com o Papai em casa, ela é bem cuidadosa para não perder a cabeça em público. Ela está dizendo tipo, Por que você não pode simplesmente me dar um pouco de apoio em vez de ficar sempre calado desse jeito? Por que você não pode fazer um esforço para entender? Papai está dizendo tipo, Eu faço um esforço para entender...

Mas como sempre Mamãe simplesmente grita mais alto que ele, então de certa forma parece até que ela está discutindo consigo mesma. Ela diz tipo, Não, você não faz! Você acha que faz, mas não faz! Você não se importa com nada, esse é o seu problema! Você não está nem aí!

E assim por diante. Mamãe basicamente lançando aqueles seus discursos apocalípticos e Papai naquela sua onda meio tartaruga de sempre, agüentando tudo e esperando ela parar. Então, de dentro do quarto, vem aquele tradicional som de soluços, o que quer dizer que Mamãe está praticamente perdendo as forças agora. Mas, por alguma razão, ouvir aquilo com A Freira deixa tudo meio sem esperança. Quer dizer, não é que Mamãe e Papai já tenham sido normais alguma vez na vida nem nada, mas de alguma forma ouvi-los brigando enquanto estou com A Freira faz as coisas parecerem diferentes. Tipo, qual é o sentido de se importar com aquilo?

Você acha que a Mamãe e o Papai vão se separar?, ela diz, numa voz totalmente neutra.

Ela está me olhando com uma expressão estranha na cara, uma expressão que eu já vi na Vovó várias vezes, então talvez seja hereditária. Eu fico tipo, totalmente desconcertado, em parte porque não estou acostumado a ouvir A Freira falar comigo de um jeito mesmo que vagamente civilizado. Mas principalmente por causa do que ela diz. De repente a idéia deles se separarem me parece Muito Ruim.

Eu digo tipo, Vai saber?

A Freira diz tipo, É, vai saber?

Isso é importante, porque parece que ela está concordando comigo em alguma coisa, o que nunca faz, como se isso significasse negar a sua religião. E o que é mais assustador e totalmente antinatural em todos os sentidos possíveis é que na verdade eu sinto tipo um pouquinho de afeição por ela, e meio que me lembro que ela é minha irmã mais nova. Fico querendo dizer para ela que tudo vai ficar bem e tal. Eu tento arrancar do meu cérebro alguma coisa para dizer, mas no final só consigo pensar no que fiz com a sua estúpida árvore.

Então eu digo tipo, Olha, sobre a sua árvore – se você quiser eu posso te ajudar a plantar uma nova. A gente pode cavar todas as raízes e tal e colocar exatamente no mesmo lugar...

Eu paro, em parte porque me ligo como estou soando incrivelmente idiota, mas também porque A Freira está sorrindo para mim. É o tipo de sorriso que você não vê muitas vezes em alguém como ela. Um sorriso que significa tipo que ela já tem tudo resolvido.

Ela diz tipo, Tá tudo bem. Mamãe e Papai vão me comprar um cavalo.

A Freira me conta que eles estão gastando uma grana dividindo os custos de um pônei em um estábulo local com uma amiga da escola. Eu fico tipo, num estado de total descrença. Meio que quero ficar puto com isso, mas me contenho, porque você podia pensar que uma árvore como aquela do Coelhinho seria totalmente insubstituível. Mas na vida tudo tem um preço, e essa é uma coisa que A Freira já se ligou. Acho isso bom para ela.

Ela diz tipo, Estou feliz por você ter voltado, você sabe.

Eu digo tipo, Ah.

Nesse instante, A Bruxa vem fazendo barulho pelo corredor até a gente com a cabeça bem levantada, de modo que o seu queixo parece uma montanha no meio do resto da sua cara. Ela pára do lado da Freira e diz, Deixei a sua avó conversando com outros aposentados. Eles parecem estar se dando muito bem!, como se a Vovó fosse um experimento sociológico raro do qual ela se orgulha de participar. Então A Bruxa olha para mim e diz para ela, Você conseguiu conversar com ele de modo razoável?, como se eu não estivesse ali ou coisa assim.

Eu digo tipo, Vai se foder.

A Bruxa diz para mim tipo, Eu pensei que essa fosse a sua especialidade, e aí fala toda cheia de si para A Freira, Ele está planejando fugir outra vez?

Ela pega o braço da Freira e suspira como se fossem sempre elas que tivessem que juntar os cacos depois que o mundo se esmigalha. Tomara que se fizer isso tenha o bom senso de ficar longe dessa vez, ela diz daquele jeito Superescroto.

A Freira olha para mim e para A Bruxa, que está presa no seu braço como uma espécie exótica daqueles peixes que ficam grudados nos vidros. Então ela diz tipo, Joan, esse é um assunto de família, então será que dá para você ir cuidar dos próprios problemas, por favor?

A cara da Bruxa meio que se dissolve. Ela parece um desses aliens que acabou de ter a sua vulnerabilidade secreta exposta, tipo uma alergia mortal à verdade ou coisa assim. Ela fica de boca aberta olhando para A Freira por um segundo e então fala, Eu vou esperar no carro! Ela dá meia-volta e sai andando pesada-

211

mente. Eu fico meio impressionado, mas não digo nada, e nesse momento Mamãe e Papai saem do quarto querendo saber o que fizemos com a Vovó.

Quando a gente a localiza outra vez, a levamos de volta para o quarto e a deixamos perto da janela, numa dessas poltronas novas que têm um monte de botões que você pode apertar para vibrar, te massagear e tal (eu experimentei e parece totalmente que você está sendo molestado). Fazemos uma fila para dar um beijo na bochecha dela e eu fico achando muito esquisito pensar que ela não vai mais viver lá em casa com a gente. Tipo, eu posso até voltar para o meu antigo quarto se quiser.

Só um minuto, Lois, diz a Vovó quando a gente está indo.

Mamãe hesita e aí espera até que a gente saia e vá até os carros, que estão parados bem embaixo da janela da Vovó. A Bruxa está sentada com os olhos fechados dentro do carro que Mamãe pegou no trabalho, provavelmente rezando ou coisa parecida. Vemos claramente a Vovó dizendo alguma coisa para a Mamãe, e então observamos Mamãe fazer que sim com a cabeça bem devagar. Ela pega a mão da Vovó e a segura por um minuto, e parece mesmo que elas estão chegando a um acordo. Então Mamãe desaparece e um segundo depois sai da casa. Ela parece totalmente perturbada, e eu fico esperando que o Papai vá dizer alguma coisa confortante para ela. Mas ele não fala nada, só entra no seu carro e olha para mim como quem diz, Você vem?, então eu entro também, e a gente parte.

## 24

TÁ BOM, ENTÃO ESSA CENA TIPO, PASSA DOS LIMITES. É A SESSÃO seguinte da terapia e é tipo, estranho para além do universo. Mamãe e Papai mal estão falando um com o outro, e agora que o Higgs está meio que namorando o meu professor, parece que o Fellows de alguma forma está aqui nessa sala também. Olha, o que vai acontecer agora é completamente tosco – então pode parar de ler se você tiver tipo, alguma sensibilidade ou coisa assim. Ou então pelo menos prepare o seu balde.

A gente está sentado nos nossos lugares de sempre – eu na poltrona, Papai e Mamãe no sofá e Higgs na cadeira em frente a sua mesa. Na verdade é meio engraçado, porque a distância entre Mamãe e Papai no sofá tem crescido cada vez mais ao longo das sessões, e agora parece algo realmente estúpido, porque tem tipo espaço para um buraco ali.

Higgs está com aquele jeito perfeito de computador, o que é bem compreensível. Quer dizer, a gente ultrapassou uma fronteira fora da terapia, uma fronteira bem pessoal, aliás. Eu não falei para a Mamãe e o Papai, é claro, e estou meio com medo que ele faça isso. Mas felizmente ele não faz. Ele só encarna o seu papel, abre um sorriso totalmente artificial e diz, Então, quem quer começar?, de um jeito firme mas desinteressado, exatamente como um robô compassivo soaria. Não dá para evitar de pensar como seria fazer com ele... *você sabe o quê* (apesar de só a idéia ser totalmente tosca).

Seja como for, segue uma pausa e eu fico tentado a falar alguma coisa dessa vez, já que sinto que é a minha única chance de fazer a Mamãe e o Papai me ouvirem realmente. Eu tenho notado que o negócio funciona assim: Higgs normalmente me deixa sentado aqui enquanto pergunta as coisas para *eles*, e meio que me liguei que essas sessões na verdade são totalmente sobre eles e nunca sobre mim. Eu só estou aqui para o Higgs mostrar para eles que sou um ser humano normal, enquanto eles é que são completamente confusos. Mas a única coisa que consigo pensar em dizer é me desculpar pela milésima vez, e já estou cheio de ficar pedindo desculpas, porque isso não muda nada. Então eu acabo decidindo não dizer coisa nenhuma, só esperar.

Logo Mamãe faz aquela inspiração profunda que normalmente é um sinal de que ela vai vir com um dos seus grandes sermões. Eu juro que vejo o Higgs fazer um pequeno movimento de contração muscular, como se tivesse tipo uma necessidade automática de se meter embaixo da sua cadeira para se proteger ou coisa assim. Mas Mamãe de repente pára. Sua cara meio que fica com uma expressão vazia e sem esperança, como se estivesse pensando, Para quê? Ela solta um suspiro e não diz nada. Fica parecendo tipo a Maníaco-depressivolândia.

Então a gente fica ali sentado por cinco minutos inteiros, sem falar nada, e é uma explosão de desconforto. Aí Mamãe olha para o Papai e, do nada, a cara dela muda. Ela diz, O que é isso?, e estica o braço até um dos bolsos do Papai, de onde tira um maço de Marlboro vermelho.

Papai tenta fazer aquela reação tipo Oh-meu-Deus-como-isso-foi-parar-aí?, e é tão convincente quanto poderia ser. Mamãe vira o maço na sua mão como se fosse amaldiçoado ou coisa assim.

Ela diz tipo, Você está fumando de novo?

Papai diz tipo, Sim, já que aquele negócio de fingir inocência claramente não vai colar.

Mamãe diz tipo, Mas... desde quando?

E aí fica aquele som igual ao dos cemitérios, onde o silêncio parece um estrondo ou coisa assim, e ela olha para o Higgs como se esperasse que ele fizesse alguma coisa. É claro que ele não faz nada, só fica olhando para eles, e então Papai deixa escapar de repente, Lois – eu sinto que não sei mais quem você é!

Higgs se inclina para a frente. Isso é Importante. Papai sempre fica sentado ali que nem uma criança assustada, enquanto Mamãe fala sem parar sobre um monte de coisas estúpidas – tipo eu. Ela chega ao ponto de falar sobre como se sente péssima quando esquece de pagar alguma conta ou coisa do gênero, tipo, quem se importa com essas merdas?

Então com o Papai colocando uma opinião totalmente sozinho sobre alguma coisa, a gente está obviamente avançando. Mas Higgs continua sem dizer nada. Ele deixa a Mamãe reagir, o que é uma coisa bem inteligente. Ela olha para o Papai e abre a boca num grande Oh, mas dessa vez nada sai e ela só fica ali, como se tivesse esperando o dentista ou coisa parecida. Depois de um minuto fica constrangedor e eu acho que aquilo passou dos limites, tipo, eu não deveria ser exposto a essas coisas, mas então Papai diz, Eu sinto muito.

Mamãe diz tipo, Há quanto tempo você se sente assim?

Papai diz tipo, Há anos.

Ela diz tipo, Mas por que você não falou nada?

Ele diz, Porque não conseguia! É impossível conversar com você.

Mamãe está tipo, a definição de chocada. Ela começa a ficar toda branca e seus olhos ficam enormes e cheios de medo. Parece a Noiva do Frankenstein.

Higgs diz tipo, Você quer um copo d'água?

Mamãe o ignora e meio que perde um pouco o ar antes de falar para o Papai, Você está tentando me dizer que não me ama mais? É isso que você está dizendo?

Papai pensa. Quando você pergunta a alguém uma coisa dessas e a pessoa fica pensando nunca é um bom sinal. Mamãe fica totalmente sem chão, e eu sinto até pena dela. Penso no que a Vovó me falou sobre como ela era quando tinha a minha idade, e tenho a impressão de que talvez ainda dê para ver um fiapo dessa pessoa agora. E se o Papai disser Não, provavelmente vai destruí-la.

Então a gente fica olhando para ele, tipo, Sem Pressão. Papai está suando baldes, é claro. Parece que ele está no *Show do Milhão* – se responder errado a essa pergunta vai estragar tudo.

Finalmente ele engole em seco e diz, Acho que eu queria dizer que sempre coloquei a sua felicidade na frente da minha. Mas não tenho certeza se vou conseguir fazer isso por muito mais tempo.

Eu olho para o Higgs e percebo de repente que a tela do computador caiu. Ele está praticamente se molhando todo. Obviamente pensa que essa é tipo, uma ruptura importante, já que fica rabiscando furiosamente o seu bloco de anotações sem nem olhar para ele, porque não consegue tirar os olhos de cima da Mamãe e do Papai. É claro que você não precisa ser psicólogo para perceber que as estruturas de uma coisa chamada casamento estão sendo abaladas. Que isso altera tipo, Muita Coisa. E eu não sei se a resposta do Papai era o que a Mamãe precisava ouvir, ou se ele acabou de criar um câncer na nossa vida familiar, mas dá para ver que veio do coração, o que significa que ela não pode ficar realmente puta com ele.

Então, em vez disso, ela meio que abre um sorriso estranho, e começa a olhar para os cantos da sala como se estivesse procurando um portal que magicamente a transportasse para a segurança ou coisa assim. Nesse momento o Higgs não consegue mais se conter. Ele diz tipo, Isso é bom, isso é muito bom, como se estivesse falando de sexo ou coisa do gênero. Ele diz para a Mamãe, Conte para a gente, como você se sente?

Eu fico meio bolado com ele por perguntar isso, porque parece bem óbvio para mim. Ela está com os mesmos olhos assustados que o Papai costuma ter, e eles parecem particularmente patéticos nela, como se estivesse usando aqueles óculos de proteção ou coisa assim.

Mamãe diz tipo, Não sei, numa vozinha bem pequenininha. Higgs faz que sim com a cabeça, como se essa fosse exatamente a resposta que ele estava esperando.

Tá bom, agora vem a parte mais escrota do nosso passeio pelo reino infernal da novela. Antes de me ligar no que estou fazendo, eu me levanto e me enfio entre os meus pais como a parte de dentro de um sanduíche, aí pego os braços deles dois e seguro como se fosse uma criança de três anos num carrossel. Eu sei. Parece que eu sou um traidor ou coisa assim.

Mamãe olha para mim e a cara dela tipo, derrete. Ela começa a chorar que nem as cataratas do Niágara, e eu vejo que o Papai está com dificuldades de controlar o chafariz também. Logo ele desiste, e eu devo confessar que também estou chorando um pouco. Na verdade, as coisas ainda ficam piores, porque eu falo, Por favor, não se separem!, numa voz aterrorizada de bebê.

É o tipo de voz que não dá para fingir e você tem que tipo, *sentir mesmo* para conseguir fazer (então não tem como dar desculpa nenhuma).

Aí a gente fica tomando aquele banho gigante e demorado até que finalmente paramos e Mamãe e Papai se olham e sorriem daquele jeito idiota, como se tivessem sobrevivido juntos ao Armageddon ou coisa do gênero. É muito tosco, e eu fico tentando me soltar na hora. Infelizmente os dois agarraram meus braços daquele jeito mortal, então eu tenho que ficar ali sentado e agüentar a falação sentimental que vem em seguida. É tipo assim:

Ela: Ah, Lawrence, me desculpa, eu queria ter percebido que você precisava saber que não sou perfeita, mas isso não quer dizer que eu não precise de você.

Ele: Eu não sei o que aconteceu com a gente, mas eu tenho certeza que vamos conseguir lidar com isso. Vou tentar mais de agora em diante...

Ela: Eu só queria que você me perdoasse por ser tão...

Ele: Não, *eu* queria que *você* me perdoasse...

Ela: Mas não tem nada *para* perdoar...

E assim por diante. Tipo, totalmente blablablá. Continua por mais uns dez minutos pelo menos, e só de lembrar eu fico terrivelmente enjoado. Faz até você acreditar em eutanásia para pessoas com dificuldades emocionais.

Seja como for, Higgs diz tipo, Vocês deram um passo muito importante. Vocês podem se sentir orgulhosos de si mesmos, o que é a coisa mais boba que eu já ouvi. E como Mamãe e Papai estão muito ocupados admitindo o quanto eles estavam errados sobre tudo para notar qualquer coisa, eu mostro a língua para ele. Higgs não fica muito contente. Felizmente nesse ponto a sessão chega ao fim, e termina com a decisão da Mamãe e do Papai de fazerem terapia de casal (para a qual eu não estou convidado, graças a Deus).

Isso é tudo sobre Mamãe e Papai. Na verdade, só tem mais uma cena, e ela não é nada de mais. É só tipo uma coisa que eu vou e faço. Mas vou te contar mesmo assim, porque você já viu todo o resto mesmo.

Estou tipo num domingo, três semanas depois. É um dia bem estranho, porque a Al acabou de partir naquele caminhão com os pais dela – Destino: Leeds – e eu estou totalmente perdido, e fico pensando com quem que eu vou sair agora. Sei lá, talvez eu tenha sido infectado por essa síndrome do adeus ou coisa assim, porque Al chorou baldes e nós dois juramos que vamos mandar mensagens de texto todo dia, foi bem comovente, mas depois que ela partiu eu fiquei pensando no Fabian. Aí eu decido voltar lá e visitar a senhora Wrens. Por alguma razão parece que essa é a coisa que eu tenho que fazer, apesar de poder prever que vai ser uma parada totalmente sentimental, e eu odeio essas coisas sentimentais. Mas acaba não sendo. É surpreendentemente não-sentimental.

A senhora Wrens abre a porta na hora, como se ela estivesse esperando por mim ali atrás desde a minha última visita. Eu fico feliz de dizer que ela parece um pouco melhor. Mas dá para ver que passou pelo inferno, porque tem um olhar diferente nos olhos dela, como se eles tivessem mudado de cor ou coisa assim.

Ela diz tipo, Oi, que bom que você apareceu. Eu não sabia se você ia voltar.

Então abre a porta e a gente entra e vai para a cozinha. Tem jornal espalhado por todo o chão e pedaços de barro, e também aquele monte de argila no meio, que parece ainda mais uma merda do que as outras esculturas, a única diferença, na verdade, e que essa é excepcionalmente grande. A senhora Wrens diz que começou a fazer esculturas de novo ontem. Ela conta que é uma coisa catártica.

A gente senta e ela faz um pouco de chá, então começa a falar, me contando um monte de coisas sobre o Fabian, coisas que eu não tinha a menor idéia. Tipo, ela fala que a coisa que ele mais gostava de fazer quando era pequeno era tentar ficar em cima da própria cabeça para poder ver o mundo ao contrário, e como ele vivia caindo e se machucando, mas nunca parava de tentar.

Quando ele morreu, conseguia plantar bananeira perfeitamente, ela diz. Às vezes ele via TV assim. Pouca gente sabe isso sobre ele.

Eu certamente não sabia. Continuo ali sentado agüentando mais algumas histórias sobre o Fabian, e fico quase tentado a contribuir. Mas não faço isso, porque mesmo que ele fosse o nazista mais legal que já existiu, não tem sentido falar isso para a sua mãe, e se ela ainda não souber sobre todas aquelas paradas sinistras, provavelmente não vai querer saber. Eu acho que quando você fica lembrando das pessoas, não pensa nelas como sendo esquisitas de qualquer forma, pensa nelas como indivíduos. Uma hora eu digo a ela que estou surpreso por ela ainda conseguir viver aqui e tal, mas ela acha isso meio engraçado e ri. Ela diz tipo, Isso é só uma casa, não tem a ver com o meu filho!

Ela não fica falando muito tempo de qualquer forma. Eu não fico ali sentado por mais que uns vinte minutos nem nada. E ela não me pede para fazer nada tosco, tipo fazer um tour pelo quarto dele ou olhar a sua privada. Ela só fica contente por conversar um pouco e parece feliz por eu ter vindo. Fico feliz por ter feito isso também, porque é tipo uma despedida. Estou falando sério. Quando eu me levanto para ir embora ela diz, Nunca faça uma coisa tão estúpida quanto a que o meu filho fez, Jarold. Porque ele *foi* estúpido. Terrivelmente estúpido, numa voz que parece triste, mas ao mesmo tempo sábia e antiga. Eu fico meio bolado, porque ela me chama toda hora de Jarold, mas concordo com o que diz. Então ela me leva até a porta e diz que se eu quiser aparecer outra vez, sempre serei bem-vindo. Só que não acho que eu vá fazer isso nunca mais, nem que ela espere que eu faça. Mas é simpático da parte dela dizer isso. Ela é uma mulher bem legal, então espero que fique bem, de verdade.

E é isso aí. Essa foi a última cena.

## 25

AGORA TIPO, EPÍLOGO:

Al está amarradona em Leeds. Ela acha que é tipo a definição de onde você deve estar. Diz que a cidade tem muita Personalidade, seja lá o que isso signifique. Eu meio que ainda sinto um pouco de falta dela, mas estou cada vez melhor em sair sozinho, e não me importo se nem sempre encontro alguém que eu gosto e tal. Estou indo a um lugar novo chamado NY Plaza, que não é tão maneiro quanto soa, mas pelo menos dá para entrar sem ter que passar por um daqueles exames de íris, e ainda não encontrei o velho Fellows por lá. É tipo o meu pesadelo ultimamente esbarrar com ele *e* o Higgs um dia desses.

Apesar de não estar mais sendo analisado por ele, eu vejo o Higgs toda hora, porque está sempre do lado de fora da escola no final do dia sentado no seu Volvo esperando o Fellows. Ele sempre dá um tchauzinho para mim, o que é totalmente constrangedor. Eu ainda não ganhei aquela aposta que fiz com a Al sobre eles.

Mamãe e Papai passaram para a terapia de casal e Mamãe não tem gritado tanto esses dias, o que é bom – pelo menos para os tímpanos. Só que em vez de gritar ela fala sem parar sobre como as coisas estão muito melhores agora, e fica sempre tocando o Papai e tal, como se tivesse medo de que ele fosse desaparecer da frente dela. Os dois estão fazendo um esforço grande para ficar bem um com o outro, e isso é bem falso. Às vezes eu entro na sala e vejo eles tipo folheando livros com modelos de carpete e acho aquilo tão tosco que fico com vontade de cortar os pulsos e acabar de vez com tudo aquilo em grande estilo. Até A Freira parece estranhar, apesar de ultimamente passar a maior parte do tempo naquele estábulo ocupada babando em cima do seu estúpido pônei, que ela e a sua amiga resolveram chamar de Cavalinho, você acredita? Bem, talvez seja a única maneira de fazer pessoas disfuncionais ficarem juntas, então se Mamãe e Papai estão realmente contentes assim, eu acho que por mim tudo bem.

A gente vai visitar a Vovó uma vez a cada duas semanas, no domingo, depois que Mamãe e Papai voltam da terapia. Passamos a maior parte do tempo admirando o campo de vasos de plantas que ela está fazendo no seu quarto. Na nossa última visita, enquanto todo mundo estava lá fora incomodando os empregados em busca de xícaras de chá, ela me contou em segredo que continua só esperando outro AVC para se reencontrar com o Vovô. Ela falou isso de um jeito todo malicioso e até piscou o olho para mim, o que é tipo uma coisa estranha vindo de uma pessoa velha. Mas eu acho que talvez seja meio romântico o fato dela ter um motivo para querer morrer. Talvez.

Ah, quase esqueci, tem uma continuação daquela minha saga com o Jon. Eu o vi de novo na Starlight a última vez que estive lá. Ele veio falar comigo, o que foi bom, porque eu não ia ter coragem de ir até ele depois do que aconteceu. Ele disse tipo, E aí, como vai?, e eu disse tipo, Tranqüilo e tal. Na verdade, fiquei meio surpreso por ele falar comigo depois de tudo, você sabe. Aparentemente ele tem um namorado agora e eles estão procurando um lugar para ficarem juntos, o que é legal, eu imagino. Ele disse tipo, Então se vocês passarem por Brighton de novo e precisarem de um lugar para ficar... Eu disse tipo, Maneiro, eu e Al estamos pensando em chegar lá no verão, e nesse ponto ele deu uma risada nervosa e disse, Ah, beleza, de um jeito nada convincente, então eu não estou contando com isso.

A gente tem mesmo planos de se encontrar de novo no verão, se bem que realmente eu não estou muito certo de que isso vai acontecer, porque aparentemente a Al está tão bem que é como se o mundo fora de Leeds fosse só uma imitação tosca. Na verdade, eu não tenho falado com ela há umas duas semanas. A gente começou se mandando mensagens de texto toda noite, mas depois meio que morreu. A última mensagem dela foi tipo MDEUS ARRUMEI UM NAMRADO!!!, acredite se quiser, então acho que ele tá tomando todo o tempo dela. Aposto que é um desses nerds políticos totalmente sem graça que sonha em ser deputado ou coisa assim e tem tipo milhões de panfletos no quarto. Ela mandou uma foto dele na mensagem, é totalmente gordinho.

Então tipo, Fim da história. Eu falei para você não esperar muito nem nada. Eu não mudei nem virei tipo um santo por causa das coisas que aconteceram, continuo sendo eu mesmo, e provavelmente serei sempre assim, seja lá o que *isso* signifique. Talvez eu seja insensível, que nem a Al disse em Brighton, quando falou aquelas coisas sobre eu só querer ficar pagando boquete e não dar a mínima para ninguém a vida inteira. Mas pode ser que eu acabe que nem o Fellows e o Higgs no final das contas, e fique todo responsável, metido a besta e tal. Ou talvez eu simplesmente me torne um velho disfuncional, que nem a Mamãe e o Papai (apesar desse pensamento ser tipo a coisa mais deprimente do mundo). Talvez eu faça que nem o Fabian e diga, Foda-se essa merda toda. Apesar do que a mãe dele disse, às vezes parece que ele fez uma coisa bem esperta, se bem que eu sei que não deveria dizer isso. Mas não dá para ficar sempre dizendo as coisas só porque deveria dizer. Isso seria estúpido.

Essa é a parada: eu não vou te dar uma moral tosca nem nada agora, então se você estava esperando isso, fica tranqüilo. Você pode tirar a lição que quiser de tudo isso. Ou então não tirar nada. Ou então ETC.

Este livro foi impresso na Editora JPA Ltda.,
Av. Brasil, 10.600 – Rio de Janeiro – RJ,
para a Editora Rocco Ltda.